Eigentlich lebt Bella Block zwischen Büchern, Wodka mit Orangensaft und ein paar eher skurrilen Mitbewohnern in der Hamburger Pension Rosengarten, wie es ihr gefällt. Dann aber wird sie von der Strafverteidigerin Susanne Behrendt, die in einem Prozess einen mutmaßlichen Folterer vertritt, um Personenschutz gebeten. Schon ist es mit Bellas beschaulichem Leben wieder vorbei. Selbst Kranz, ihr langjähriger Liebhaber, ehemals hoher Beamter beim Hamburger Innensenator, kann sie nicht davon abhalten, sich selbst in Gefahr zu bringen.

Doris Gercke wurde im Februar 1937 in Greifswald geboren und lebt in Hamburg. Sie ist eine der bekanntesten Krimi-Autorinnen Deutschlands. Auf der Criminale 2000 erhielt sie den »Ehrenglauser« für ihr Gesamtwerk.

Unsere Adresse im Internet: www.fischerverlage.de

DORIS GERCKE

GEORGIA

Ein Bella-Block-Krimi

Fischer Taschenbuch Verlag

Veröffentlicht im Fischer Taschenbuch Verlag,
einem Unternehmen der S. Fischer Verlag GmbH,
Frankfurt am Main, August 2008

Dieses Werk wurde vermittelt durch die Literarische Agentur
Thomas Schlück GmbH, 30827 Garbsen
Satz: Pinkuin Satz und Datentechnik, Berlin
Druck und Bindung: Nørhaven Paperback A/S, Viborg
Printed in Denmark
ISBN 978-3-596-18005-9

INHALT

SOMMER 1965

Herr, es ist Zeit. Der Sommer war sehr groß.
Ihre Stimme kam von weit her. Er spürte ihren Zeh in der Leiste. Der Zeh wanderte am Rand seiner Badehose entlang. Er war sehr viel näher als ihre Stimme. Paul wälzte sich auf den Bauch und legte den Kopf auf die Arme.
Zwei Fehler, sagte er träge.
Er sprach in die Höhle, die seine Arme bildeten. Sie kroch zu ihm über den kurz geschorenen Rasen. An ihrem Bauch fühlte sich der Rasen nicht wie ein Teppich an, eher wie eine Wolldecke oder wie der weiche Stoff eines Bademantels.
Noch einmal, sagte sie.
Sie legte ihren Kopf neben seine Arme, das Gesicht ihm zugewandt, und wartete. Er wandte ihr sein Gesicht zu. Sie sahen sich an.
Zwei Fehler, wiederholte er. Ich bin nicht dein Herr. Und der Sommer ist noch nicht vorüber.
Sie lagen da und sahen sich an. In der Luft waren das Lachen und Kreischen der Kinder und der jungen Leute, die sich um das Schwimmbecken herum vergnügten. Auch das Klatschen der Springer, wenn sie auf dem Wasser landeten, und hin und wieder das Weinen eines kleinen Kindes waren zu hören.
Woher kommt es, dass ich mich trotzdem fühle, als wären wir allein auf einer Insel, dachte sie und schloss die Augen. Er sah auf den zarten, hellblauen Strich am Rand ihrer Wimpern, auf die braune Haut ihres Gesichts, die an den Nasenflügeln ein

wenig heller war, auf ihre schmale, braune, vollkommen entspannt auf dem Rasen liegende Gestalt.
Wie schön es ist, ihr zuzusehen, bei allem, was sie tut. Und er schloss die Augen und sah sie vor sich: nackt in der heißen Mittagssonne. Öl und Sand auf der Haut, die ein wenig rot war, aber schon ahnen ließ, dass sie braun werden würde. Und er sah wieder seine Hände, kräftige Hände, nicht zu groß, die den Sand von ihrem Körper streiften, ihn in Wirklichkeit aber verteilten, sodass irgendwann nicht ein einziger Fleck ihres Körpers ohne Sand und Öl sein würde, nicht ein einziger Fleck.
Georgia, sagte er leise.
Sie antwortete nicht. Sie war eingeschlafen. Auch er schlief dann ein.

Sie wurde als Erste wach. Im Schlaf hatte er sein Bein über ihre Beine gelegt. Sie befreite sich vorsichtig und setzte sich auf. Die Sonne stand nun tief. Im Schwimmbecken und auf dem Rasen waren keine kleinen Kinder mehr. Es war ruhiger geworden; eine ruhige, träge Stimmung lag über dem Schwimmbad. Es roch nicht mehr nach Eis und Waffeln. Es roch nach Zigaretten und Würstchen. Sie sah an sich herunter. Der Stoff ihres Bikinis, hellgrünes Küchenkaro, war getrocknet. Eine leichte Gänsehaut bedeckte ihre Arme. Paul saß nun neben ihr. Er legte seinen Arm um ihre Schultern.
Es dauert eine Weile, bis man seinen Verstand wieder beisammenhat nach so einem Tag, sagte sie.
Du kannst ihn doch gar nicht ablegen, sagte er und küsste sie auf die Schulter. In seiner Stimme lag Bewunderung.
Und noch etwas anderes, dachte sie, aber was?
Sie zogen sich an und gingen über die nun schon beinahe leeren Wiesen zum Ausgang. Sie waren ein schönes Paar, auch in den Augen der wenigen älteren Männer, die um diese Zeit im

Schwimmbad waren; Männer mit zu kleinen Badehosen, auf schmalen Handtüchern und mit blasser Haut.
Georgia und Paul nahmen die Blicke der Männer nicht wahr. Sie suchten und fanden ihre Fahrräder, auffällig teure Fahrräder, die Georgias Mutter ihnen zur Hochzeit geschenkt hatte. Sie kannten sich seit zwei Jahren. Seit zwei Monaten waren sie verheiratet. Auch ihre Wohnung hatte die Mutter eingerichtet; die obere Etage in einer seit Kriegsende leer stehenden Villa am Leinpfad.
Ihr schreibt eure Arbeiten. Ich kümmere mich um den Rest.
Bis zu ihrer Heirat hatte Georgia zu Hause gewohnt. Paul war häufig Gast im Haus von Georgias Eltern. Die Eltern hatten nie auch nur angedeutet, dass die Gesetze, die die Überlassung von Schlafzimmern an unverheiratete Paare verboten, auch in ihrem Haus Gültigkeit hätten. Trotzdem waren dann beide froh, als sie die eigene Wohnung beziehen konnten. Weder Georgia noch Paul hatten Bedenken gehabt, der Mutter die Ausstattung der Wohnung zu überlassen.
Ich hab mein Thema, sagte Paul.
Sie radelten nebeneinander über die ruhige Maria-Louisen-Straße.
Wirklich?
Pauls Doktorarbeit war in den vergangenen Wochen zum ersten und einzigen Streit zwischen ihnen geworden.
Das ist nicht fair.
Entschuldige. Sag schon.
Georgias Rad holperte durch ein Schlagloch, aber sie blieb an Pauls Seite.
Ich werde beweisen, dass Milgram Unrecht hat.
Du bist verrückt.
Georgias Reaktion war spontan, und das tat ihr leid.
Entschuldige, sagte sie noch einmal. Es ist nur – ich kann mir einfach nicht vorstellen …

Paul bremste und stieg vom Rad. Auch Georgia hielt an. Nebeneinander gingen sie weiter. In der Luft war der Duft von blühenden Linden. Es war noch immer hell, aber das Licht hatte sich verändert. Die Welt – eine beleuchtete Höhle.
Ich weiß. Deshalb hab ich in den letzten Tagen ein paar Vorbereitungen getroffen.
Vorbereitungen?
Ich wollte – ich hab doch deine Zweifel bemerkt. Ich wollte schon einen Schritt getan haben, bevor ich mit dir darüber spreche. Ich möchte, dass du mir hilfst, Georgia.
Na klar helfe ich dir. Wenn ich meine eigene Arbeit fortsetzen kann –
Paul wusste, dass seine Frau ehrgeizig war. Das, unter anderem, gefiel ihm an ihr. Sie waren beide fasziniert von der Juristerei; genauer, vom Strafrecht. Nächtelang diskutierten sie über längst fällige Reformen. Das Strafrecht war veraltet. Sie wollten beide zu denen gehören, die zu seiner Reform beitragen. Die Reform würde kommen, davon waren sie überzeugt.
Von den Experimenten des Wissenschaftlers Milgram in den USA hatten beide vor ein paar Wochen gehört. Milgram, aufgestört durch die scheinbare Bereitwilligkeit von Menschen, andere Menschen zu foltern, hatte versucht herauszufinden, welche psychischen Vorgänge einem solchen Verhalten zugrunde liegen. Seine Experimente hatten ergeben, dass allein durch deutlich ausgeübte Autorität beinahe alle Menschen dazu gebracht werden können, andere zu Tode zu foltern. In den Diskussionen zwischen Georgia und Paul hatten Milgrams Erkenntnisse in der letzten Zeit eine große Rolle gespielt. Sie verletzten nämlich auf unangenehm beunruhigende Weise das Bild, das sie sich vom Menschen gemacht hatten. Dieses ihr Bild aber musste intakt bleiben, weil es die Grundlage bildete zu ihren Überlegungen zur Strafrechtsreform. Die Menschen an sich waren gut, davon waren beide überzeugt. Man musste nur

die Verhältnisse schaffen, in denen die guten Seiten gebraucht wurden, um das menschliche Miteinander zu verbessern und die Welt erträglich zu machen.
Ich sage dir, was ich vorhabe. Du wirst sehen, es ist nicht nur interessant, sondern unbedingt notwendig, Milgrams pessimistischem Menschenbild etwas entgegenzusetzen. Du wirst dann selbst entscheiden, ob du mir helfen willst. Aber nicht jetzt. Lass uns zu Hause reden.
Die Besitzverhältnisse einiger Häuser am Leinpfad, zu denen auch das Haus zählte, in dem Georgia und Paul wohnten, waren ungeklärt, weil noch immer nicht sicher war, ob von den Angehörigen der jüdischen Familien, denen die Villen gehört hatten, noch jemand am Leben war. Georgias Eltern hatten eine Art Pflegschaft für ein Haus übernommen. Sie hatten den Besitzer, Jurist und Völkerrechtler wie Georgias Vater, vor 1941 gekannt, ja waren mit ihm befreundet gewesen. Sie hielten das Haus instand, jederzeit bereit, es ihren Freunden zu übergeben, wenn die sich melden würden. Das Parterre unter Georgias und Pauls Wohnung im ersten Stock diente einem Maler als Atelier. Die kleine Mansarde über ihnen war nicht renoviert worden und stand leer.
In den Zimmern des Malers brannte schon Licht. Sie sahen ihn, als sie vor dem Haus standen, mit ein paar Freunden um den Tisch sitzen. Im Atelier wurde sehr viel getrunken, Bier, weil der Maler wenig Geld hatte. Georgia und Paul gingen manchmal nach unten und setzten sich dazu. Der Unterschied zwischen den Gesprächen, an denen sie dort teilnahmen, und denen an der Universität mit ihren Kommilitonen hätte nicht größer sein können. Der Maler und seine Freunde akzeptierten die beiden jungen Juristen; nicht nur, weil sie wussten, dass Georgias Eltern sich für das Haus verantwortlich fühlten und die geringe Miete, die sie dem Maler für das großzügige Atelier abnahmen, auf ein Treuhandkonto ging, sondern auch, weil die beiden schön wa-

ren und trotzdem einen klaren Verstand hatten. So etwas hatte jedenfalls der Maler gesagt, als er sie seinen Freunden vorstellte. Es ging oft um Schönheit in den Gesprächen, wovon offenbar jeder eine andere Vorstellung hatte. Einigkeit bestand allenfalls darin, dass eines der jungen Mädchen, die irgendwie dazugehörten und stumm dabeisaßen, Flaschen wegräumten oder gegen Morgen Kaffee kochten, Augenbrauen habe, die an die Flügel von Schmetterlingen erinnerten. Das Mädchen trug schwarze Kleider und hatte seine Augenbrauen kunstvoll schwarz gemalt. Aber schon bei der Frage, welche Art von Schmetterling bei der Herstellung der schwarzen Gebilde Pate gestanden haben könnte, gingen die Meinungen heftig auseinander.
Manchmal, wenn Georgia und Paul morgens das Haus verließen, um zur Universität zu radeln, duftete das weite, mit Marmortreppen und Marmorwänden ausgestattete Treppenhaus nach Kaffee. In diesen Momenten wären sie dann eigentlich gern in das Atelier gegangen, aber ihre Arbeitsdisziplin hielt sie davon ab. Sie waren beide sehr entschlossen, als Juristen Karriere zu machen, wenn auch, vielleicht, aus unterschiedlichen Gründen. Außerdem, auch das wussten sie, und es erleichterte ihnen ihre Entscheidung, dem Kaffeeduft zu widerstehen, war klar, dass sich um diese Zeit der Maler und seine Freunde in einem Zustand befanden, in dem Gespräche nicht mehr unbedingt fruchtbar sein würden.
Jetzt, vor dem Haus, den Tisch mit den Männern im Blick und zwei dünnen, dunklen Mädchen, die an den Stuhl des Malers gelehnt standen, ein wenig verloren, aber doch auch aufmerksam, war ihnen klar, dass sie nicht ins Atelier gehen würden; Paul, weil er darauf brannte, Georgia das Thema seiner Doktorarbeit genauer darzustellen; Georgia, weil sie hoffte, er würde endlich die Idee gefunden haben, die ihn zur Arbeit motivierte.
Natürlich war sie bereit, ihm zu helfen.

Am nächsten Morgen blieb Georgia zu Hause. Paul verließ die Wohnung schon früh. Sie würden sich am Nachmittag vor dem Hauptgebäude der Universität treffen. Bis dahin seien die letzten Vorbereitungen für das Experiment getroffen, hatte Paul gesagt. Georgia verstand, dass er sich schon länger mit der Sache befasst und sie erst jetzt eingeweiht hatte. Sie verstand nicht, weshalb. Sie wusste, dass sie ihm auf jeden Fall geholfen hätte, auch wenn sie seine Idee skeptisch betrachtete. Ihr war nicht verborgen geblieben, dass Paul darunter litt, sie mit ihrer Arbeit beschäftigt zu sehen, während ihm unklar war, was sein großes Thema sein sollte. Nur dass es ein großes Thema sein würde, davon waren sie beide überzeugt.
Anders als sonst war Georgia an diesem Morgen nicht früh aufgewacht. Sie gestand sich ein, dass Pauls Erregung, was den Ausgang des bevorstehenden Experiments betraf, sie angesteckt hatte. Sie lag im Bett und dachte darüber nach, wie der Nachmittag wohl ablaufen würde, als die Tür aufging und der Maler im Zimmer stand.
Bist du krank? Wieso ist er ohne dich losgegangen?
Und du? Wieso schläfst du nicht?
Krank siehst du nicht aus, sagte der Maler. Er kam näher und setzte sich auf die Bettkante. Ich schlafe nicht, weil ich bis eben gearbeitet habe. Aber was ist mit dir?
Mir geht's wunderbar, sagte Georgia. Ich freu mich so für ihn.
Hat er im Lotto gewonnen?
Beinahe. Kann schon sein, dass er das große Los ziehen wird. Es sieht so aus, als hätte er sein Thema gefunden.
Weißt du eigentlich, wie schön du bist, antwortete der Maler.
Pauls Thema interessierte ihn nicht. Er hielt Juristen für eine Unterabteilung der Berufsbeamten und Menschen, die Beamte waren, für Wesen von einem anderen Stern. Er war zwar bereit gewesen, für Georgia und Paul eine Ausnahme zu machen, aber ganz verschwunden war sein Argwohn noch immer nicht.

Manchmal bekam der Maler Briefe von Behörden, deren Inhalt er nicht verstand, weil sie in der einschlägigen Sprache abgefasst waren. Bevor die beiden einzogen, hatte er sie einfach weggeworfen, was ihm aber unangenehme Auseinandersetzungen mit Ämtern beschert hatte. Seit er wusste, dass Georgia und Paul diese Briefe lesen und sogar verstehen konnten, hatte er sich angewöhnt, sie als seine persönlichen Rechtsberater zu beanspruchen, ohne dass sie deshalb in seiner Achtung gestiegen wären. Hin und wieder brachten sie eine Flasche Escorial grün mit in das Atelier (sein Lieblingsgetränk, das ihn in die Stimmung versetzte, Bilder zu malen, die Picassos blauer Periode nicht unähnlich waren, das er sich aber nur selten leisten konnte), und Georgia sah seine Bilder an und sprach mit ihm darüber. Unter den Mädchen, die er kannte, war Georgia eine Ausnahme. Andere waren zwar mindestens ebenso hübsch, aber Escorial grün brachten sie nicht mit. Und ein Gespräch über Bilder war ganz sicher das Letzte, was man von ihnen erwarten konnte.
Du würdest wohl nicht mit mir schlafen?
Der Maler wusste, dass Georgia nein sagen würde, und es machte ihm nichts aus. Er hatte sich in der Nacht mehrmals inspirieren lassen. Im Grunde war er müde. Und was den Beischlaf mit Georgia anging, so hatte sich in seinem Kopf die Formel *irgendwann krieg ich dich* festgesetzt, die seine Eitelkeit beruhigte. Nur musste natürlich hin und wieder ein Versuch unternommen werden. Das gehörte zum Spiel. Er stand auf und roch an seinen Händen.
Kann ich dir nicht verdenken, sagte er und lächelte auf Georgia hinunter. Die Ölfelder von Baku sind nichts dagegen.
Ich geh heute Nachmittag in die Uni, sagte Georgia. Ich werd vorher bei dir reinsehen. Mal ansehen, was du gemacht hast, während ordentliche Leute schlafen.
Dann schlafe ich, sagte der Maler. Er ging zur Tür und wandte

sich noch einmal um. Ich lass die Tür auf. Aber stör mich nicht. Du hast deine Chance gehabt.
Machst du mir den Plattenspieler an, bevor du gehst? Die Platte, die noch draufliegt, bitte.
Wie alt mag er sein, dachte Georgia. Vierzig, vielleicht. Männer mit Bart lassen sich schwer schätzen.
Im Zimmer roch es nach Terpentin und Ölfarbe. Sie hörte der Stimme von Ray Charles zu, die das Zimmer füllte. Er sang *Georgia*, das Lieblingslied von Paul.

Auch im Treppenhaus roch es nach Farbe, als sie am Nachmittag die Wohnung im ersten Stock verließ. Die Tür zum Atelier war nur angelehnt. Das Bild stand auf der Staffelei. Es war groß, 1,20 mal 2,00 Meter, schätzte sie, und über die ganze Fläche in Quadrate aufgeteilt, Quadrate, die groß genug waren, um Geschichten darin unterzubringen.
Dafür brauche ich Zeit, dachte Georgia. So malt sonst keiner. Vielleicht ist ihm etwas Besonderes gelungen. Das werden Paul und ich uns gemeinsam ansehen
Sie warf einen Blick auf das Lager des Malers. Er lag da und schlief, entspannt und zufrieden, wie es schien. Seine Musen waren nirgends zu sehen. Vielleicht hatte er sie zum Einkaufen geschickt. Vielleicht ruhten sie sich zu Hause aus von der anstrengenden Nacht, in der sie an der Produktion eines Kunstwerks mitgearbeitet hatten.

Paul wartete vor der Tür des Hauptgebäudes auf Georgia. Sie betraten es aber nicht. Paul griff nach ihrer Hand. Er führte sie um das Haus herum. Dabei sprach er nicht. Er sah aus, als wäre ihm feierlich zumute, was Georgia irritiert und innerlich lächelnd zur Kenntnis nahm.
Was für ein Theater er macht, dachte sie. Wie froh muss er sein, endlich etwas gefunden zu haben.

An einem Seiteneingang des Gebäudes erwartete sie der Hausmeister.
Sie wissen ja, wo es langgeht, sagte er zu Paul, während er einen kurzen, prüfenden Blick auf Georgia warf. Der Junge ist schon drin. Ich hab zu tun, mich brauchen Sie wohl nicht mehr.
Danke, sagte Paul.
Der Hausmeister verließ das Gebäude. Aus dem kurzen Gespräch zwischen ihm und Paul schloss Georgia, dass sie nicht nur ein Mal zusammengearbeitet haben mussten.
Er hat das alles vorbereitet, ohne mir etwas davon zu sagen, dachte sie.
Sie folgte Paul ein paar Stufen hinunter, durch Gänge, in denen Heizungsrohre an den Wänden entlangliefen. Der Raum, den sie betraten, war warm. Die Tür, die hinter ihnen ins Schloss fiel, war aus Eisen und hellgrün lackiert. Außer einem Schaltpult und verschiedenen Kabeln, die vom Pult über den Betonfußboden zur Tür eines Nebenraums liefen, gab es zwei Stühle, einen vor dem Schaltpult und einen zweiten in einer Ecke an der Wand. Neben dem Stuhl am Schaltpult stand ein junger Mann, der ihnen aufmerksam entgegensah.
Das ist Henning, sagte Paul.
Seine Stimme klang belegt, oder lag das an der Akustik des niedrigen Kellerraums? Es war auch hier warm. Die Heizungsrohre an den Wänden waren mit wattierter Alufolie umwickelt. Sie hing an einigen Stellen in Fetzen herab.
Komm. Ich zeige dir alles. Sieh dir genau an, wie die Sache funktionieren wird.
Paul nahm Georgia am Arm und öffnete die Tür zum Nebenraum. Der Student Henning folgte ihnen. Die Kabel vom Schaltpult endeten an den Lehnen eines hölzernen Armstuhls. An den Lehnen waren Fesseln angebracht.
Sie ist einverstanden, sagte Paul, als er einen Blick in das Gesicht von Henning geworfen hatte. Das bist du doch, oder?

Georgia nickte und lächelte Henning freundlich zu. Der Junge wirkte eingeschüchtert und gleichzeitig gespannt und erregt. Er war sich seiner Rolle als Hauptperson in einem wichtigen Experiment sehr bewusst. Nicht jeder Student hatte Gelegenheit, schon im ersten Semester der Wissenschaft zu dienen.
Setz dich, sagte Paul.
Er schob Georgia auf den Stuhl und befestigte ihre Hände und Unterarme auf den Lehnen, ihre Fußgelenke an den Stuhlbeinen.
Wenn die Stromstöße unerträglich werden, meldest du dich einfach. Wir sind nebenan und können dich hören.
Er verließ den Raum, Henning im Schlepptau, und schloss die Tür.
Georgia suchte mit den Augen die Wände ab. Sie entdeckte den Kasten, in dem das Bandgerät mit der weiblichen Stimme untergebracht sein musste, an der Wand neben der Tür. Sie wusste, dass sie nichts weiter zu tun hatte, als zu warten. Paul würde das Bandgerät betätigen, um die Proteste und Schmerzlaute laut werden zu lassen, die den Jungen am Schaltpult so irritieren sollten, dass er irgendwann damit aufhören würde, Stromstöße in den Körper der Frau zu jagen, die gefesselt im Nebenraum saß. Dass die Kabel nicht aktiviert waren, ahnte er natürlich nicht.
Fangen Sie bitte an, sagte Paul.
Er hatte im Rücken des Jungen Platz genommen und sprach mit kräftiger, bestimmter Stimme. Henning betätigte die 15-Volt-Taste.
Da kommt nichts, sagte er, nachdem er einen Augenblick gelauscht hatte.
Machen Sie weiter, sagte Paul.
Er wusste, dass auch bei dreißig Volt noch kein Protest zu hören sein würde. Er wollte schneller vorankommen, wollte wissen, ab wann der Junge zögern würde. Bei der 45-Volt-Taste löste Paul

den ersten, leichten Protestlaut aus. Er beobachtete den Jungen. Der schien erfreut zu sein, endlich eine Reaktion hervorgerufen zu haben. Ohne dazu aufgefordert worden zu sein, drückte er die 60-Volt-Taste. Der Protest aus dem Nebenraum, nun etwas lauter, spornte ihn an. Paul sah, dass er tief atmete, hörte ihn erleichtert seufzen, während er glaubte, den nächststärkeren Stromstoß auszulösen. Aus dem Nebenraum kam noch lauterer Protest. Der Junge schien ihn nicht wahrzunehmen. Er bewegte seine rechte Hand allerdings etwas langsamer auf die Taste zu und berührte sie dann nachdrücklich. Der Schrei aus dem Nebenraum war deutlich zu hören. Der Junge wandte sein Gesicht Paul zu. Paul sah die Schweißtropfen auf seiner Oberlippe und seinen fragenden, aber auch eifrigen Blick.
Der Schrei aus dem Nebenraum war echt gewesen. Er hatte das Tonband noch gar nicht in Bewegung gesetzt. Er hatte Georgias Stimme gehört. Das war nicht möglich.
Paul nickte dem Jungen zu. Dessen Hand schoss vor, berührte die nächste Taste – der Schrei.
Halt, sagte Paul, nicht weiter.
Der Junge blickte sich fragend um. Sein Gesicht war von einer leichten Röte überzogen. Die Oberlippe glänzte.
Hab ich was falsch gemacht?, fragte er.
Seine Stimme klang anders, rauer und tiefer, jedenfalls schien es Paul so.
Nein, sagte Paul.
Auch seine eigene Stimme hörte sich anders an. Er räusperte sich. Es konnte doch nicht sein …
Noch einmal, sagte er, die letzte Taste noch einmal.
Erleichtert wandte sich der Junge wieder dem Schaltpult zu. Er drückte die Taste. Es war Georgias Stimme, die sie aus dem Nebenraum hörten.
Der Hausmeister, sagte Paul, los, Henning, holen Sie den Hausmeister. Der verdammte Kerl.

Aber …
Nun machen Sie schon. Die Anlage hat einen Fehler, er soll kommen, sofort, verdammt noch mal.
Paul brüllte den Jungen an. Der ging zögernd zur Tür. Er verstand nicht, was los war. Hatte doch alles prima geklappt. Er hatte die Tasten betätigt, und zuerst hatte die da drüben nichts gesagt. War ja auch nicht zu erwarten gewesen. Aber dann war's doch richtig losgegangen. Ein paar Stöße hätte die sicher noch vertragen. Er hätte ja nur leicht antippen müssen. An der Tür sah er sich noch einmal um. Der Leiter des Experiments nahm ihn gar nicht mehr wahr. Er sah auf seine Hände, die, zu Fäusten geballt, auf seinen Oberschenkeln lagen. Er lächelte. Er lächelte schon wieder. Erleichtert verließ der Junge den Raum. Er würde den Hausmeister schon finden, auch wenn er sich im Gebäude noch nicht so gut auskannte. Auch wenn Hausmeister, das wusste er von zu Hause, immer gerade dann nicht zu finden waren, wenn man sie dringend brauchte.
Als die Tür hinter dem Jungen ins Schloss fiel, zuckte Paul zusammen. Ihm wurde klar, was er gerade gedacht hatte, und er war erschrocken. Er wollte nicht denken, was er dachte. Langsam erhob er sich von dem Stuhl, auf dem er während der ganzen Zeit gesessen hatte. Er wollte so etwas nicht denken, und er spürte, dass er seine Gedanken abstellen konnte. Das andere aber, das von ihm Besitz ergriffen hatte, konnte er nicht abstellen. Sein Kopf war leer, aber sein Körper schrie. Wie im Traum ging er hinüber zum Schaltpult.
Paul?
Das war Georgias Stimme, ihre Stimme, ängstlich und klein. Es kam ihm so vor, als streckte sich seine Hand ganz von selbst zu den Tasten. Als wäre seine Hand nur der verlängerte Teil eines Körpers, dieses Körpers, den er so nicht gekannt hatte, der in Aufruhr war, in Aufruhr gebracht durch die kleine, ängstliche Stimme seiner Frau. Das war schön. Wie schön war es, dass sie

seinen Körper so in Aufruhr bringen konnte. Besser als alles, was er bisher mit ihr erlebt hatte. Er würde ihr nicht wehtun. Er war nicht wie dieser Junge, den man davon abhalten musste, andere zu quälen; der keine Grenze kannte. Er würde nicht die nächsthöhere Voltzahl schalten. Der Hausmeister hatte ihn missverstanden. Er hatte die Kabel, die doch nur zum Schein angebracht werden sollten, mit Strom versorgt. Er hatte eine betriebsfähige Anlage gebaut. Unter einer Schein-Anlage konnte er sich nichts vorstellen. Pauls Hand berührte die Taste.
So ist es nicht schlimm, dachte er und horchte auf das Stöhnen aus dem Nebenraum.
Lust, das Gefühl war reine Lust. Wie ein Echo ging es durch seinen Körper und versetzte ihn in höchste Erregung. Es war wie ein Überfall, dem er nichts entgegenzusetzen hatte. Etwas, das sich, vielleicht, noch steigern ließe, wenn er die Taste ein weiteres Mal bediente. Ein Mal, nur ein Mal noch. Seine Knie wurden weich, er musste sich setzen, nahm den Stuhl, auf dem der Junge gesessen hatte. Ein letztes Mal berührte er die Taste, hörte den Schmerzenslaut von nebenan. Er würde hinübergehen und Georgia trösten. Er würde sie so trösten, wie sie sicher getröstet werden wollte. Es war nicht sein Fehler, dass das Experiment aus dem Ruder gelaufen war. Das würde sie einsehen.
Er stand auf, spürte noch immer Schwäche in den Knien und das Blut in seinem Schwanz. Er öffnete die Tür und sah sie da sitzen. Gefesselt an Händen und Füßen. So große Augen hatte sie, so große Augen.

SOMMER 2005

Zur Pension gehörte eine Dachterrasse, deren Boden mit Holzplanken ausgelegt war. Nachdenklich ließ Bella ihren Blick darüber hinschweifen. Gemessen daran, dass die Pension Appartements für nur fünf Gäste bereithielt, war die Dachterrasse überdimensioniert. Deckchairs, schwere Korbsessel, riesige Sonnenschirme, Palmen, keine Stiefmütterchen, stattdessen leuchtend blaue Agapanthus und blühender Oleander. Seit sie hier wohnte, war Bella der Dichterin nur zweimal begegnet. Alle anderen Pensionsgäste traf sie, wenn auch nicht allzu oft, im Speisesaal. Die Dichterin hieß Caroline Latt. Sie hatte eine wilde, schwarze Haarmähne, war sechzig, siebzig oder achtzig, schwer zu schätzen, und sie sprach nie. Als Bella einzog, hatte die Besitzerin der Pension, Wanda Rosenbaum, sie mit den Mitbewohnern bekannt gemacht. Selbst bei dieser Vorstellung hatte Caroline Latt die Zähne nicht auseinander genommen. Gelächelt hatte sie allerdings, mild und kurz und böse gelächelt.

Bella war am nächsten Tag in die Zentralbibliothek gegangen, hatte sich die Gedichtbände der Latt kommen lassen und einen Nachmittag mit ihnen verbracht. Anschließend war sie zufrieden und in dem Bewusstsein, die Dichterin kennen gelernt zu haben, in ihr Appartement zurückgegangen. Caroline Latt hatte in ihrem sechzig-, siebzig- oder achtzigjährigen Leben, ein Geburtsdatum war nicht festzustellen gewesen, zehn Gedichtbände veröffentlicht. Sie hatte alle Phasen bürgerlicher Lyrikproduzenten durchgemacht: Sie hatte das Gras bewispert

(Bachmann), ihre Stimme nach Auschwitz versagen lassen (Adorno), den Protest gegen gesellschaftliche Zustände herausgeschrien, war in tiefes Leid versunken nach dem Tod eines Mannes (Kaschnitz), war ernüchtert und klar denkend wieder aufgetaucht und versuchte von da an, in diesem Zustand zu bleiben. Deutlich waren jetzt zwei Dinge: Trauer über die Abnahme der Libido und die Annäherung an das Thema Tod. Diese, ihre vermutlich letzte, Phase gefiel Bella am besten. Die Gedichte der Latt waren aufrichtig, manchmal schmerzhaft und oft originell.

Zufällig war sie ihr im Entree der Pension begegnet, als sie aus der Bibliothek zurückkam. Sie hatte freundlich gegrüßt, und das stumme Nicken war ihr Antwort genug gewesen. Von nun an hatte sie das Gefühl, mit Caroline Latt eine vertraute Beziehung zu haben. Ein wenig tat sie ihr leid, wegen des offensichtlichen Zwangs, ihr Leben in Verse fassen zu müssen, aber es waren einige wirklich wunderbare Gedichte dabei entstanden, sodass ihr Ruhm nicht unverdient war. Wovon die Dichterin lebte, denn mit Lyrik ließ sich im Land der Dichter und Denker ganz gewiss kein Unterhalt bestreiten, blieb Bella unklar. Die Pension war geradezu unverschämt teuer. Die Kleider, die Caroline Latt trug, waren schwarz, schlicht und kostbar. Aber natürlich war die Frage nach dem Geld absolut nebensächlich. Sie war Bella nur aus alter Gewohnheit in den Sinn gekommen. Zum Bild, das sie sich von den Menschen machte, denen sie begegnete, gehörte sie aber immer noch: Und wovon lebt der Mensch? Oft genug war sie gerade durch die Beantwortung dieser Frage der Lösung eines Falles unverhofft näher gekommen. Das alles kam aus der Zeit, als an ihrer Haustür das Schild *Bella Block. Nationale und internationale Ermittlungen* befestigt gewesen war. Vor mehr als zwei Jahren schon war das Haus mitsamt der Tür in Flammen aufgegangen. Das Schild war wohl mit den verkohlten Trümmern des Hauses abgeräumt worden. Das Geld, das sie von der

Versicherung und für den Verkauf des Grundstücks an der Elbe bekommen hatte, sollte für ein sorgloses Leben reichen.
In der Zeit der Sommerferien war die Stadt morgens ruhig, und auch tagsüber war alles wie gedämpft. Dass Sommerferien waren, wusste Bella von einem der anderen Mitbewohner, dem Barkeeper Franz. Sie sah ihn nur abends, bevor er zur Arbeit ging. Er hatte eine Tochter, die bei ihrer Mutter lebte, den Vater aber manchmal auf Wunsch der Mutter besuchte. Das gefiel weder der Tochter, die aber noch zu jung war, um sich den Wünschen der Mutter zu widersetzen, noch Franz, der früher als gewohnt aufstehen musste und nicht wusste, worüber er mit dem Mädchen reden sollte. Die beiden hatten sich angewöhnt, während ihrer Begegnungen stumm vor einem Puzzle mit 1500 Teilen zu sitzen und hin und wieder ein Stück einzusetzen, wenn sie nach langem, stummem Herumsuchen die Stelle dafür gefunden hatten. Das Puzzle lag im Spielzimmer der Pension und blieb dort auch liegen, wenn die Tochter gegangen war. Bella war aufgefallen, dass nicht mehr daran gearbeitet wurde; sie hatte Franz darauf angesprochen, und der erklärte bereitwillig, dass seine Tochter in den Ferien mit ihrer Mutter in die USA gereist sei.
Franz war ein freundlicher Mensch, mit einer verschlampten, wie abgeschliffen wirkenden Sprache, die er sich, vielleicht, bei verschiedenen Anstellungen in internationalen Hotels und bekannten Bars angewöhnt haben mochte. Bella schätzte ihn auf etwa vierzig Jahre. Er war hager, und seine Kleidung wirkte elegant an ihm. Sicher war, dass er gut verdiente, aber nicht gut genug, um sich die Pension leisten zu können. Er war, wie Wanda Rosenbaum sich in einer ihrer wenigen gesprächigen Momente ausgedrückt hatte: ein Fehltritt der Bourgeoisie. Das sollte heißen, dass die sehr reiche Tochter eines sehr bekannten Hamburger Unternehmers ihn gegen den Wunsch der Familie geheiratet hatte. Selbstverständlich war die Ehe, die Eltern hat-

ten es vorausgesagt, schief gegangen. Das Geld für die Pension war eines der Ergebnisse des Scheidungsprozesses.
Eigentlich war Wanda Rosenbaum eine verschwiegene und diskrete Wirtin, in allem dem Stil der Pension angemessen. Sie sprach leise und gewählt, mit einer Stimme, die durchaus selbstbewusst war. Sie trug Röcke und dazu passende Kaschmir-Twinsets in verschiedenen Farben. Um den Hals band sie sich gewöhnlich eine kurze Perlenkette, die nur zu besonderen Gelegenheiten gegen eine längere gewechselt wurde. Bei solchen Gelegenheiten wurden dann auch Rock und Twinset gegen ein schmales Kleid aus bestickter chinesischer Seide ausgetauscht. Wanda hatte eine Weile in Asien gelebt. Bella hatte sie im Verdacht, dort Puffmutter gewesen zu sein, hätte aber, danach befragt, kaum angeben können, woran sie ihren Verdacht festmachte.
Es ist etwas Geschnürtes an ihr, dachte sie, während sie zufrieden in den sommerlichen Morgenhimmel sah. Wanda sieht aus, als hätte sie eine lange Zeit in ihrem Leben Gäste im Negligé empfangen und diese Angewohnheit erst aufgegeben, als die hauchdünnen Stoffe, mit denen sie ihren Körper dekorierte, die Zeichen des Alters nicht mehr verbergen konnten.
Fest stand auf jeden Fall, dass Wanda Rosenbaum, in welchem Stadium des Verfalls auch immer, eine tüchtige Geschäftsfrau und eine umsichtige Wirtin war. Sie hatte Bella beeindruckt, die lange Zeit unentschlossen gewesen war, eine Pension als Wohnsitz zu wählen. Aber schließlich hatte, neben der Lage in der Stadtmitte, dem 100-Quadratmeter-Appartement und der Tatsache, dass sie von Tätigkeiten wie Putzen und Kochen von nun an befreit sein würde, Wandas Persönlichkeit den Ausschlag gegeben. Und Bella hatte den Einzug in die Pension keinen Augenblick lang bereut. Außer Caroline Latt und dem Barkeeper Franz lebten in der Pension noch zwei weitere Gäste: Major Kollmann, ein pensionierter Bundeswehroffizier, und

Herr Grabert, der einen gut bezahlten Job in der Hamburger Senatsverwaltung innehatte und den man wenig sah. Er arbeitete viel und schien in seine Aktentasche verliebt zu sein, die er nie aus den Händen ließ. Bella hatte ihn im Verdacht, darin die Bestechungsgelder zu transportieren, die ihm die aufwendige Pension ermöglichten. Ihr Interesse, der Sache auf den Grund zu gehen, war allerdings gleich null. Der Major war nur am Anfang ein wenig anstrengend gewesen. Er, der sich offensichtlich noch in der Phase der Sinnsuche nach seiner Verabschiedung von der Truppe befand, als Bella eingezogen war, hätte eine Verbindung mit ihr auf jeden Fall der Leere vorgezogen.
Bella Block war noch immer eine attraktive Frau. Dass diese Attraktivität unter anderem damit zu tun hatte, dass sich ihr Liebesleben außerordentlich befriedigend gestaltete, konnte der gute Major nicht wissen. Bella zog es vor, ihren Freund Kranz nicht in der Pension zu empfangen, und für gelegentliche Begegnungen anderer Art hatte sich noch immer der passende Ort gefunden. Obwohl sie verstand, dass das Soldatenleben des Majors nicht unbedingt dazu angetan gewesen war, seine Phantasie in Bezug auf Frauen zu beflügeln, hatte sie seine Bemühungen doch als ungewöhnlich konventionell empfunden. Rosen! Der Vorschlag, gemeinsam ein Musical zu besuchen! Natürlich hatte sie nicht erwartet, dass die Bundeswehr, deren dringender Geldbedarf für die Ausrüstung der Truppe zu internationalen Einsätzen ein ständiges Thema in den Medien war, zusätzlich noch Geld für die musikalische Bildung ihrer Offiziere ausgab. In diesem Punkt wäre private Initiative des Majors von Nutzen gewesen, die er aber offensichtlich nicht aufgebracht oder nicht für nötig gehalten hatte. Jedenfalls war Bella sehr bald nichts anderes übrig geblieben, als Kollmann von der Vergeblichkeit seiner Bemühungen zu überzeugen.
Und, dachte sie zufrieden, noch immer in den Himmel sehend, dessen Blau nun von einer einzigen leichten, kleinen weißen

Wolke betont wurde, eins steht fest: Manieren lernt man in dem Verein, jedenfalls in den oberen Etagen. Das Handwerk des Tötens und die Erziehung zu guten Umgangsformen widersprechen sich offenbar nicht.

Auf der Treppe zur Dachterrasse waren Schritte zu hören. Das war ungewöhnlich am Vormittag. Bella wandte den Kopf, um zu sehen, wer da käme. Der sorgfältig frisierte Kopf von Wanda Rosenbaum erschien, die kleine Perlenkette, ein rosa Twinset, ein brauner Kamelhaarrock. Wanda blieb auf der Treppe stehen.

Ich hätte durchstellen können, sagte sie und zeigte auf das Telefon, das auf der Bar der Dachterrasse stand. Aber ich weiß ja, dass Sie hier oben nicht gestört werden möchten. Ich hab's auch der Dame gesagt und sie gebeten, gegen 13 Uhr noch einmal anzurufen.

Eine Dame?

Der Sprache nach zu urteilen, ja, antwortete Wanda und machte dabei das Gesicht, von dem sie annahm, es sei unter Damen üblich, wenn man voneinander sprach. Dabei stieg sie noch zwei Stufen höher, sodass Bella sie bis zu ihren tief ausgeschnittenen Pumps sehen konnte. Wanda trug nur tief ausgeschnittene Pumps. Sie streckten ihre zur Fülle neigenden Beine äußerst vorteilhaft.

Frau Doktor Susanne Behrendt, sagte Wanda.

Bella bewunderte sie. Weder in ihrer Stimme noch in ihrem Gesichtsausdruck war der geringste Anflug von Neugier zu entdecken.

Von der Dachterrasse aus war die Uhr im Turm der Petrikirche gut zu erkennen. Es war kurz vor zwölf. Auf dem Dachfirst des Nachbarhauses saßen eine Elster und eine Möwe.

Danke, Frau Rosenbaum, sagte Bella. Ich werde hier oben bleiben. Stellen Sie den Anruf einfach durch.

Wanda nickte und stieg die Treppe wieder hinab. Bella nahm

das Buch in die Hand, das auf ihrem Schoß gelegen hatte: André Gide, *Reise nach Sowjetrussland.* Sie hatte es vor ein paar Tagen zufällig in einem Antiquariat entdeckt. Nachdem ihre Bibliothek zusammen mit dem kleinen Kapitänshaus an der Elbe verbrannt war, hatte sie lange gezögert, wieder Bücher zu kaufen. Irgendwann aber war ihr klar geworden, dass Bücher zu ihrem Leben gehören, wie die Luft zum Atmen. Es genügte nicht, in Bibliotheken zu gehen und dort zu lesen oder Bücher auszuleihen. Sie brauchte sie zu jeder Tages- und Nachtzeit. Sie brauchte die Anregungen, die von einer Reihe von Buchrücken ausgingen, wenn sie an ihnen vorüberkam. Sie brauchte den besonderen Geruch nach altem Papier und Staub und von Druckerschwärze, der von neuen Exemplaren ausging. Ein Problem war nur, dass eine Bibliothek, die sie neu aufbauen würde, im Grunde keinen Wert mehr für sie haben würde. Sie hatte Bücher gesammelt, so weit sie zurückdenken konnte. Es hatte Exemplare gegeben, in die sie mit kindlicher, schülerhafter Handschrift ihren Namen auf das Vorsatzblatt geschrieben hatte. Ihre Bibliothek war ein Spiegel ihres Lebens, seiner Höhen und Tiefen gewesen. Welch, natürlich nun in der Erinnerung, wunderbare Gefühle hatten sie erfasst, wenn ihre Augen zufällig den kleinen Band mit Ricarda Huchs Gedichten entdeckten: *Ich bin, die immerdar wie Feuer brennt.* Sie war, wenn sie genauer darüber nachdachte, nicht einmal sicher, ob sie sich noch in allen Einzelheiten an den Mann erinnerte, der diese Gefühle vor vierzig Jahren in ihr ausgelöst hatte. Aber an die Empfindungen von damals erinnerte sie sich beim Anblick des Buches sehr genau. Es hatte Bücher gegeben, bei deren Anblick sie wütend geworden war; Henry de Montherlants *Erbarmen mit den Frauen* gehörte dazu, und Bücher, die eine sonderbare Mischung aus Zärtlichkeit und Verletztheit in ihr hervorriefen. Das waren ziemlich viele gewesen, und sie hatten alle eine enge Beziehung zu ihrer Mutter Olga gehabt.

Olga war Kommunistin, auch dann noch, als sie 1937 vor Stalin nach Spanien geflohen war, wo sie an der Seite der Republikaner gegen Francos faschistische Truppen kämpfte. Sie war auch noch Kommunistin geblieben, als gegen Ende des 20. Jahrhunderts der real existierende Kommunismus zusammenbrach und damit sogar für linke Intellektuelle an Attraktivität verlor.
Bella hatte ihre Mutter geliebt und gehasst. Olga war mutig und klar denkend und voller Verachtung für Lifestyle-Propaganda, unabhängig davon, ob sie für den Inhalt von Büchern, von Fernsehprogrammen oder Politikerreden warb. Und sie war leidenschaftslos in allen Fragen der Brutpflege. Ihr politischer Auftrag war ihr immer wichtiger gewesen als die Gefühle ihrer Tochter. Das hatte sie nicht verschwiegen, sondern versucht zu erklären. Bellas Verlassenheitsgefühle waren dadurch jedoch nicht oder nur für kurze Zeit besänftigt worden. Allerdings hatte Bella durch ihre Mutter Lesen gelernt. *Lies dies, mein Kind, und du wirst besser verstehen, was ich meine*, war eine ihrer ständigen Redensarten gewesen. Und so war es gekommen, dass in ihrer Bibliothek Bücher standen mit Titeln wie *Reform oder Revolution*, *Geschichte und Klassenbewusstsein*, Trotzkis Stalin-Biografie, die noch jetzt, als sie längst verbrannt waren, in Bella, wenn sie sich ihre Rücken vorstellte, Liebe und Hass gleichzeitig auslösten.
Eine solche Bibliothek war nicht zu rekonstruieren. Eine andere Lösung musste gefunden werden. Eine Zeit lang hatte sie darüber nachgedacht, ausschließlich Lyrik-Neuerscheinungen anzuschaffen. Nach ein paar Probewochen hatte sie den Gedanken wieder verworfen. Abgesehen davon, dass auch ihre verbrannte Bibliothek eine stattliche Anzahl von Lyrikbänden enthalten hatte, schien es ihr, als litte die Lyrik inzwischen an Blutarmut. Es würde sich nicht lohnen, Bücher zu sammeln, die, bis auf wenige Ausnahmen, zu denen die hoch gelobten Lyriker nicht gehörten, von Wortakrobaten geschrieben wurden, die nichts

zu sagen hatten. Beim Lesen solcher Gedichte hätte man noch immer Brecht zitieren können, der schon 1927 über die damals jungen Lyriker gesagt hatte, sie seien *empfindsamer Teil einer verbrauchten Bourgeoisie, mit der ich nichts zu tun haben will.*

Die Idee, die sich dann schließlich als tragfähig erwies und die Bella nun in die Tat umsetzte, war eher zufällig entstanden. Sie hatte einer nächtlichen Radiosendung über Marina Zwetajewa zugehört, sich an ihre Reise nach Moskau erinnert und daran, wie beliebt Moskau als Reiseziel in den vergangenen Jahrhunderten gewesen war. Und plötzlich hatte ihr Entschluss festgestanden: Sie würde Reiseberichte von Russland-Reisenden sammeln – ein überschaubarer Bereich, mit eigenen Erfahrungen verbunden, eine gute Möglichkeit, in die Geschichte einzutauchen. Anderer Menschen Erlebnisse würden sich vor ihr auftun und ihr über die graue, stillstehende Zeit der Gegenwart hinweghelfen. Mit einem kleinen, überlegenen Lächeln dachte sie inzwischen beim Anblick der wachsenden Bücherreihe an ihren spanischen Kollegen Pepe Carvalho. Der Arme war dazu übergegangen, seine große Bibliothek nach und nach zu verbrennen. Anscheinend hatte er die Absicht, irgendwann ganz ohne Bücher zu leben.

Vielleicht, dachte Bella, ist so etwas in Spanien möglich. Dort gab es immerhin noch in dem kleinsten Dorf Bars mit wohl schmeckenden Tapas, Serrano-Schinken, Tellern, gefüllt mit frischen Knoblauchzehen und köstlichen Tortillas. Dort wunderte sich niemand, wenn Männer an den Tresen zum Frühstück Cognac tranken und anschließend zurück in das Fahrerhaus ihres LKWs kletterten. Dort warf man den Rest der Zigarette vor der Bar auf den Boden und hatte trotzdem nicht den Eindruck, in einer schmutzigen Höhle zu sein; mit Ausnahmen, natürlich, aber die gibt es überall.

In Spanien, dachte Bella, während sie feststellte, dass die kleine Wolke sich aufgelöst hatte und der blaue Himmel nun durchaus wie ein Morgenhimmel im Sommer in Andalusien aussah, in Spanien sieht immer noch jede Prozession so aus, als wäre auf unerklärliche Weise der Geist der Inquisition in ihr lebendig, während hier inzwischen nichts lächerlicher wirkt als Menschen, die hinter Transparenten mit Parolen von gestern herlaufen, an deren Umsetzung sie in Wirklichkeit selber nicht mehr glauben. Schon möglich, dass Pepe Carvalho genügend andere Vergnügungen hatte, sodass er ohne Bücher auskommen konnte. Sie, Bella, konnte es nicht.

Der Gedanke wirkte so beruhigend, dass sie einschlief.

Als das Telefon klingelte und sie die Augen aufschlug, zeigte die Uhr am Turm der Petrikirche 13 Uhr.

Ja?

Bellas Stimme klang selbst in ihren eigenen Ohren zu verschlafen. Sie nahm sich zusammen.

Susanne Behrendt.

Die Stimme war nicht unangenehm, ein bisschen atemlos, vielleicht, als wäre die Besitzerin gelaufen, um eine Telefonzelle zu erreichen. Geräusche vorüberfahrender LKWs waren deutlich zu hören.

Ja, bitte?

Wann kann ich Sie treffen?, sagte die Stimme. Heute Nachmittag? Ich hab's ein wenig eilig, wissen Sie.

Ich nicht, dachte Bella, aber sie sagte nichts, überlegte einen Augenblick und antwortete dann ausweichend.

Ich arbeite eigentlich nicht mehr. Ich nehme doch an, dass es sich um ein Treffen mit der Detektivin Bella Block handeln würde?

Ja, natürlich, sagte die Stimme. Wir kennen uns nicht. Welchen anderen Grund sollte ich haben.

Oh, sagte Bella. Sagen Sie das nicht. Vielleicht möchten Sie mir einen kostbaren Teppich verkaufen? Oder einen Brillanten aus Familienbesitz. Sie können sich gar nicht vorstellen, was für

Anrufe man heutzutage bekommt! Vor ein paar Tagen hat die Telekom angerufen und gefragt, ob man mir Werbematerial mit meiner Rechnung zusammen schicken dürfe. Dabei tun die das seit Jahren ungefragt. Vielleicht gibt es inzwischen ein Gesetz, das solche Praktiken nicht mehr erlaubt.

Wenn wir uns kennen lernen, sagte die Stimme, werden Sie feststellen, dass ich eine nüchterne Person bin, die nicht zu Übertreibungen neigt. Ich sage nun ganz bewusst: Es handelt sich um eine Sache auf Leben und Tod. Wann, also?

Bella überlegte kurz, bevor sie antwortete. Auf keinen Fall wollte sie diese Behrendt in der Pension empfangen. In ihre private Umgebung sollte niemand eindringen, den sie nicht kannte.

In den Wallanlagen, morgen Abend um acht, sagte sie. Vor dem Eingang zum Tropenhaus. Sie wissen …

Natürlich, sagte die Stimme, früher geht es nicht?

Nein, sagte Bella.

Sie hörte die Stimme morgen, 20 Uhr, Tropenhaus sagen. Der Hörer wurde aufgelegt.

Sollte mich wundern, wenn ich das richtig gemacht habe, dachte Bella. Dann fiel ihr ein, dass sie, was immer ihr diese Susanne Behrendt erzählen würde, nein sagen könnte. Sie legte den Hörer auf und ging hinunter, um sich umzuziehen. In der Pension gab es keinen Mittagstisch, stattdessen sorgte ein Büfett dafür, dass die Bewohner bis zum Abendessen nicht verhungerten.

Sommerabende im Norden, wenn es sie denn wirklich gibt, sind ungewöhnlich schön. Das Licht ist von faszinierender Unentschiedenheit, die lange andauert, die Luft ist still und weich und warm, hat aber so etwas wie einen harten Kern, den man

nur ahnt. Unmöglich, an solchen Abenden im Haus zu bleiben. Seit einigen Jahren hatten sich die Gastwirte in der Stadt angewöhnt, an diesen Tagen Tische und Stühle auf die Straße zu stellen. Ahnungslose hätten sich in Italien wähnen können, wenn ihnen nicht aufgefallen wäre, dass zwischen den Gästen die Kinder fehlten. Auch in den Krankenhäusern wurden dann die Fenster geöffnet, und in den Gefängnissen empfanden die Insassen ihre verzweifelte Lage besonders deutlich. Sie konnten die Fenster öffnen und die Hände um die Gitterstäbe legen. Mehr war nicht möglich. Außer Rufen, natürlich.
Das Gebäude des Untersuchungsgefängnisses schloss an das Strafjustizgebäude an. Die Rückfronten beider Häuser begrenzten einen Teil der Wallanlagen. Bella saß, den Blick auf die geöffneten, durch Gitter verschlossenen Fenster des Gefängnisses gerichtet, in einem weiß lackierten hölzernen Parksessel und wartete. Drüben, an der Mauer, die den Gefängnishof begrenzte, standen ein paar Frauen, junge und ältere. Sie unterhielten sich mit ihren Männern in kurzen, abgerissenen Sätzen. Eine Frau, groß und sehr schlank, die Hände in den Taschen eines leichten Mantels vergraben, den man in den dreißiger Jahren Staubmantel genannt hätte, kam mit schnellen Schritten auf sie zu. Sie blieb vor Bella stehen.
Bella Block?
Ja.
Kommen Sie.
Die Frau ging weiter, ohne eine Antwort abzuwarten. Bella blieb sitzen. Die Frau ging zehn schnelle Schritte, bevor sie bemerkte, dass sie allein unterwegs war. Sie kam zurück, blieb vor Bella stehen und zeigte auf das Gefängnis.
Hier nicht, sagte sie.
Wir müssen ja nicht brüllen, antwortete Bella.
Er sitzt da, sagte die Frau. Richtmikrofone, haben Sie davon schon mal gehört?

Auf die Argumente von Verrückten geht man besser ein. Bella stand auf. Sie war genauso groß wie ihr Gegenüber, aber entschieden breiter.
Wir brauchen eine Kneipe, in die sich garantiert keine Juristen wagen, sagte die Frau. Susanne Behrendt, entschuldigen Sie, ich hab mich noch nicht vorgestellt.
In Ordnung, sagte Bella. Das ist in dieser Gegend nicht so einfach.
Sie kannte ein paar Kneipen, in die Juristen wohl noch nie einen Fuß gesetzt hatten, aber sie bezweifelte, dass eine von denen dem Geschmack dieser Behrendt entspräche. Ganz abgesehen davon, dass sie beide dort unnötig auffallen würden. Dann wurde ihr plötzlich klar, dass es kaum etwas auf der Welt gab, was ihr gleichgültiger war als das Wohlbefinden dieser Frau, die neben ihr ging. Sie steuerte eine Kneipe an, die Grüner Peter hieß, und sah beinahe mit Vergnügen, dass die Behrendt beim Eintreten zurückschrak, sich dann aber zusammennahm und mit eisigem Gesicht den einzigen kleinen Tisch ansteuerte, der im Hintergrund des schmalen Raums stand. Der Tisch und die ihn umrahmenden Stühle waren im Rauch kaum zu erkennen. Während Bella am Tresen vorüberging, bestellte sie bei dem Gespenst hinter der Bar zwei Bier. Sie sah mit Befriedigung, dass die Gestalten, die vor dem Tresen hockten, zu betrunken waren, um die beiden Frauen wirklich wahrzunehmen. Mehr als verräucherte Luft, abgestandenes Bier und stinkende Fußböden hasste sie gut aufgelegte Betrunkene vor dem Absturz, die glaubten, sich aufspielen zu müssen.
Die Behrendt saß sehr gerade auf dem wackeligen Holzstuhl. Vielleicht fürchtete sie, er könnte zusammenbrechen. Auch ihr Gesicht hatte sie unter Kontrolle. Trotzdem wirkte sie angespannt und nervös. In kurzen Abständen sah sie auf die Tür. Bella war im Begriff, ihr klar zu machen, dass in diese Spelunke ganz sicher niemand kommen würde, der kein Stammgast war,

als der Mann vom Tresen herangeschlurft kam, zwei Bierflaschen auf den Tisch stellte und neben ihnen stehen blieb. Der Mann hatte große Hände mit langen, dünnen Fingern und breiten, spatenförmigen Nägeln. Er roch ganz sicher nach irgendetwas, das man wegen des im Raum herrschenden Gestanks aber glücklicherweise nicht wahrnehmen konnte. Er war so dünn, dass der Trainingsanzug an ihm herunterhing wie Kleider an einer Vogelscheuche. Er sagte nichts, auch nicht danke, als Bella ihm fünf Euro in die ausgestreckte Rechte legte. Er schlurfte einfach wieder hinter den Tresen. Er würde es nicht mehr lange machen, da wollte er die Zeit an seinem Lieblingsplatz noch gehörig auskosten.

Wir könnten das Bier mit nach draußen nehmen, schlug Bella vor.

Die Behrendt sah auf die Tür. Die Tür bewegte sich, aber nur langsam.

Nein, sagte sie, lassen Sie uns hier bleiben. Dabei sah sie unentwegt auf die Tür, die langsam wieder zufiel. Wahrscheinlich hatte der Betrunkene davor die Richtung gewechselt. Erst jetzt sah sie Bella an.

Ich schildere Ihnen die Sachlage, sagte sie.

Sie hielt die Bierflasche in beiden Händen auf ihrem Schoß. Ihre Fingernägel wirkten sehr gepflegt, auch wenn das Rot für Bellas Geschmack ein ganz klein wenig zu rot war.

Ich bin Anwältin, genauer gesagt, Strafverteidigerin. Einer meiner Mandanten ist ein hoher Polizeioffizier.

Die sitzen im Allgemeinen nicht im Untersuchungsgefängnis, sagte Bella.

Die Behrendt sah sie verständnislos an.

Sie haben vorhin gesagt: Da sitzt er.

Ach, nein.

Zum ersten Mal erschien ein winziges Lächeln im Gesicht der Frau, sozusagen die Kostprobe eines Lächelns, aus dem zu entnehmen war, dass ihr Gesicht durchaus auch schön aussehen konnte, wenn sie es wollte. Wie alt mag sie sein, dachte Bella? Sechzig?

Neben dem Untersuchungsgefängnis, im Strafjustizgebäude, ist die Staatsanwaltschaft untergebracht. Sehr bald wird der Oberstaatsanwalt mein Feind sein.

Der Oberstaatsanwalt vertritt die Anklage?

Bella sah, dass die Behrendt irritiert war. Offenbar handelte es sich um einen Prozess, über den alle Welt Bescheid wusste, nur sie nicht.

Ich lese im Augenblick keine Zeitungen, sagte sie.

Wenn ich die Sachlage im Zusammenhang …

Entschuldigen Sie.

Der Prozess beginnt in ein paar Tagen. Ich verteidige den Angeklagten. Er soll veranlasst haben, dass ein der Entführung Verdächtigter gefoltert werden soll. Wie Sie wissen, ist Folter bei uns verboten. Diesen Standpunkt wird die Anklage vertreten. Der Oberstaatsanwalt hat einen besonderen Ruf. Er gilt seit vielen Jahren als der Inbegriff des rechtsstaatlichen Juristen. Das ist in einem Land wie dem unseren, das keinen der blutigen Juristen des Dritten Reiches zur Rechenschaft gezogen hat, eine Ausnahme. Er ist Vorbild, sozusagen, in einem an Vorbildern armen Gewerbe. Ich weiß aber, dass er ein Folterer ist. Und ich habe die Absicht, das im Prozess öffentlich zu machen.

Die Behrendt schwieg, nahm die Bierflasche zum Mund und trank. Das ist ja warm, sagte sie und schwieg weiter.

Bella sah sich außerstande, etwas Sinnvolles zum Inhalt der Geschichte zu äußern.

Wenn Sie so etwas vorhaben, sagte sie, und es klang ziemlich lahm, dann werden Sie vorher darüber nachgedacht haben, welche Folgen die Sache haben könnte. Ich sehe nicht …

Ja, sagte die Behrendt, Sie sehen nicht. Niemand sieht. Aber

ich weiß. Und er weiß, dass ich weiß. Sobald er mich sieht, wird er es wissen.
Wenn Sie Verteidigerin sind, dann wird er Ihren Namen schon aus den Akten kennen, sagte Bella.
Nein, antwortete die Behrendt. Unsere Kanzlei hat auch eine Niederlassung in Berlin. Der Hamburger Kollege, der die Verteidigung übernommen hatte, ist plötzlich erkrankt. Ich war eingearbeitet. Ich hab die Sache von Berlin aus verfolgt. Ich bin eingesprungen. Ich nehme an, dass der Oberstaatsanwalt überrascht sein wird.
Mit einem Ruck wurde die Tür der Kneipe aufgestoßen. Ein Polizist in blauer Uniform trat einen Schritt vor und musterte die Gäste. Mit seinem linken Arm hielt er die Tür offen. Ein angenehm frischer Luftzug machte sich bemerkbar. So plötzlich, wie er gekommen war, verschwand der Polizist wieder. Außer dem Gespenst hinter der Theke und den beiden Frauen im Hintergrund hatte ihn niemand bemerkt.
Er hat uns angesehen, sagte die Behrendt.
Er hat alle angesehen, antwortete Bella.
Die Tür war wieder zugefallen, und der frische Luftzug würde seine Wirkung gleich verloren haben.
Gut, und was könnte ich in Ihrer Angelegenheit tun? Wenn Sie Beweise haben, dann brauchen Sie mich doch nicht.
Sie war von der Geschichte der Behrendt nicht überzeugt. Sie hielt es nur für taktisch klüger, kurz darauf einzugehen, um möglichst bald und möglichst unbehindert und ohne Aufsehen das Feld räumen zu können.
Nein, darum geht's nicht, sagte die Behrendt. Nicht um Beweise. Außerdem hab ich Jahre gebraucht, um alles zusammenzutragen. Was sollten Sie dann in ein paar Tagen erreichen können. Sie schwieg, hob die Flasche zum Mund, nahm sie aber zurück, ohne zu trinken. Warmes Bier.
Er lässt mich beobachten, sagte sie.

Ihre Stimme hatte sie zu einem Flüstern gesenkt. Wieder sah sie auf die Tür, gehetzt, wie es Bella schien.
Er will das Material, auch wenn er mich dafür umbringen lassen müsste.
Das war heftig. Bella antwortete nicht. Sie überlegte, wie sie mit dieser neuen Information am klügsten umgehen sollte. Wenn die ganze Geschichte nur in der Phantasie der Behrendt existierte, dann war auch diese Behauptung Unsinn. Dafür sprach einiges. Ein Oberstaatsanwalt, der einen Killer anheuert, war zumindest ungewöhnlich.
Sie glauben mir nicht, sagte die Behrendt.
Sie hatte die Bierflasche endgültig zur Seite gestellt und die Hände in die Taschen ihres Mantels gesteckt. Ihre Stimme war nüchtern und klar. Aber das hatte nichts zu bedeuten.
Erinnere dich an den Mann, der zur Beerdigung von Tito fuhr, dachte Bella, um die Großen der Welt, die sich am Grab versammelt hatten, miteinander zu versöhnen. Weil er so normal wirkte, hat er es bis ans Grab geschafft. Erst als er seine Botschaft vortrug, hat man ihn festgenommen. Es muss einen anderen Maßstab geben, an den ich mich halten kann. Was ist, Bella? Ist dir die Frau sympathisch?
Ich würde Ihnen gern glauben. Nehmen wir einmal an, ich glaube Ihnen. Was soll ich nach Ihrer Meinung tun?
Ich brauche Ihren Schutz, sagte die Behrendt. Sie könnten ein Zimmer haben in dem Hotel, in dem ich wohne. Der Prozess wird zwei bis drei Wochen dauern. Ich überlege noch, an welcher Stelle ich meine Enthüllung einbauen soll. Ich neige dazu, es nicht gleich am Anfang zu tun. Er soll sich ruhig noch einmal von seiner besten Seite zeigen können. Sein Sturz wird dann umso tiefer sein.
Das klang sehr danach, als ginge es um eine Aktion, in der persönliche Rachegefühle eine Rolle spielten. Dabei würde sie nicht mitmachen. Überhaupt war die Vorstellung, ihre Pension

zu verlassen und in ein Hotel zu ziehen, nicht reizvoll, nicht einmal für einen Tag, geschweige denn für zwei bis drei Wochen. Sie musste einen Entschluss fassen.
Sie würden mich auf dem Weg ins Gericht begleiten, sich während der Verhandlung im Zuhörerraum aufhalten und mich anschließend zurückbringen. Im Hotel werden wir die Telefonanrufe, die für mich bestimmt sind, in Ihr Zimmer leiten lassen. Sie notieren die Anrufe, sodass ich entscheiden kann, wen ich zurückrufen will.
Und nachts habe ich frei?
Das sollte ironisch klingen, schien aber nicht so anzukommen.
Es wäre natürlich schön, wenn Sie nachts hin und wieder …
Gute Frau, sagte Bella, wissen Sie, was Sie da gerade von mir verlangt haben? Nicht mehr und nicht weniger, als dass ich mein Leben aufgebe.
Vorübergehend, sagte die Behrendt.
Vorübergehend oder nicht, das ist völlig egal. Mein Leben, verstehen Sie? Ich hab's so organisiert, dass es mir gefällt. Dahin zu kommen, hat mich viele Jahre gekostet, von Geld gar nicht zu reden. Das werde ich doch nicht für … Im letzten Augenblick hielt sie inne und schwieg. Auch die Behrendt schwieg. Das war klug von ihr. Eine Diskussion um Bellas Lebensstil hätte sie nicht gewinnen können.
Ich mache Ihnen einen Vorschlag, sagte Bella schließlich. Wenn der Prozess beginnt – wann sind Sie in die Stadt gekommen?
Gestern früh, antwortete die Behrendt.
Also, verhalten Sie sich einstweilen so unauffällig wie möglich. Bleiben Sie im Hotel. Essen Sie auf dem Zimmer. Sie verstehen, was ich meine. Ich brauche ein wenig Zeit, um mich auf meine Weise über die Sachlage zu informieren. Sowie ich mir die Klarheit verschafft habe, die ich brauche, nehme ich mit Ihnen Kontakt auf und sage Ihnen, wie ich mich entschieden habe.

Gut, sagte die Behrendt.
Das klang erleichtert. Aus ihrer Manteltasche zog sie die Karte des Hotels hervor und reichte sie Bella.
Ich hab gesagt, dass ich Ihnen noch sagen werde, wie ich mich entschieden habe, ich habe nicht zugestimmt.
Ich hab's gehört. Ich danke Ihnen. Ich glaube nicht, dass Sie sich anders als in meinem Sinne entscheiden werden.
Zum ersten Mal erschien ein kleines Lächeln im Gesicht der Frau. Sie war wirklich sympathisch.
Wa'm re'n die nich mit uns?, lallte ein Mann am Tresen. Er war vom Hocker gerutscht und wankte auf sie zu.
Bleib, wo du bist, Karl, rief der Wirt ihm nach. Er hatte eine sehr hohe Stimme.
Muss pissen, sagte Karl laut und vernehmlich, während er im Hintergrund verschwand, ungefähr dahin, wo er die Toilette vermutete. Ob er sie fand?
Gehen wir, sagte Bella.
Die Luft draußen war immer noch warm und weich, aber im Gegensatz zu der in der Kneipe wirkte sie erfrischend.
Ich begleite Sie bis zum Hotel, sagte Bella. Wenn Sie unterwegs etwas bemerken, das Sie beunruhigt, dann sagen Sie es mir.
Ganz wie sie erwartet hatte, geschah nichts.

Auf dem Weg zurück in die Pension überdachte Bella die Lage. Im Grunde hatte sie nichts gegen eine kleine Abwechslung. Auch war es bestimmt vernünftig, die Fähigkeiten, die sie hatte, nicht einrosten zu lassen. Und, ein zusätzliches Argument: Susanne Behrendt war ihr sympathisch. Die große Frage allerdings blieb: War sie auch glaubwürdig? Offensichtlich bedrückte sie irgendein Problem. Aber war es das, von dem sie gesprochen hatte? Oder verfolgte sie Absichten, die sie gar nicht erwähnt hatte? Außerdem: Die Rund-um-die-Uhr-Bewachung, die sie sich vorstellte, kam überhaupt nicht in Frage.

Sympathisch hin oder her, mein Leben will ich deshalb nicht durcheinander bringen.
Im Grunde wusste sie aber, dass es sich nicht vermeiden ließe, dass sie in ihren Gewohnheiten durcheinander gebracht werden würde, wenn sie sich intensiv mit einem Auftrag beschäftigte.
Ich kann's aber steuern, dachte sie. Und das werde ich auch. Ich muss nur versuchen herauszufinden, was es mit diesem Oberstaatsanwalt und Susanne Behrendt auf sich hat. Gibt es Anhaltspunkte dafür, dass der Mann so ist, wie sie ihn beschreibt? Und: Wer ist die Behrendt wirklich? Eine Anwältin aus Berlin, die für einen erkrankten Kollegen einspringt, oder eine intelligente Verrückte, die sich wichtig machen will?
Sie nahm ihr Telefon aus der Jackentasche und rief Kranz an.
Lass uns heute Abend zusammen essen gehen, ja?
Essen oder trinken?, fragte Kranz.
Zuerst essen, antwortete Bella, der Rest wird sich ergeben.
Ich hab nur gefragt, weil ich prüfen wollte, wie es dir geht. Scheint doch alles in Ordnung zu sein, oder?
Alles ist wunderbar, sagte Bella. Es ist warm draußen und windstill. Der Lärm hält sich in Grenzen, weil die Leute es zurzeit vorziehen, im Süden zu lärmen. Die betrunkenen Touristen kommen erst am Wochenende, die nüchternen sind erträglich. In den Gefängnissen wird nicht gefoltert –
Wie bitte?
Ich sagte: In den Gefängnissen wird nicht gefoltert, wenn wir davon absehen, dass es dort Menschen gibt, die an diesem phantastischen Sommerabend hinter Gittern sitzen müssen. Die Welt ist so wunderbar in Ordnung, dass ich nur noch etwas zu essen brauche, um rundherum glücklich zu sein.
Oh, oh, murmelte Kranz ins Telefon, das kann ja heiter werden.
Wird's, ich verspreche es, antwortete Bella.

Dir würde ich nicht einmal glauben, wenn du so unschuldig wärst, wie deine Stimme gerade geklungen hat. Wo sollen wir uns treffen?

Der Abend verlief für Bella und ihren Freund Kranz sehr zufriedenstellend. Kranz versprach, seine Beziehungen zur Staatsanwaltschaft und zur Anwaltskammer zu nutzen. Über den bevorstehenden Prozess war er gut informiert. Der Staatsanwalt, der die Anklage voraussichtlich vertreten würde, war Dr. Paul Frings. Der Name Susanne Behrendt sagte ihm nichts, aber das würde sich ändern. Damit war der erste Teil des Abends abgeschlossen. Die Überleitung zum zweiten Teil geschah auf Bellas Initiative.

Hab ich dir eigentlich schon mal gesagt, dass du für dein Alter ein sehr attraktiver Mann bist?

Du sagst es mir dauernd, nur nicht so laut, bitte. Die Dame dort drüben ist schon ganz verrückt nach mir.

Und das gefällt dir?

Im Gegenteil. Merkst du nicht, dass ich vollkommen verunsichert bin?

Wegen der da?

Bella sah suchend zur Seite. Da saß ein Paar, vermutlich ein Ehepaar, nach der sehr ähnlichen Leere in beiden Gesichtern zu urteilen. Die Frau trug ein enges, tief ausgeschnittenes schwarzes Kleid, der Mann einen weißen Anzug.

Du meinst doch nicht etwa den schwarzen Zahnstocher da drüben?

Unter dem Tisch nahm Kranz ihr rechtes Bein zwischen seine Knie. Über dem Tisch bewegte er sich vor und sah ihr tief in die Augen.

Rette mich, Bella.

Zahlen, bitte, rief Bella der Kellnerin zu, die an ihnen vorüberging. Du hast Glück, sagte sie zu Kranz. Wenn du mir nur ein

bisschen weniger gefallen würdest, würde ich dich jetzt dem Zahnstocher überlassen und mich mit dem weißen Anzug davonmachen. Nur kann ich weiße Anzüge überhaupt nicht ausstehen. Und außerdem: Hab ich dir schon gesagt, dass du für dein Alter ein sehr attraktiver Mann bist?
Für den Weg zur Wohnung von Kranz nahmen sie ein Taxi.

Vor dem riesigen, noch lange nicht beendeten Puzzle im Spielzimmer saß Sissy. Sie saß auf einem mit hellgelbem Rips bezogenen Sessel und baumelte mit den Beinen. An ihren Füßen steckten schwarze Lacksandalen. Sie langweilte sich. Als Wanda Rosenbaum das Zimmer betrat, hielt die Kleine die Beine still. Ihr Gesicht nahm den verschlossenen Ausdruck an, den es gewöhnlich zeigte.
Wartest du immer noch?, fragte Wanda.
Sie hatte Sissy hereingelassen und ihren Vater davon informiert, dass er Besuch habe. Das hatte sie mit besonderem Vergnügen getan, weil sie ihren Mieter im Verdacht hatte, Damenbesuch zu haben. Selbstverständlich war es erlaubt, zur Nacht Gäste mitzubringen. Ihre Mieter sollten sich wohl fühlen, und die Appartements waren groß genug. Aber es gab Gäste und Gäste. Sie hätte nichts dagegen, wenn ein Dichter die Dichterin besuchen würde. In gewisser Weise käme so ein Besuch auch dem Renommee ihres Hauses zugute. Besuche der Art, wie sie Franz allerdings hin und wieder mitbrachte – Wanda hätte auch andere Bezeichnungen für diese Personen zur Verfügung gehabt, aber sie hütete sich, die zu gebrauchen –, schätzte sie überhaupt nicht.
Armes Kind, sagte sie mitfühlend, soll ich noch einmal anrufen?
Nein, danke, sagte Sissy. Lassen Sie, bitte, meinen Vater mit der Dame …

Sie unterbrach sich und sah auf die offen stehende Flügeltür. Eine Frau vom Typ Lange-blonde-Beine stöckelte daran vorüber. Sie sah ungekämmt aus. Wanda ging schnell hinaus und folgte der Dame. Sie sagte etwas, aber ihre Stimme war zu leise. Das Kind verstand nicht, was gesprochen wurde. Es dauerte eine ganze Weile, bis Franz auftauchte, strahlend, mit nassen Haaren, in T-Shirt und einer sehr hellen, weiten Leinenhose. Sissy sah ihrem Vater entgegen. Sie fand, dass er gut aussah, und an diesem Morgen war sie bereit, über seine charakterlichen Mängel hinwegzusehen.

Machen wir weiter, sagte Franz aufgeräumt, nachdem er seiner Tochter einen Kuss auf die blonden Haare gedrückt hatte. Er setzte sich und sah sie an.

Oder? Gibt es etwas Besonderes?

Nein, antwortete Sissy. Wir sind etwas früher zurückgekommen. Es war zu heiß. Und im Museum of Modern Art bin ich schon zweimal gewesen.

Gut, sagte Franz. Machen wir weiter. Heute Mittag habe ich eine Verabredung zum Essen. Ich nehme dich mit, was hältst du davon?

Gern, sagte Sissy. Mama erwartet mich erst um sechs.

In den zwei Stunden, die Franz und Sissy vor dem Puzzle hockten, sprachen sie kaum. Als Franz auf die Uhr sah und es ist so weit sagte, hatten sie etwa zehn Quadratzentimeter zusammengesetzt. Wanda Rosenbaum hatte zwischendurch eine Erfrischung angeboten, aber beide hatten abgelehnt.

Komm, wir waschen uns die Hände, sagte Franz.

Seine Tochter stand auf und folgte ihm. Sie war schon ein paar Mal in Franz' Appartement gewesen, hatte sich aber nicht dafür interessiert, wie es dort aussah. Diesmal aber sah sie sich um, und was sie sah, gefiel ihr. Der große Salon war mit weißem Teppich ausgelegt. Ein paar schwarze Ledermöbel, Glas und schwarzer Lack. Die Türen zu den übrigen Zimmern waren ge-

schlossen, nur die Tür zum Bad stand offen. Es war schwarz und hatte viele Spiegel. Einzig die roten Handtücher und ein knallroter Bademantel gaben dem Ganzen Farbe.
Fast wie in dem New Yorker Hotel, sagte Sissy.
Sonst sagte sie nichts mehr. Franz war das recht. Er wollte sich auf den Mann konzentrieren, den er zum Mittagessen treffen würde. Es ging um ein Geschäft, so viel war klar. Aber er wusste nicht genau, was der Mann ihm vorschlagen würde. Um einen besseren Job konnte es sich kaum handeln. Seit seiner Scheidung waren ihm in der Stadt bestimmte Häuser, in denen er gern gearbeitet hätte, verschlossen. Und Bars wie die, in der er im Augenblick arbeitete, könnte er selbst genug finden. Er wollte sich nicht verändern, obwohl er dachte, dass er unter Wert beschäftigt wäre. Vielleicht würde er irgendwann das Land wieder verlassen, aber im Augenblick gefiel ihm hier alles. Seine Gäste waren ausreichend interessant, an seiner Wohnung war nichts auszusetzen, ebenso wenig an der Unterhaltszahlung, die jeden Monat pünktlich auf dem Konto war. Der Besuch der Kleinen, auch wenn er selten war, gab ihm das Gefühl, für irgendjemanden wichtig zu sein, und die Frauen, die er hin und wieder mitnahm, konnte er sich aussuchen. Was diesen Punkt betraf, so hatte er einen etwas ausgefallenen Geschmack, aber die Agentur kannte ihn und hatte noch immer das geliefert, was er brauchte.
Der Mann, mit dem er sich nun treffen wollte, war eines Nachts in der Bar aufgetaucht, als der letzte Gast schon gegangen war. Sie hatten sich eine Weile unterhalten, nicht zu lange, denn es war schon gegen Morgen gewesen. Der Mann hatte auf den ersten Blick interessant gewirkt, ein bisschen großsprecherisch, vielleicht, aber nicht unangenehm, eher witzig. Er hatte eine tiefe, dröhnende Stimme gehabt. An dieser Stimme hatte Franz ihn am Telefon sofort erkannt.
Weshalb soll ich mich nicht mit ihm treffen, dachte er, wäh-

rend er, Sissy an der Hand, an der Alster entlangging. Ein merkwürdiges Kind. Eigentlich hübsch, aber immer der gleiche Gesichtsausdruck. Manchmal reizte es ihn, etwas zu tun, was eine Bewegung im Gesicht seiner Tochter hervorrufen würde. Aber sein Interesse an ihr war nicht groß genug, um so lange darüber nachzudenken, bis ihm einfiele, was das sein könnte.
Er hatte sich damals nicht danach erkundigt, womit sich sein später Gast beschäftigte. Er war einfach nicht dazu gekommen, wohl, weil er eigentlich an dem Morgen endlich Schluss machen wollte. Außerdem gehörte der nicht zu denen, die in eine Bar gehen, um über ihr unglückliches Leben zu reden, froh, endlich jemanden gefunden zu haben, der zuhört. Schade, sonst hätte er jetzt, vielleicht, ahnen können, was der Mann von ihm wollte.
Der Schwan ist verrückt, sagte Sissy.
Sie sagte es mit unbewegter Stimme und wandte ihren Kopf vom Wasser weg. Franz sah über die glatte Wasseroberfläche. Weiter draußen war ein Schwan damit beschäftigt, eine Jolle anzugreifen.
Das machen die manchmal, sagte er. Was würdest du tun, wenn einer in dein Haus käme und darin herumliefe, als ob es seines wäre?
Wir haben einen Wachmann, sagte Sissy.
Dagegen war nichts zu sagen. Den Rest des Weges liefen sie schweigend nebeneinander her, aber Sissy ließ ihre Hand in der seinen, und das Gefühl war ihm angenehm.

Der Mann hatte Paolino an der Alster als Treffpunkt vorgeschlagen. Franz sah ihn am Wasser sitzen, als sie den Steg zum Ponton hinunterkamen. Er zog die Augenbrauen hoch, offensichtlich erstaunt darüber, dass Franz nicht allein kam. Er stand auf, als die beiden sich seinem Tisch näherten. Jetzt, am Tage, im Licht der Sonne, sah er älter und verlebter aus als damals in

der Bar. Er mochte fünfzig sein. Sein heller Anzug war aus Seide, und seine Gesichtszüge wirkten, als würden sie durch eine geübte Kosmetikerin und teure Präparate im Zaum gehalten. Er wog wahrscheinlich fünf Kilo zu viel und verwendete viel Mühe darauf, sein Gewicht nicht weiter steigen zu lassen.
Und wer ist die junge Dame?, fragte er.
Er lächelte nicht dabei, wie man es hätte erwarten können. Seine Augen sahen forschend auf Franz. Das Kind störte ihn offensichtlich. Sissy zog ihre Hand aus der Hand von Franz.
Ich möchte jetzt nicht essen, sagte sie. Du kannst mich nachher dahinten abholen.
Sie zeigte in die Richtung eines in der Nähe gelegenen Hotels.
In Ordnung, sagte Franz, und das Mädchen wandte sich um und ging davon. Erst später dachte er darüber nach, wie selbstverständlich er sie hatte gehen lassen, weil er annahm, sie kenne das Hotel. Jedenfalls hatte ihre Stimme so geklungen.
Dücker, sagte der Mann, Kurt Dücker. Oder hatte ich das schon damals gesagt?
Das hatte er nicht, und er wusste, dass Franz das wusste. Der hatte den Namen noch nie gehört. Er sagte ihm nichts.
Ich hab mir gedacht, wir nehmen eine große Platte Antipasti und trinken Weißwein dazu. Bei diesem Wetter genau das Richtige. Dücker wirkte gelassen und sehr selbstsicher. Er war bemüht, seine dröhnende Stimme unter Kontrolle zu halten.
Als der Kellner die Antipasti brachte und eine beschlagene Flasche Weißwein in den Eiskübel stellte, schwieg er. Das ist eine Stadt, sagte er dann. Dabei wies er mit ausholender Geste über das Wasser. Franz dache an ein paar Städte, in denen er gearbeitet hatte, Barcelona, New York und Rio, und sagte nichts.
Wenn Sie wollen, meinetwegen fangen wir gleich an. Ich bin, sagen wir mal, Gesellschaftsreporter. Das ist natürlich inzwi-

schen nichts Besonderes mehr. Jede Zeitung beschäftigt solche Leute.
Täuschte er sich, oder war in Dückers Stimme Verachtung zu hören, wenn er von seinen Kollegen sprach?
Ich bin lange Zeit angestellt gewesen, gut verdient, natürlich.
Zum ersten Mal lachte Dücker, nahm aber seine Stimme gleich wieder zurück. Vielleicht war sie ihm nicht fein genug für die feine Umgebung.
Inzwischen bin ich selbstständig. Und Sie können sicher sein, dass sich jede Zeitung die Finger nach dem leckt, was ich denen anbiete. Ich bin Spitze, sozusagen. Sie nehmen doch noch ein Glas Wein?
Der Wein war gut. Franz hatte nichts einzuwenden gegen ein weiteres Glas. Von seinem Platz aus sah er das Hotel, in das seine Tochter gegangen war. Er stellte sich vor, dass sie dort in der Halle in einem Sessel saß und mit den Beinen baumelte.
Interessant, sagte er lahm. Da kommen Sie bestimmt mit vielen Leuten zusammen.
Genau, antwortete Dücker. Das ist genau der Punkt, auf den ich mit Ihnen zu sprechen kommen wollte. Wir ähneln uns doch in gewisser Weise in dem, was wir tun. Sie kommen mit Leuten zusammen, ich komme mit Leuten zusammen.
Na ja, sagte Franz, da gibt es wohl ein paar Unterschiede.
Dabei sah er einer Frau nach, die an ihnen vorüberging. Sie hatte lange, braun gebrannte, nackte Beine, aber, leider, überhaupt keinen Hintern. Trotzdem …
Ich hab mich erkundigt, sagte Dücker. Gewisse gesellschaftliche Kreise sind auch Ihnen nicht fremd. Das beweist ja schon die kleine Dame, die dort drüben auf Sie wartet.
Die Lethargie, hervorgerufen durch die Mittagssonne, den Wein, die sommerliche Stimmung am Wasser, fiel sofort von Franz ab. Er hasste es, auf den Teil seiner Vergangenheit angesprochen zu werden, der mit seiner Heirat zu tun hatte. Er

hatte die Frau damals zwar nicht wirklich geliebt und hatte, selbst wenn er darüber nachdachte, noch immer keine genaue Vorstellung davon, was Liebe eigentlich ist. Deshalb hatte sich sein seelischer Schmerz über die mehr oder weniger erzwungene Trennung auch in Grenzen gehalten. Ganz sicher war er sich allerdings eines Gefühls der Demütigung, das zurückgeblieben war, das er verdrängt hatte, das aber immer noch leicht wachzurufen war.

Er erinnerte sich noch gut einer kurzen Szene in einem Restaurant an der Elbe. Nicht ahnend, dass seine ehemaligen Schwiegereltern dort zu Abend essen würden, war er mit irgendeinem Mädchen, das ihn damals gerade begleitete, dort aufgekreuzt. Mädchen, mit denen er sich einließ, mochten es im Allgemeinen, fein zum Essen oder Trinken ausgeführt zu werden. Die Scheidung war schon ein paar Monate her. Er hatte sich froh und leicht gefühlt und den Alten längst verziehen. Also hatte er sie freundlich gegrüßt. Sie hatten ihn nicht gesehen. Sie hatten ihn in dieser unnachahmlichen Weise nicht gesehen, die nur Leuten ihrer Gesellschaftsklasse zur Verfügung stand. Er hatte mit den Schultern gezuckt und den Laden so bald wie möglich wieder verlassen, damit das Mädchen nichts merkte. Natürlich hatte die Gans draußen vor der Tür nichts Besseres zu tun gehabt, als zu fragen: Was war denn mit denen los? Kannten die dich?

Franz schüttelte sich leicht. Er war nun hellwach. Dücker hatte ihn beobachtet.

Sehen Sie, sagte er, was ich mache, ist doch nichts anderes, als diesen Leuten ein bisschen auf die Finger zu sehen. Wer soll das denn sonst machen, wenn wir's nicht übernehmen. Abgesehen davon, dass unseren Lesern gefällt, was wir herausfinden. Sie glauben ja gar nicht, wie neugierig die Leute auf die schmutzige Wäsche anderer sind. Aber sagen Sie selbst: Wer kontrolliert denn bei uns diese so genannten Spitzen der Gesellschaft?

Demokratisches System, schön und gut, aber es hat so manche Lücke. Hat schon Lenin gewusst, nicht wahr?
Dücker lachte und sah Franz aufmunternd an. Franz war unsicher, was er von dem kleinen Vortrag halten sollte. Der wollte doch wohl nicht wirklich von ihm verlangen, dass er über seine ehemaligen Schwiegereltern sprach. Er war seit zehn Jahren geschieden. Er hatte im Ausland gelebt. Er war froh, ihnen nicht wieder begegnet zu sein. Er hatte keine Ahnung, was diese Leute inzwischen taten, und er wollte auch nichts mehr davon wissen. Er nahm an, dass seine Geschiedene ihm ohne deren Wissen das Kind hin und wieder überließ, aus welchen Gründen auch immer. Es war ihm recht, auch darüber nichts zu wissen.
Noch Wein?, fragte Dücker.
Franz nickte automatisch. Da ist nichts zu machen, dachte er, mit denen will ich nichts wieder zu tun haben.
Diese Bar, in der Sie arbeiten, sagte Dücker. Hauptsächlich Juristen, Ihre Stammgäste, nehme ich an. Auch so ein Völkchen, dem man ein wenig mehr auf die Finger sehen sollte.
Er hielt inne und sah Franz an. Sein Gesicht war nun gerötet, von der Sonne oder vom Wein. Auf der Haut zwischen Nase und Oberlippe glänzte ein feiner Schweißfilm. Er hatte die Hände auf den Tisch gelegt: An seiner Linken leuchtete ein Siegelring mit einem blauen Stein. Franz wandte den Blick ab.
Das Problem ist allerdings, da will ich ganz offen sein: Wenn ich bei Ihnen auftauche, dann ist doch Schweigen im Walde, oder?
Franz nickte. Er verstand, was Dücker meinte. Manchmal hörte er Sachen …
Sie wissen, was einen guten Barkeeper ausmacht, sagte er langsam.
Na klar, antwortete Dücker. Verschwiegenheit und ein, zwei be-

sondere Cocktails, neben den gewöhnlichen Tugenden, als da sind: ein paar gute Witze auf Lager, zuhören können und nie Müdigkeit zeigen.
Richtig, sagte Franz langsam. Und weshalb sollte ich etwas davon aufgeben?
Er wusste, wofür er seine Verschwiegenheit aufgeben würde. Und Dücker wusste es auch. Es ging um den Preis, aber darüber würden sie sich einig werden.

Später, nicht sehr viel später, stand Franz auf und verabschiedete sich förmlich.
Die Kleine wartete auf ihn in der Halle, wie er es sich vorgestellt hatte. Sie saß da, baumelte mit den Beinen und sah ihm entgegen. Hatte sie die ganze Zeit über zum Eingang gesehen? Neben ihr stand auf einem Tischchen ein hohes Glas, dessen Boden mit einem Rest dunkelroten Safts bedeckt war und in dem ein schwarzer Strohhalm steckte. Sie sah hübsch aus, wie sie da saß. Fast war er ein wenig stolz auf sie. Das Gespräch mit Dücker hatte ihm gute Laune gemacht. Der Anblick des Mädchens erfüllte ihn mit einer kleinen Zärtlichkeit. Das überraschte ihn. Er hatte bisher angenommen, seine Tochter sei ihm gleichgültig.
Tut mir leid, sagte er, vor ihr stehen bleibend, hat ein bisschen länger gedauert. Was hältst du davon, wenn wir zur Entschädigung ins Kino gehen? Ich zahl nur schnell deinen Saft.
Das ist nicht nötig, sagte eine junge Frau in schwarzem Kleid und kleiner, weißer Schürze. Sie stand plötzlich neben ihm. Er hatte sie nicht kommen sehen.
Fräulein Sissy ist unser Gast.
Na dann, sagte Franz. Gehen wir also.
Er streckte der Kleinen die Hand hin. Sie zögerte ein ganz klein wenig, bevor sie die ausgestreckte Hand ergriff und vom Sessel rutschte. Franz spürte ein Unbehagen, wenig nur, aber es war

da. Gehörte den Eltern seiner Geschiedenen nun auch schon das Hotel?
Ich darf noch nicht ins Kino, sagte Sissy neben ihm.
Dann machen wir heute ausnahmsweise einmal etwas, was du nicht darfst, antwortete Franz.

Schon am zweiten Tag, nachdem Bella ihren Freund Kranz getroffen hatte, bekam sie Post von ihm. Es war Nachmittag, einer von diesen Sommernachmittagen, an denen die Luft stillzustehen scheint. Sie hatte ein paar Stunden auf der Dachterrasse verbracht, war dann aber in ihre Wohnung zurückgegangen, um zu duschen und sich noch einmal ihrer Arbeit zuzuwenden. Sie würde sich ein paar Notizen machen zu dem, was sie gerade gelesen hatte, ein paar Gedanken schienen ihr wert, festgehalten zu werden. Die deutschen Truppen hatten im Winter 1942/43 den Herrensitz von Tolstoi verwüstet. Vielleicht hatte das Gut nicht ihrer Vorstellung davon entsprochen, wie Untermenschen leben sollten?
Tolstoi hatte Rainer Maria Rilke gefragt: *Womit beschäftigen Sie sich?*, und als Rilke *mit Lyrik* geantwortet hatte, war Tolstoi mit einer heftigen Verdammung von jungen Leuten, die Lyrik schreiben, über ihn hergefallen.
Weshalb schien ihr das bemerkenswert? Weil sie Rilkes Gedichte nicht mochte und glaubte, in Tolstoi einen Verbündeten gefunden zu haben? Aber Tolstoi hatte sicher nichts gekannt von dem, was Rilke schrieb. Sie lächelte amüsiert bei dem Gedanken, was Tolstoi wohl gesagt hätte, wenn Rilke ihm sein *Panther*-Gedicht vorgetragen hätte. Ein alter Mann, der mit aller Gewalt versucht, seinen Reichtum zu vergessen und dem Leben seiner Bauern – seiner Bauern – nahe zu kommen, und ein junger, nichts tuender Elegant, der sich von Frauen

aushalten ließ und Gedichte schrieb, in denen es von Engeln wimmelte.

Als ihr Telefon läutete und eines der Hausmädchen den Fahrradkurier ankündigte, legte sie das Heft, in das sie ihre Anmerkungen eintrug, zur Seite, ging zur Tür und nahm dem Kurier den Umschlag ab. Der Mann trug einen schwarz-gelben, eng am Körper anliegenden Fahrrad-Dress und wirkte so dünn, als wollte er seine Figur den schmalen Reifen seines Fahrrads anpassen. Mit schnellen, flinken Augen versuchte er, einen Blick durch die geöffnete Tür in Bellas Wohnung zu werfen. Sein Blick war frech und aufdringlich. Bella steckte das Trinkgeld, das sie in der Hand gehalten hatte, wieder in die Hosentasche und schloss die Tür.

Der Umschlag enthielt zwei Mappen. Kranz' Verbindungen zum Verfassungsschutz, die noch aus seiner Dienstzeit als Staatsrat und rechte Hand des Innensenators stammten, waren offensichtlich nicht abgerissen. Sie legte die Mappen nebeneinander auf den Schreibtisch. Die mit den Unterlagen zu Oberstaatsanwalt Dr. Paul Frings schien etwas dicker zu sein. Sie enthielt das Foto eines für sein Alter gut aussehenden Mannes, seinen Lebenslauf in knappen Daten und eine Reihe von Zeitungsberichten über seine Auftritte vor Gericht, an der Universität und in der allgemeinen Öffentlichkeit. Dann gab es noch eine Liste der Bücher, die Frings veröffentlicht hatte. Sein Spezialgebiet schienen Fragen zum Thema Strafrecht, Demokratie und Verfassung zu sein. Die Titel seiner Arbeiten hießen *Staat und Demokratie*, *Von guten und bösen Tätern*, *Der Demokratie-Effekt* und ähnlich. Die Liste war ziemlich lang. Frings war zweimal öffentlich geehrt worden, sowohl von der Bundes- als auch von der Landesregierung. Die Anklagevertretung in dem Prozess gegen den Polizisten, die bevorstand, würde seine letzte sein. Nach der Beendigung des Prozesses würde er in den Ruhestand gehen. Er war verheiratet und hatte erwachsene Kinder, die nicht mehr in seinem Haus lebten. Seine Lieblingsautoren waren Eichendorff, Faulkner, Joseph Conrad und Marquez. Bella war überrascht, dass die Mappe keine Informationen über seine Lieblings-Whisky-Marke und die Namen seiner Geliebten enthielt. Eine Bemerkung, die sie unter *Zusammenfassendes Bild* fand, klärte sie darüber auf, dass Frings seiner Frau treu sei – bis auf sehr selten vorkommende Bordellbesuche, die aber immer im Zusammenhang mit der Betreuung ausländischer Delegationen gestanden hatten. Frings galt als Experte bei der Unterstützung afrikanischer Länder, denen eine demokratische Entwicklung verschrieben worden war.

Bevor sie die Mappe zu Susanne Behrendt in die Hand nahm, dachte sie einen Augenblick über das Gelesene nach. Sie erinnerte sich an Frings. Während ihrer Dienstzeit als Kommissarin hatte er während eines Fortbildungslehrgangs einen Vortrag gehalten, der ihr imponiert hatte. Sie wusste noch, dass seine Rede durchaus kritisch gewesen war, was bestimmte Praktiken von Polizei und Verfassungsschutz betraf. Er hatte für eine demokratische Entwicklung plädiert, ohne die Schwierigkeiten kleinzureden, die bestimmte Staatsorgane damit haben mussten, weil sie ihrem Wesen nach auf Gewalt programmiert waren. Frings war kein Schönredner gewesen, eher ein Mann der Praxis, der um die unabdingbare Einhaltung von demokratischen und rechtsstaatlichen Spielregeln wusste. *Wir sind, was wir tun, und wir sind, was wir nicht tun*, waren seine Worte gewesen. Er hatte damit ihre volle Zustimmung gefunden. Nach seinem Vortrag waren die Kursteilnehmer in zwei Fraktionen gespalten. Mit Vergnügen erinnerte sie sich an die nächtelangen, heftigen Diskussionen. Wenn sie überhaupt etwas vermisste, seit sie ihren Beruf aufgegeben und sich selbstständig gemacht hatte, dann waren es Stunden wie diese.

Sie stand auf, ging an die Bar, die Wohnraum und Küche voneinander trennte, und goss sich einen Wodka mit Orangensaft ein. Sie trank langsam und in kleinen Schlucken, bevor sie die zweite Mappe zur Hand nahm.

Doktor Susanne Behrendt, geborene von Bertram. Die Bertrams waren eine bekannte Reeder-Familie, deren Unternehmen bisher jede Krise unangefochten überstanden hatte. Der übliche Lebenslauf, jedenfalls, bis sie angefangen hatte zu studieren. Ausgesuchtes Gymnasium, ein halbes Jahr USA, ein halbes Jahr Südafrika. Abitur und Studium der Rechtswissenschaft. Dann hatte sie, das war nun nicht unbedingt üblich, ziemlich schnell geheiratet, einen Mitstudenten. Die Ehe war offenbar irgendwann wieder geschieden worden. Der genaue Zeitpunkt fehlte. Es fehlten alle Angaben über die folgenden Jahre. Erst zehn Jahre später war eine weitere Heirat vermerkt. Sie hatte Professor Behrendt geheiratet, der sehr viel älter gewesen und ein paar Monate nach der Hochzeit gestorben war. Danach gab es lückenhafte Angaben über ihre Aufenthaltsorte. Ihre Doktorarbeit hatte sie an der Universität Bonn eingereicht, ob sie zu der Zeit auch in Bonn gewohnt hatte, blieb unklar. Danach hatte sie offenbar versucht, sich als Anwältin niederzulassen, den Versuch aber bald wieder aufgegeben. Nach wechselnden Jobs in eher mittelmäßigen Kanzleien war sie vor fünf Jahren nach Berlin gegangen und hatte die Arbeit in der Sozietät aufgenommen, die sie Bella genannt hatte. Im Gegensatz zu ihren vorherigen Arbeitgebern waren diese sehr renommiert. Über ihre persönlichen Gewohnheiten war nichts vermerkt. Die Hinweise auf die verschiedenen Anstellungsverhältnisse klangen allerdings so, als hätte es Probleme mit ihrem Lebenswandel gegeben. Vielleicht war sie unpünktlich oder unzuverlässig gewesen? Bemerkungen über noch bestehende Verbindungen zu ihrer Familie enthielt die Mappe nicht. Dabei hätte es doch nahe gelegen, dass sie ihre Fähigkeiten als Juristin in den väterlichen Betrieb einbrachte. Für Seerecht oder Handelsrecht schien sie sich aber nie interessiert zu haben.

Eine merkwürdige Person, dachte Bella. Ihr Leben wirkt so unstet und zerfahren wie sie selbst. Was ist es eigentlich, das dir die Dame sympathisch macht? Die gute Kinderstube kann es doch nicht sein. Sie dachte an die Angst, die sie bei ihr gespürt hatte und die offensichtlich nicht gespielt war. Aber nur weil eine Frau Angst hat, ist sie noch nicht sympathisch. Eher ist das Gegenteil der Fall.
Bella überlegte, ob sie sich noch etwas zu trinken holen sollte, und entschied sich dagegen. Sie würde sich umziehen und am frühen Abend in der Pension essen. Das tat sie nicht regelmäßig, eher dann, wenn sie Unterhaltung suchte. Sie brauchte ein wenig Abstand vom Inhalt der vor ihr liegenden Mappen, bevor sie entscheiden würde, ob sie den Auftrag der Behrendt annehmen wollte.

Da Caroline Latt als Erste an der Tafel erschien, begann das Essen schweigend. Immerhin hatte die Latt ihren Kopf so bewegt, dass Bella annehmen konnte, sie hätte ihr zugenickt. Sie nickte freundlich zurück und widmete sich der Kürbissuppe. Die Rosenbaum hatte einen hervorragenden Koch, der sie eine Menge Geld kosten musste. Dann erschien der Barkeeper. Er grüßte lässig, verschwand kurz, um gleich darauf wieder aufzutauchen und an der Seite von Bella Platz zu nehmen. Seine Hände waren noch feucht, und er war offensichtlich allerbester Stimmung.
Was für ein Tag. Was für eine Suppe. Was für ein Leben, sagte er strahlend.
Anstatt aufzustehen und ein paar steppende Schritte à la Fred Astaire durch den Raum zu machen, was Bella passend erschienen wäre, beugte er sich über seinen Suppenteller.
Sie sehen aus, als hätte Ihr Leben eine wunderbare Wendung genommen, überraschend, meine ich.
Der Major kam zur Tür herein, blieb stehen und beobachtete

Franz. Dann näherte er sich dem Tisch und setzte sich. Es gab keine festen Plätze. Der Major kam jedes Mal einen Augenblick nach Bella und nahm dann ihr gegenüber Platz. Er begrüßte sie mit einer knappen Verbeugung, bevor er sich endgültig niederließ.

So weit würde ich nicht unbedingt gehen, sagte Franz. Obwohl ... Er wackelte mit dem Kopf und grinste dann so breit, dass jedem am Tisch klar sein musste: Heute war sein Glückstag.

Die Latt sah ihn aufmerksam an. Ihrem Gesichtsausdruck konnte man entnehmen, dass sie über die Vergänglichkeit des Glücks nachdachte. Formte sie im Geist eine Zeile, einen Vers, gehämmert aus Silber, wie einer ihrer Kritiker enthusiastisch geschrieben hatte?

Der Major sah Bella an. Er hatte ungewöhnlich helle, blaue Augen und sehr kurz geschnittene graue Haare. Vom vielen Spazierengehen war sein Gesicht gebräunt. Er hätte attraktiv sein können, wenn man die Verwüstungen, die sein Handwerk an ihm angerichtet hatte, übersehen könnte. Er benutzte das Wort Jawoll nie, aber er war ein einziges Jawoll, angefangen bei der Überkorrektheit seiner Kleidung, über die zackigen Bewegungen, den strammen Schritt bis hin zu dem aufmerksamen Blick seiner blauen Augen, der immer eine Spur Misstrauen enthielt. Freund oder Feind, wer konnte das genau wissen. Aus Feinden wurden über Nacht Freunde und umgekehrt. Wie viel durfte man von sich selbst preisgeben, ohne den Abstand zu verringern, der für eine überraschende Kehrtwendung nötig war? Auch in der ersten Zeit ihrer Anwesenheit in der Pension, als der Major ihr zu verstehen gegeben hatte, dass er sie außerordentlich schätze und sich ein Zusammenleben mit ihr durchaus vorstellen könne, war das Misstrauen in seinen Augen nie ganz eingeschlafen. Er war dabei, fremdes Terrain zu erkunden, da musste man, wenn man keine Hilfstruppen zur Verfügung hatte, deren Schicksal einem letzten Endes egal sein konnte, ungewöhnlich vorsichtig sein. Im Grunde war der Major ein Feigling, der seine Feigheit durch forsches Auftreten kaschierte. Ob er das wusste?

Vielleicht hat er etwas geahnt, als er jung war, dachte Bella. Inzwischen weiß er nichts mehr davon.

Ihr Blick fiel auf Caroline Latt, die gerade mit zarten weißen Händen ihren Teller ein wenig von sich wegschob und mit ungeduldiger Miene zur Tür sah. Wie immer wollte die Lyrikerin möglichst schnell wieder allein sein. Theoretisch hätte sie sich, da ihr wenig an der Gesellschaft der anderen lag, das Essen auch in ihrem Appartement servieren lassen können. Aber das war eben nur theoretisch möglich. Praktisch gab es dort keinen freien Platz. Tische, Stühle, Fußbänke, Regale, Fensterbänke, Sessel waren bedeckt mit Papier. Als sie damit begonnen hatte, auch die Ablagen im Badezimmer mit Notizen zu belegen, war ein Aufstand des Hauspersonals ausgebrochen. Mit aller ihr zur Verfügung stehenden Redegewandtheit hatte Wanda Rosenbaum schließlich einen Kompromiss zustande gebracht, der darin bestand, dass Bad und Bett frei von Notizzetteln zu halten seien. Wie man von den Putzfrauen wusste, gab es hin und wieder Verletzungen dieser Abmachung, aber im Allgemeinen hielt sich die Latt daran. Der Vorteil eines Bades und eines Bettes, die ohne größere Umstände zu benutzen waren, schien ihr einzuleuchten.

Bella beobachtete die Latt und stellte erstaunt fest, dass sie ein wenig neidisch war auf diese Frau, die sich von allen anderen abgrenzte, um nur für sich allein zu sein. Wenn sie gegessen hätte, würde sie zurück in ihren verzettelten Tag gehen, auf jedem Blatt, auf jedem Zettel eine hingeworfene Botschaft, eine Beobachtung, einen Satz oder ein Wort finden, suchen, sortieren, zusammenfügen und irgendwann ein Gedicht, ein paar bedeutsame Sätze in den Händen halten. Die, zu einem

Haufen übereinander gelegt, würden den nächsten Band ihres Werks ergeben, nicht heute, nicht morgen, aber vielleicht übermorgen. Während sie, Bella, kein Werk haben, sondern eines Tages verschwinden würde, ohne eine Spur zu hinterlassen. Und weshalb? Weil sie sich die meiste Zeit ihres Lebens damit beschäftigt hatte, Menschen hinterherzulaufen, die andere getötet oder auf andere Weise drangsaliert hatten. Weil sie, in dem Wahn, die Welt verbessern zu können …

Verzeihen Sie, ich möchte Sie nicht beim Essen stören. Es scheint aber, als hätte die Dame am Telefon einen besonders dringenden Grund, Sie anzurufen. Ich hab ihr gesagt, dass Sie …

Schon gut, sagte Bella.

Sie stand auf und folgte dem Hausmädchen in die Diele.

Haben Sie es sich überlegt?

Die Stimme von Susanne Behrendt, erregt, drängend.

Ja, sagte Bella. Ich nehme Ihren Auftrag an.

ZWISCHENSPIEL

Das Hotel der Behrendt lag in einem Viertel, das bis in die Mitte der dreißiger Jahre vorwiegend von wohlhabenden jüdischen Familien bewohnt worden war. Es bestand aus zwei umgebauten Etagen eines großbürgerlichen Hauses, hatte acht Zimmer und war nach der allerletzten Designermode eingerichtet. Beim Betreten des Empfangsraums beschloss Bella, auf keinen Fall dort einzuziehen, ein Beschluss, der, wie sich bald herausstellte, sich nicht verwirklichen ließ, wenn ihre Arbeit einen Sinn haben sollte. Sonst müsste sie Tag und Nacht vor dem Haus patrouillieren. Vom Zimmer der Behrendt aus ließen sich nicht einmal die Straße und die umliegenden Gebäude überblicken. Von den acht Hotelzimmern waren nur drei belegt. Sie mietete das Zimmer, das dem der Behrendt gegenüberlag, für eine Woche, meldete sich in der Pension ab und zog mit ein paar Kleidungsstücken, ihrer Zahnbürste und einem Korb voller Bücher dort ein.

Sie durchsuchte das Zimmer der Behrendt nach Wanzen und Sprengstoff. Seit verrückte Islamisten damit begonnen hatten, sich in die Luft zu sprengen, war Sprengstoff auch in anderen Kreisen wieder im Gebrauch. Sie fand weder Wanzen noch Explosives, dafür aber den abgelaufenen Ausweis eines Herrn mit Namen Hagener, den die Putzfrau beim Saubermachen übersehen hatte. Sie sah auch die Papiere durch, die die Behrendt mitgebracht hatte, und nutzte die Gelegenheit, sich zumindest oberflächlich in den Fall einzuarbeiten. Der Angeklagte, ein

hoher Polizeioffizier, sollte, um das Leben eines entführten Kindes zu retten, dessen Aufenthaltsort unbekannt war, dem Entführer Folter angedroht haben. Der hatte daraufhin das Versteck bekannt gegeben. Man hatte das Kind gefunden. Es war tot. Der Angeklagte leugnete seine Folteranordnung nicht. Er berief sich darauf, dass es dringender gewesen sei, das Leben des Kindes zu retten, als das Folterverbot zu beachten.
Und den Mann wollen Sie verteidigen?, fragte Bella.
Die Behrendt lag auf dem grauen Sofa, die Füße auf einer leuchtend roten Decke, und starrte Löcher in die Luft.
Wen? Ach so. Der Mann ist doch ganz uninteressant.
Aber Sie werden ihn verteidigen.
Ja. Aber um ihn wird es nicht gehen in diesem Prozess.
Sondern um den Staatsanwalt.
Ja.
Die Behrendt war nicht gesprächig. Sie lag da, lang und schmal, mit angestrengtem Gesichtsausdruck, fast zerbrechlich wirkend.
Sie hat sich zu viel vorgenommen, dachte Bella. Das wird ihre Kräfte übersteigen.
Unter den Papieren auf Ihrem Schreibtisch habe ich nichts gefunden, was die Geschichte des Staatsanwalts betrifft. Es wäre vielleicht ganz nützlich, wenn ich darüber ein bisschen mehr wüsste als das, was Sie angedeutet haben.
Die Behrendt wandte Bella ihr Gesicht zu. Ihre Augen wirkten ungewöhnlich groß für eine Frau in ihrem Alter. Flüchtig dachte Bella an die Operation von Schlupflidern, Botox-Unterspritzungen und Halsstraffungen, bevor sie schulterzuckend diese Gedanken verwarf. Ihr waren Frauen mit Falten lieber, aber wer wollte wissen, ob es unter den Gerafften nicht auch vernünftige Exemplare gab.
Ich hab doch diese Sachen nicht hier in meinem Zimmer.
Oh, sagte Bella, ich hatte gedacht, ich sei nicht nur zu Ihrem

persönlichen Schutz hier. Sollte ich nicht auch die Papiere bewachen?
Natürlich geht es auch darum. Ich halte es nur nicht für besonders klug, diese Dinge in meiner Nähe zu haben.
Und ich halte es nicht für besonders klug, vor mir Geheimnisse zu haben. So arbeite ich nicht. Sie als Anwältin werden wissen, wie wichtig es ist, in kritischen Lagen nicht von Dingen überrascht zu werden, die der Mandant verschwiegen hat. Ungefähr so dürfen Sie sich auch meine Situation vorstellen.
Das Telefon läutete. Bella nahm den Hörer ab. Es meldete sich das Büro des Oberstaatsanwalts. Die Behrendt schüttelte den Kopf.
Frau Dr. Behrendt ist zurzeit nicht anwesend. Kann ich etwas ausrichten?
Am anderen Ende der Leitung wurde der Frau, die telefoniert hatte, der Hörer aus der Hand genommen. Eine Männerstimme meldete sich, eine angenehme Männerstimme.
Frau Dr. Behrendt, bitte, sagte die Stimme.
Es tut mir leid, aber …
Das ist jetzt das vierte Mal, dass wir versuchen, die Dame zu erreichen. Ungewöhnlich für eine Verteidigerin, so kurz vor dem Prozess nicht erreichbar zu sein. Vielleicht richten Sie aus …
Mit wem spreche ich, bitte?, fragte Bella.
Es blieb einen kleinen Augenblick ruhig, so, als wäre da jemand erstaunt, dass man seine Stimme nicht sofort identifiziert hätte.
Frings, sagte der Mann, Paul Frings, mein Fräulein. Der Hörer wurde aufgelegt.
Bella sah zu Susanne Behrendt hinüber. Sie hatte den Kopf wieder abgewandt und sah zur Decke.
Weshalb reden Sie nicht mit ihm? Was kann er Ihnen tun? Am Telefon, meine ich. Ehrlich gesagt, der Mann klang ziemlich harmlos.

Ich werde mit ihm reden, antwortete die Behrendt. Ich rede mit ihm, wenn es so weit ist, und dann bestimme ich, worüber geredet wird. Im Hotel gibt es einen Safe, einen zentralen, nicht den da drüben. Ich habe den Laptop mit den Unterlagen über Frings dort einschließen lassen. Sie sehen, so weit entfernt von Ihnen sind die Sachen gar nicht.
Haben Sie einen Schlüssel zum Safe?
Nein. Ich wollte nicht, dass er bei mir gefunden werden könnte. Den Schlüssel hat die Hotelbesitzerin.
Und wer noch?
Das weiß ich nicht. Niemand, nehme ich an.
Ich werde jetzt gehen und mit der Dame reden. Mal sehen, ob sie den Safe für mich öffnet.
Sie meinen, wenn sie Ihnen den Safe öffnet, könnte sie es auch für andere tun?
So ungefähr, sagte Bella.
Sie sagte nicht, dass sie herausfinden wollte, wo der Schlüssel aufbewahrt wäre und wie leicht jemand anderes diesen Aufbewahrungsort würde herausfinden können. Es war nicht nötig, Susanne Behrendt zu beunruhigen.
Ich mache eine Runde ums Haus und werde uns etwas zu essen mitbringen. Haben Sie besondere Wünsche?
Bella erhielt keine Antwort. Sie verließ das Zimmer und vergewisserte sich: Von außen ließ sich die Tür nur mit einem Schlüssel öffnen. Die Hotelbesitzerin fand sie in einem kleinen Büro neben dem Frühstücksraum. Es war unmöglich, sie davon zu überzeugen, den Schlüssel zum Safe oder den von Frau Dr. Behrendt darin aufbewahrten Laptop herauszugeben.
Wenn Sie mit der Dame zusammenkommen würden …
Einigermaßen beruhigt verließ Bella das Haus. Niemand war auf der Straße. Das Hotel lag in der Nähe der Universität. Wegen der Semesterferien war die Gegend entvölkert. Sie war jetzt seit drei Tagen mit der Behrendt zusammen im Hotel. In dieser Zeit

hatte sie etwa dreißig Mal und zu jeder Tages- und Nachtzeit ihre Beobachtungsrunde gemacht. Bei mehreren Gelegenheiten war sie in dem einzigen in der Nähe liegenden Restaurant gewesen, um zu essen oder um Essen mitzunehmen, weil es im Hotel nur Frühstück gab. In einem kleinen Gemüseladen mit ausgesuchtem Obst, feinsten Gemüsen und selbst für diese Qualität ungewöhnlich hohen Preisen hatte sie Gesundes eingekauft, ohne beim Beobachten des Besitzers und seiner Kunden auch nur den geringsten Verdacht zu schöpfen. Den wenigen Menschen, die sie auf der Straße getroffen hatte, waren die Gäste des Hotels und eine Frau Dr. Susanne Behrendt ganz sicher gleichgültig. Die Nummern der Autos, die in der kurzen Straße parkten, hatte sie überprüfen lassen. Die Besitzer waren ordentliche, meist ältere Leute, die ihre Wohnungen seit zwanzig oder dreißig Jahren in dieser Straße hatten und sich damit vergnügten, ihre beachtlichen Pensionen und die nicht weniger beachtlichen Renditen aus den glücklicherweise wieder florierenden Börsengeschäften zu verzehren. Oder erneut Gewinn bringend anzulegen, denn so viel hätten sie unmöglich essen können.
Wie sie es auch drehte und wendete, es ergab sich auch nicht der geringste Anhaltspunkt dafür, dass die Behrendt überwacht wurde, geschweige denn, dass finstere Elemente ihr nach dem Leben trachteten. Sie selbst, Bella, war das einzige Element, das langsam auffällig wurde in dieser Gegend der absoluten Wohlanständigkeit. Langsam kam sie sich lächerlich vor.
Sie hatte der Behrendt dazu geraten, im Hotel zu bleiben. Inzwischen war ihr klar, dass es nur noch eine Möglichkeit gab, zu überprüfen, ob sie beobachtet wurde: Die Behrendt müsste das Hotel verlassen und sich in der Stadt bewegen. Ob sie dazu bereit wäre? In drei Tagen begann der Prozess. Dann würde sie sowieso nicht mehr im Hotel bleiben können.
Plötzlich kam ihr ein Gedanke, der sie beunruhigte. Bella blieb stehen. Einen Meter von ihr entfernt suhlten sich ein paar Spat-

zen im Staub neben der Straße. Sie sah den Vögeln zu, während sie halblaut vor sich hin murmelte: Weshalb ist sie eigentlich eine ganze Woche früher gekommen? Warum ist sie nicht bis kurz vor Prozessbeginn in Berlin geblieben? Was will sie hier wirklich, wenn sie doch plant, die große Enthüllungsgeschichte erst während des Prozesses öffentlich zu machen?
Bella ging weiter, blieb aber gleich noch einmal stehen. Die Spatzen sausten an ihr vorbei. Drei oder vier Autos fuhren so langsam an ihr vorüber, als litten sie unter der Sommerhitze und vermieden jede hastige Bewegung.
Und die Nächte, dachte sie. Was macht die Dame nachts?
Mach dir nichts vor, Bella. In Wirklichkeit ist es dir nicht gelungen, das Vertrauen dieser Frau zu gewinnen. Du hast darauf verzichtet, nachts in ihr Zimmer zu sehen, weil sie dich darum gebeten hat. Zwischen Mitternacht und sechs Uhr morgens ist sie allein.
Entschlossen ging Bella weiter. Ohne bedingungsloses Vertrauen war ihre Arbeit sinnlos. Das hatte sie der Behrendt erklärt, bevor sie den Auftrag übernahm. Darüber waren sie sich einig gewesen. Dabei würde sie bleiben. Oder? Und was, wenn die Behrendt wirklich nachts ausging? Willst du hinter ihr herlaufen, Bella Block?
O nein, das würde sie nicht. Vielmehr würde sie so einen Verstoß gegen die Abmachungen zum Anlass nehmen, diesen ihr mehr und mehr lächerlich erscheinenden Auftrag zurückzugeben. Was tat sie überhaupt hier? Hielt zwei Portionen Pizza in der einen Hand, trug eine Schale mit Erdbeeren in der anderen, in dem Hotelzimmer, das sie gleich betreten würde, lag eine müde, müde? müde! Dame auf dem Sofa, die zwei Erdbeeren essen, sich bedanken und weiter Löcher in die Luft starren würde. Während sie, Bella, auf ihren Platz auf der Dachterrasse der Pension schon seit drei Tagen verzichtete, auf den Wodka mit Orangensaft vor dem Essen verzichtete, auf ihren Freund Kranz verzichtete, für

den sie – er kannte das und war einverstanden, wenn auch nicht ohne seinem Bedauern Ausdruck zu geben – eine Zeit lang verschwunden war. Abgetaucht in wichtiger Mission, um dich an der Nase herumführen zu lassen, meine Liebe, sagte sie sich.

Als sie ins Hotel zurückkam, saß die Behrendt am Schreibtisch.

Und, sagte sie, hatten Sie Erfolg?

In jeder Beziehung, antwortete Bella.

Am späten Nachmittag verließ sie mit der Behrendt zusammen das Hotel. Es war einfach gewesen, sie von der Notwendigkeit zu überzeugen, in die Stadt zu gehen. Sie schlenderten durch die Einkaufspassagen, die Behrendt kaufte Wäsche in einem der teuren Läden im Hanseviertel, Bella kaufte Wodka. Anschließend gingen sie um die Außenalster.

Bella blieb hin und wieder ein wenig zurück, beobachtete aufmerksam die Spaziergänger, bangte mit mehreren Joggern, die, krebsrot im Gesicht und schnaufend, an ihnen vorbeizogen, um deren Gesundheit, genoss den Anblick der Segelboote in der Dämmerung auf dem Wasser, saß eine Weile neben der Behrendt in einem der weißen Gartensessel, die auf dem Rasen verteilt waren, und nichts, auch nicht das geringste Vorkommnis wies darauf hin, dass sie beobachtet oder verfolgt wurden. Am Ende des Abends stand fest, was sie tun würde: Sie würde in der Nacht beobachten, ob die Behrendt das Hotel verließe. Sollte sie das wirklich tun, dann würde Bella am nächsten Morgen ihren Auftrag zurückgeben. Wer nachts keine Bewachung braucht, braucht sie am Tage erst recht nicht.

Was für eine Zeitvergeudung, dachte sie, nur gut, dass ich mir meine Zeit anständig bezahlen lasse. Aber ein wirklicher Trost war das nicht.

Auf dem Weg ins Hotel rochen sie blühende Linden. Sie gingen langsam und genossen den Sommerabend. Plötzlich sagte die Behrendt: Und Liebe? Was halten Sie von Liebe?

Liegt wahrscheinlich in der Luft, dachte Bella, an solchen Abenden fällt den Leuten Liebe ein. Laut sagte sie: Wenn ich ehrlich bin, eigentlich ziemlich wenig. Ich kenne keinen Begriff, der schwabbeliger ist, keinen Zustand, in dem noch dümmere Verhaltensweisen möglich sind, kein Wort, das so konsequent zur Gängelung von Frauen eingesetzt wird.
Sie sind auf eine Weise nüchtern, die irritierend ist, antwortete die Behrendt. Wovor fürchten Sie sich? Das sind doch Schutzbehauptungen. Sie wollen doch nicht wirklich sagen, dass Sie diese Art von Abhängigkeit, Abhängigkeit durch Liebe, noch nie gespürt haben?
Bella überlegte lange, bevor sie antwortete: Abhängigkeit ist das, was ich am meisten hasse.
Irgendwann müssen Sie gelernt haben, Abhängigkeit zu hassen, sagte die Behrendt ungerührt. Erinnern Sie sich: Wer war's, der Ihnen das Fürchten beigebracht hat?!
Bella sah sie von der Seite an. Ihr Gesicht wirkte entspannt, fast sah es aus, als lächelte sie.
Meine Mutter, sagte Bella. Ich hab als Kind sehr oft sehr lange auf sie warten müssen. Sie war immer unterwegs, mit wichtigen politischen Dingen beschäftigt. Es gab eine Zeit, in der ich sehr unglücklich war, weil sie nicht bei mir war. Als ich größer wurde, älter wurde, hab ich begriffen, dass es mir besser ging, wenn ich mit meinen Problemen allein fertig wurde. Mein Selbstbewusstsein wuchs. Ich war nicht mehr abhängig.
Dass unser Erinnern eine ganz bestimmte Funktion hat, ist Ihnen bekannt? Es dient dazu, dass wir uns das Bild von uns selbst machen, das wir am liebsten haben.
Bella antwortete nicht. Sie hatte ihre Mutter erwähnt, weil sie die Frage der Behrendt nicht ohne Antwort lassen wollte. Sie hatte nicht die geringste Lust, Einzelheiten aus ihrem Leben zum Besten zu geben. Was sie und die Behrendt verband, war ein geschäftliches Verhältnis. Mehr nicht. Unter diesem Ge-

sichtspunkt war allerdings der Beginn der kleinen Diskussion interessant. Es wurde wirklich Zeit, dieses Verhältnis zu beenden. Irrationale Argumente, zu denen ganz sicher Liebe gehörte, machten den erfolgreichen Abschluss eines Auftrags von vornherein obsolet.

Der Abend verlief dann wie die vorherigen: Sie sahen gemeinsam ein langweiliges Fernsehprogramm an. Bella verschwand währenddessen zweimal, um die Umgebung des Hotels zu untersuchen, und machte keine besonderen Beobachtungen. Sie lasen, in zwei gleichen Sesseln sitzend, bis Mitternacht in verschiedenen Büchern: Bella in Koenens *Russlandkomplex*, die Behrendt in Robert Schindels Gedichtband *Fremd bei mir selbst*. Zuvor hatte sie sich eine Weile, aber nicht sehr gründlich, mit den auf dem Schreibtisch ausgebreiteten Prozessunterlagen beschäftigt. Einmal kam ein Anruf für die Behrendt aus der Berliner Kanzlei, irgendein Detail, um das sie gebeten hatte, wurde ihr mitgeteilt. Um Mitternacht zog Bella sich zurück.

In ihrem Zimmer öffnete sie die Balkontür und trat nach draußen. Die Nacht war warm. Auf zwei Balkons, der eine gegenüber, der andere auf ihrer Seite der Straße, saßen kleine Gruppen von Menschen um Windlichter. Man sprach leise, hin und wieder war ein zurückhaltendes Lachen zu hören, ältere Leute. Einmal las gegenüber jemand einen etwas längeren Text vor, an dessen Ende die anderen leise applaudierten. Einmal durchquerte unten ein alter Mann mit einem Dackel die Lichtinsel einer Straßenlaterne. Er ging jeden Abend um dieselbe Zeit aus, wohnte am Ende der Straße und wurde in der Haustür von einer alten Dame erwartet, die ihm stumm entgegensah.

Bella schloss die Tür, durchquerte das Zimmer und trat leise auf den Flur. Durch die Türritzen vom Zimmer der Behrendt schimmerte kein Licht. Sie ging zurück, schob einen Stuhl nahe an die Zimmertür, setzte sich und begann zu warten. Es dauerte

fast eine Stunde, bis gegenüber die Tür geöffnet und wieder geschlossen wurde. Wenn sie wissen wollte, wohin die Behrendt ginge, müsste sie sich still verhalten, bis die Anwältin das Foyer verlassen hätte. Dann könnte sie zwar schon verschwunden sein, aber Bella hatte Glück. Sie folgte der Behrendt, die langsam ging und den Weg zu den Gerichten einschlug. Die hohen Gittertüren des Parks, der sich an den Außenmauern der Gerichtsgebäude entlangzog, waren schon vor Stunden geschlossen worden. Die Behrendt bewegte sich, ohne zu zögern, so, als hätte sie den Weg schon oft gemacht. Sie konnte um diese Zeit doch unmöglich in das Strafjustizgebäude eindringen wollen. Oder in das Untersuchungsgefängnis, das sich daran anschloss. Bella benutzte die andere Straßenseite. Als die Frau plötzlich die Straße überquerte, glaubte sie einen Augenblick lang, sie sei entdeckt worden. Aber die Behrendt ging weiter, schneller, auf die matt erleuchteten Scheiben einer Bar zu, ein paar Stufen hinab und verschwand hinter einem dicken, dunklen Vorhang, der in der Tür hing. Die Tür stand offen. Aus dem Innern kamen die Geräusche von Stimmen, von Musik. Chet Baker, dachte Bella. Sollte sie der Behrendt in die Bar folgen?
Sie versuchte, durch die tief gelegenen Fenster zu sehen. An der gegenüberliegenden Wand erkannte sie einen langen, dunklen Tresen, dezent beleuchtet, zwei Männer saßen nebeneinander und unterhielten sich, die Behrendt hatte sich weit entfernt von ihnen an die Ecke des Tresens gesetzt. Vor ihr stand ein Glas, anscheinend mit Weißwein, das der Barkeeper gleich bei ihrem Eintreten eingeschenkt haben musste. Er wusste bereits, welches Getränk die Dame bevorzugte. Den Barkeeper kannte sie. Es war Franz.

Bella blieb fast eine Stunde in der Nähe der Bar. Jedes Mal, wenn sie durch die Fenster sah, saß die Behrendt allein in ihrer Ecke und trank. Sie hatte mit niemandem ein Wort gewechselt,

jedenfalls nicht, während Bella sie beobachtete. Sie saß einfach da, trank Wein und sah vor sich hin.
Die Bar schloss um vier Uhr am Morgen. Es wurde schon hell, sodass Bella Mühe hatte, auf dem Weg ins Hotel von der Behrendt nicht entdeckt zu werden. Die hatte, nachdem die beiden Männer gegangen waren, noch eine halbe Stunde allein am Tresen gesessen. Der Barkeeper hatte aufgeräumt, seine Abrechnung gemacht, mit sichtlich gelangweilter Miene eine Zigarette geraucht und die Frau, die offenbar noch immer nicht gehen wollte, zweimal angesprochen. Er hatte nur einsilbige Antworten bekommen. Schließlich hatte sie dann doch gezahlt und war auf der Straße erschienen; genau im richtigen Augenblick, denn ein Polizeiauto war schon ein paar Mal an Bella vorübergefahren und hatte gerade Anstalten gemacht, anzuhalten. Als Bella sich in Bewegung setzte, um der Behrendt zu folgen, fuhr es dann aber weiter. Der Rückweg dauerte länger, was vermutlich an den anderthalb Flaschen Weißwein lag, die die Behrendt in der Zwischenzeit getrunken haben musste. Als sie im Hotel ankamen, war es kurz vor fünf.
Am nächsten Morgen schlief Bella so lange, dass sie das Frühstück versäumte. Sie packte ihre Tasche, suchte die Bücher zusammen, legte sie obenauf, suchte und fand einen Rechnungsblock, schrieb eine Rechnung und überlegte einen Augenblick, ob sie die Rechnung der Behrendt ins Hotelfach legen und einfach verschwinden sollte. Sie war wütend. Sie fühlte sich an der Nase herumgeführt und blamiert und ärgerte sich über sich selbst. Sie entschied sich dafür, mit der Behrendt zu sprechen, und ging hinüber in ihr Zimmer.
Guten Morgen, sagte Susanne Behrendt freundlich.
Sie saß am Schreibtisch und wühlte in den Papieren, die vor ihr lagen. Es war ihr nicht anzusehen, dass sie in der Nacht unterwegs gewesen war. Vermutlich würde sie erst am Nachmittag auf dem Sofa liegen und gegen den Schlaf kämpfen.

Ich verlasse Sie nun, sagte Bella, ohne den Gruß zu erwidern. Meine Rechnung – mit einem Wedeln legte sie das Papier auf den Tisch vor dem Sofa. Sie müssen sich nicht nach meinen Gründen erkundigen. Ich sage sie Ihnen freiwillig. Ich habe keine Lust, weiter für Sie zu arbeiten. Wir hatten Offenheit abgemacht. Ich will gar nicht wissen, wozu Sie mich in Wirklichkeit gebraucht haben. Jedenfalls nicht, um auf Sie aufzupassen. Viel Glück. Die Kontonummer steht unten.
Das Gesicht, das die Behrendt ihr vom Schreibtisch her zuwandte, würde sie nicht vergessen. Sie schien nicht nur unbeeindruckt, sondern vollkommen unerreichbar zu sein.
Ja, sagte sie. Das verstehe ich. Leben Sie wohl.
Kein Wort der Entschuldigung, keine Erklärung, nicht einmal der Versuch, sich zu rechtfertigen. So, als wäre sie eigentlich gar nicht in diesem Raum, sondern rede von irgendwoher, wisse Bescheid und sei mit ihren Gedanken längst woanders. Einen Augenblick standen sie sich gegenüber und sahen sich an. Bella wütend, die Behrendt ruhig, dann wandte Bella sich ab, ging zur Tür und verließ das Zimmer. Es gelang ihr, die Tür geräuschlos hinter sich zu verschließen.
Weshalb regst du dich so auf, Bella Block, dachte sie, während sie die Treppe hinunterging, das Foyer durchquerte und das Hotel verließ. Du regst dich auf, weil du ihr immer noch glaubst, stimmt's? Du bist gekränkt, weil sie dich nicht ins Vertrauen gezogen hat, nicht wahr? Du hast die Dame sympathisch gefunden und magst sie immer noch. Es hätte dir gefallen, wenn das auf Gegenseitigkeit beruhen würde.
Sie sah sich um, aus lauter Gewohnheit, schließlich hatte sie die Straße in den letzten Tagen ausschließlich betreten, um sich umzusehen. Es war niemand weit und breit, dessen Anblick einen Verdacht hätte rechtfertigen können. Sie wusste genau, dass das Foyer leer gewesen war.
Verdammt, sagte sie vor sich hin, die kann mich mal.

Sie holte tief Luft. Ein warmer Sommermorgen in einer norddeutschen Stadt gehörte zu den köstlichen Dingen, die diese Welt zu bieten hatte. Besonders, wenn Krethi und Plethi verreist waren und die Touristen noch in ihren Betten lagen. Sie winkte einem Taxi.

Pension Sommergarten, sagte sie dem Taxifahrer, lassen Sie die Scheiben unten und fahren Sie schön langsam einmal um die Außenalster herum, bevor Sie mich absetzen.

IN DIESER NACHT I

Donnerwetter, sagte Franz.
Er stand hinter dem Tresen und sah Susanne Behrendt entgegen. Sie hatte die Bar gerade betreten, war aber an der Tür stehen geblieben, stand vor dem dunklen Vorhang, in einem weißen Leinenkleid, hatte einen gelben Seidenschal um ihren Hals geschlungen, trug gelbe Riemchensandaletten an den nackten Füßen und sah aus …
Sie sehen aus, als wollten Sie Lauren Bacall Konkurrenz machen, sagte Franz. Gibt es etwas Besonderes? Habe ich etwas verpasst?
Er legte das Tuch aus den Händen, mit dem er gerade ein Glas poliert hatte, stützte die Arme auf und starrte sie an. Stimmt schon, dachte er, dass die älteren Frauen heutzutage mehr aus sich machen als früher, aber die hier ist ein ganz besonderes Kaliber. Wieso ist mir das bis jetzt noch nicht aufgefallen? Die ist doch schon ein paar Mal hier gewesen.
Susanne trat einen Schritt vor und sah sich um.
Sind Ihre Gäste alle schon gegangen?
Ja, wissen Sie denn nicht, wie spät es ist?
Franz' Antwort kam ganz spontan, während er dachte: Die hat wirklich die Zeit verschlafen. Vielleicht sieht sie deshalb so frisch aus.
Halb drei, sagte Susanne. Sie lächelte noch immer, kam aber ein paar Schritte näher, sodass Franz nun ihre glatten, braunen Arme bewundern konnte. Ihr Kleid hatte einen weiten Rock, eine schmale Taille und keine Ärmel.

Nahtlos, dachte Franz, ich wette, die ist nahtlos braun. Und sie hat noch was vor. Einen kurzen Augenblick durchschoss ihn der Gedanke, sie könnte seinetwegen gekommen sein.
Ich wollte gerade Schluss machen für heute, sagte er und dachte: Was rede ich da für einen Quatsch. Womöglich nimmt sie das ernst und geht wieder. Aber wenn Sie noch etwas trinken möchten ..., setzte er hastig hinzu und ärgerte sich über die Beflissenheit, mit der er den Satz gesagt hatte.
Das möchte ich tatsächlich, sagte Susanne, während sie am Tresen entlangging und sich auf den Platz setzte, auf dem sie schon in den vergangenen Nächten gesessen hatte.
Franz sah zu, wie sie ihre Tasche neben sich auf den leeren Barhocker stellte. Die Bewegung ist die gleiche wie sonst, dachte er. Aus irgendeinem Grund beruhigte ihn diese Beobachtung, so, als könnte er nun erst endgültig sicher sein, dass es sich um dieselbe Frau handelte, die er aus den vergangenen Nächten kannte. Wortlos nahm er eine Weißweinflasche aus dem Kühlschrank und füllte ein Glas. Als er es vor Susanne hinstellte, war es beschlagen. Den Duft ihres Parfüms kannte er nicht.
Er ging ein paar Schritte zurück und prüfte dabei aus den Augenwinkeln sein Spiegelbild hinter den Gläserregalen. Er fand sich passabel, sowohl, was Hemd und Hose, als auch, was seine Figur betraf. An sehr heißen Tagen, wenn zu erwarten war, dass es auch nachts wenig abkühlen würde, nahm er ein Hemd zum Wechseln mit in die Bar. Er hasste es, verschwitzt auszusehen, womöglich so verschwitzt wie manch einer seiner Gäste.
Trinken Sie ein Glas mit mir, sagte Susanne.
Weshalb nicht, dachte Franz, kommt doch sowieso keiner mehr. Und das sagte er dann auch laut.
Susanne hob die Schultern und machte ein Gesicht, als wollte sie sagen: Wer weiß, vielleicht doch?
Sie ist hier verabredet, dachte Franz, hier, in meiner Bar, fast

schon am frühen Morgen. Wenn ich ihr ein bisschen näher kommen will, dann muss ich mich beeilen.
Er ging mit dem Glas in der Hand auf Susanne zu und stieß mit ihr an, bevor sie tranken.
Sind Ihre Gäste eigentlich alle Juristen?, fragte sie.
Hin und wieder ist auch ein Krimineller darunter, antwortete Franz. Er dachte an die Mandantengespräche, die manchmal bei ihm stattfanden, und fand sich schlagfertig.
Ist manchmal schwer zu unterscheiden, wer was ist, sagte sie. Das klang nicht wie eine Frage, sondern wie eine Feststellung.
Kennen Sie sich aus?, fragte Franz.
Er hatte schon in den vergangenen Nächten hin und wieder darüber nachgedacht, was die Frau wohl machte, wenn sie nicht nachts in Bars herumsaß. Aber es hatte ihn nicht wirklich interessiert. Heute war das anders. Mit der könnte er sich sogar in Wandas Salon sehen lassen, ohne dass es einen Aufstand geben würde.
Wie lange machen Sie das hier schon?, fragte Susanne.
Weich du nur aus, ich krieg schon raus, was du machst, dachte Franz.
Vier Jahre, sagte er.
Und noch immer keine Lust, sich zu verändern? Sie sehen nicht so aus, als würden Sie Ihr Leben lang an einem Ort bleiben wollen.
Da hatte sie den Nagel auf den Kopf getroffen.
Gewisse Verpflichtungen, antwortete Franz und dachte dabei an seine Tochter. Doch entstand in seinem Kopf plötzlich absolute Klarheit darüber, dass es nicht Sissy war, die ihn hier festhielt. Er war einfach träge geworden. Wollte er denn in dieser Stadt begraben werden? Wieso begraben, dachte er. Er sah Susanne aufmerksam an. Es war ihm nicht entgangen, dass sie schon ein paar Mal unauffällig zur Tür gesehen hatte. Die wartet auf

jemand, das war sicher. Die Erkenntnis gab ihm einen kleinen Stich, aber schnell überwog seine Neugier. Wer wurde hier erwartet?

Noch einen?, fragte er und zeigte auf Susannes leeres Glas.

Sie nickte und warf einen Blick auf ihre Armbanduhr.

Gehen Ihre Gäste immer so früh?

Nee, eigentlich nicht, sagte Franz, während er sein Glas ebenfalls zum zweiten Mal füllte. Im Augenblick ist die Stimmung hier bloß ziemlich aufgedreht, das heißt, nicht bei uns, sondern da drüben im Justizpalast. Wenn so ein Prozess bevorsteht, in dem es um Grundsatzfragen geht, dann kommen die Herren jedes Mal früher und gehen auch früher.

Franz schwieg und sah Susanne an.

Er hätte einen schönen Mund, dachte Susanne, wenn er die Mundwinkel nicht ständig nach unten ziehen würde. Was für Gründe hat so einer, verächtlich auf die Welt herabzusehen?

Ist doch auch leicht zu erklären, redete Franz weiter. Sie kommen früher, weil sie unbedingt ihre eigenen Überlegungen zu dem Fall loswerden möchten. Tagsüber sitzt doch jeder für sich allein hinter seinen Aktenbergen.

Und weshalb gehen sie früher?

Susannes Stimme klang belustigt. Sie hält mich für einen Idioten, dachte Franz.

Keine Ahnung, sagte er mürrisch. Er wandte sich ab und begann Gläser abzuwaschen. Im Hintergrund dudelte ein Endlosband Chet Baker. Vor den tief liegenden Fenstern sah man den Bürgersteig und hin und wieder die Beine von Vorübergehenden. Die Lampen auf den Tischen waren ausgeschaltet. Wann hat er das gemacht?, dachte sie. Als ich gekommen bin, haben sie noch gebrannt. Er kann doch jetzt nicht zumachen.

Hören Sie, ich wollte Sie nicht kränken, sagte sie beschwichtigend. Sie haben sich doch sicher schon gedacht, dass ich ver-

abredet bin. Ich hab extra Ihre Bar ausgesucht. Ich wusste ja, dass Sie länger geöffnet haben als die anderen.
So, sagte Franz. Dann haben Sie wohl an den vergangenen Abenden immer erst einen Zug durch die Gemeinde gemacht, bevor Sie bei mir eingekehrt sind? Alle Achtung, das hat man Ihnen nicht angemerkt. Und wer ist der Glückliche, auf den Sie warten? Einer von denen da drüben? Er zeigte mit dem Kopf in Richtung des Justizgebäudes.
Sie haben's erkannt, sagte Susanne. Doktor Frings. Kennen Sie ihn? Gehört er zu Ihren Stammgästen?
Franz nahm die Hände aus dem Wasser, stellte das Glas beiseite und trocknete sich die Hände ab. Er tat das langsam und mit Bedacht, so, als nutzte er die Zeit zum Überlegen. Susanne sah ihm aufmerksam zu.
Sie will was über Frings wissen, dachte er, als er aufsah. Die will tatsächlich etwas über Frings wissen und denkt, ich rede so einfach über meine Gäste. Dabei ist der Frings …
Natürlich kenne ich ihn, sagte er langsam. Er ließ Susanne nicht aus den Augen.
Nun lassen Sie sich doch nicht alles aus der Nase ziehen, sagte sie ungeduldig. Das müssen Sie doch verstehen, dass man sich mit Munition versorgt, bevor … Sie brach ab.
Bevor was?, fragte Franz. Bevor der Feind kommt?
Aber nein, wo denken Sie hin. Ich bin nur neugierig, das ist alles.
Tut mir leid. Ich rede nicht über meine Gäste, sagte Franz. Die ist von einer Zeitung, dachte er. Aber an Frings wird sie sich die Zähne ausbeißen. Weshalb verabredet der sich überhaupt mit einer Journalistin? Und mitten in der Nacht? Der wird im Augenblick andere Sorgen haben.
Nehmen Sie noch einen Wein, sagte er laut. Dann haben Sie wenigstens nicht umsonst hier gesessen.
Sie glauben, er kommt nicht?

Franz ging auf sie zu und blieb dicht vor ihr stehen. In ihren Augen glaubte er, ein leises Erschrecken wahrgenommen zu haben. Er nahm ihr das leere Glas aus der Hand.
Weshalb sollte er nicht kommen, wenn er mit einer schönen Frau verabredet ist? Er war nur in den letzten Tagen nicht hier, setzte er hinzu. Aber Sie können mir glauben, dass seine Kollegen ihn trotzdem in die Mangel genommen haben.
Franz hatte Susannes Glas gefüllt und vor ihr abgestellt. Er sah ihr in die Augen.
Wieso das? Was meinen Sie damit?, fragte Susanne.
Die weiß ganz genau, was ich meine, dachte Franz. Die will mich aushorchen. Aber da ist sie an den Falschen geraten. Natürlich kann ich ihr erzählen, was für ein arrogantes Arschloch ihr Dr. Frings ist. Und das ist nicht nur meine Meinung. Wäre sie ein bisschen früher gekommen, dann hätte sie ganz schön was hören können. Beliebt ist der nicht, berühmt ja, aber beliebt?
Ich glaube, Sie wissen ganz genau, was ich meine, sagte er. Sie wissen doch, dass er in dem Folterprozess die Anklage vertreten wird, oder? Und als Susanne nickte, sagte er: Seine Haltung ist ja wohl bekannt. Er hat in der letzten Zeit kein Interview ausgelassen, um sie deutlich zu machen. Da müsste er Ihnen doch auch schon über den Weg gelaufen sein? Sie sind doch Journalistin, oder?
Susanne antwortete nicht. Ihr Gesichtsausdruck zeigte, dass sie ihm nicht zugehört hatte. Er sah auf die Uhr, die er am Handgelenk trug.
Die Uhr war eine Lange, vorletztes Modell, noch in DM-Zeiten gebaut und längst ausverkauft. Damals hatte sie 140 000 DM gekostet. Die Firma Lange arbeitete an einem neuen Modell, das 380 000 Euro kosten sollte. Susanne hatte darüber in der Zeitung gelesen. Die Uhren waren so genau abgebildet gewesen, dass sie die am Handgelenk des Barkeepers ohne Mühe erkannte. Wie viel verdiente eigentlich so ein Barkeeper? Ohne Nebenein-

nahmen würde er sich eine solche Uhr nicht leisten können. Was für Nebeneinnahmen kann so einer haben? Das ist schon mein drittes Glas Wein. Ich muss aufpassen.
Geben Sie mir ein Wasser, bitte.
Franz, meine Gäste nennen mich Franz.
Schön, Franz, ich hätte gern ein Wasser, Franz. Ich heiße Susanne.
Er sah schnell zu ihr hinüber, lächelte, machte das Wasser zurecht. Nüchtern ist die nicht mehr, dachte er. Diese Erkenntnis stimmte ihn merkwürdig zufrieden. In so einem Zustand ließen sich Frauen manchmal zum Betrachten seiner Schallplattensammlung animieren. Er stellte das Wasser vor Susanne hin. Wenn er schon ihretwegen den Laden nicht schließen könnte, dann würde er, vielleicht, eine Entschädigung dafür bekommen. Sie war zu alt für ihn. Aber verdammt gut erhalten. Und außerdem hatte sie genau die Klasse, die er bei Frauen liebte. Er wollte wissen, wie sie aussehen, wenn sie japsend auf ihm sitzen und er sie anspornen muss, nicht aufzuhören. Es interessierte ihn, wie viel dann noch von ihrer Klasse übrig bleibt. Wenig genug, in den meisten Fällen.
Ihre Verabredung kommt nicht, oder? Schade für Sie. So eine wunderbare, warme Nacht. Eine gute Nacht zum Liebemachen, finden Sie nicht?
Im gleichen Augenblick, als er diese kleinen Sätze gesagt hatte, wusste er, dass er einen Fehler gemacht hatte. Er war zu schnell gewesen, verdammt. Abwarten. Vielleicht lässt es sich wieder einrenken. Solche Weiber sind manchmal unberechenbar.
Schade, dachte Susanne, das war plump. Er hat geglaubt, ich wäre seinetwegen hier. Wahrscheinlich kommt so etwas öfter vor. In gewisser Weise wirkt er attraktiv, das muss ich zugeben. Und einsame Frauen gibt es genug.
Machen Sie sich um mich keine Sorgen, sagte sie. Er kommt. Ich bin sicher, dass er kommt.

Sie trank das Wasser und sah Franz herausfordernd an.
Dann muss er sich aber beeilen, sagte Franz. Die ganze Nacht werde ich den Laden für Sie beide nicht offen halten.
Wenn Sie wüssten, was ich zu besprechen habe, würden Sie anders denken.
Sie können's mir ja sagen. Außerdem: Die letzten Stammgäste sind vor einer Stunde gegangen.
Neugierig sind Sie nicht, was? Erzählen Sie mir: Worüber wurde gesprochen?
Das hatten wir schon mal, sagte Franz, aber weil Sie es sind …
Sie war nicht mehr eingeschnappt, er hatte doch gewusst, dass er sie wieder auftauen könnte. Noch ein bisschen Klatsch, und er würde einen zweiten Versuch unternehmen. Den zweiten und letzten!
Mögen Sie Juristenwitze?, fragte er laut.
Ach Gott, sagte Susanne. Wenn Sie wüssten, wie viele ich mir in meinem Leben schon anhören musste.
Sie sind Juristin, stellte Franz überrascht fest. Weshalb bin ich nicht gleich darauf gekommen, dachte er. Weil sie nicht so aussieht, vermutlich.
Dann wird Ihnen mein Witz sicher gefallen. Er wird zurzeit über unseren Oberankläger erzählt.
Frings?
Ja. Sie kennen ihn doch?
Susanne schüttelte den Kopf. Sie kennt ihn, dachte Franz. Sie sagt doch, dass sie mit ihm verabredet ist. Komische Frau. Ich sollte lieber die Finger von ihr lassen.
Frings wird die Anklage vertreten, das war im Grunde das einzige Thema, das die Herren heute Abend interessiert hat. Sie waren wohl der Meinung, er sei nicht zu beneiden.
Wie man's nimmt, sagte Susanne. Immerhin wird das sein Ansehen in der Öffentlichkeit stärken.
Der? Also, das können Sie mir glauben: Der hat es nicht mehr

nötig, sein Ansehen zu stärken. Vor dem zieht doch alle Welt jetzt schon den Hut.
Schön für ihn, sagte Susanne. Und wie ging nun der Witz?
Der Witz? Ach so, ja. Also: Ein deutscher Staatsanwalt kommt in die Hölle. Der Teufel ist ebenfalls Deutscher und bemüht sich deshalb in diesem Fall um Höflichkeit. Etwa so: Ich erklär das mit meinen eigenen Worten, Ihre Kollegen haben sich vorhin anders ausgedrückt: Also, der Teufel: Pass auf, Mann, du bist zwar da, wo du hingehörst, aber, unter Blutsbrüdern, du Deutscher, ich Deutscher – ich könnte dir einen kleinen Vorteil verschaffen. Ich zeig dir jetzt mal drei verschlossene Türen. Hinter einer von denen wirst du künftig schmoren. Du hast die Wahl. Der Staatsanwalt: Vorteilsnahme in meiner Situation kann eigentlich nicht mehr strafbar sein. Aber wenn die Türen verschlossen sind, wie soll ich wissen, was dahinter ist? Einfach auf die Geräusche achten, Mann. Und schon geht's los. Hinter der ersten Tür: knarrende Geräusche und verzweifeltes Weinen. Hinter der zweiten Tür: grässliches Geschrei von vielen verschiedenen Stimmen. Hinter der dritten Tür ist es leise. Ein sanftes, angenehmes, gleichmäßiges Murmeln. Keine Frage, unser Staatsanwalt wählt die dritte Tür. Tja, mein Lieber, sagt der Teufel und öffnet. Und was sieht unser Mann? In einem endlosen Raum eine unübersehbare Menge von Männern in einem Meer von Scheiße, die ihnen fast bis in den Mund reicht. Sie murmeln: Keine Wellen machen, keine Wellen machen, keine Wellen machen.
Sehr witzig, sagte eine Männerstimme von der Tür her. Es tut mir leid, ich bin ein wenig zu spät gekommen. Aber, wie ich sehe, hast du ja inzwischen angenehme Unterhaltung gehabt. Guten Abend, allerseits.
Franz hatte sich umgewandt und sah, Susanne konnte ihn im Spiegel beobachten, beinahe erschrocken auf den Mann in der Tür.
Guten Abend, Herr Doktor, sagte er. Seine Stimme klang ein

wenig kleinlaut, aber sie gewann ihre Festigkeit sehr schnell wieder zurück.
Ihre Kollegen haben den Witz erzählt, Herr Doktor. Ich glaube, von denen möchte keiner in Ihrer Haut stecken. Sie sind wirklich nicht zu beneiden.
Der Mann in der Tür trat einen Schritt vor. Er hatte gar nicht zugehört. Sein Blick lag auf der Frau, die am Tresen saß und ihn anstarrte.
Guten Abend, Georgia, sagte er und kam lächelnd näher.
Georgia?
Franz sah die Frau an, die sich ihm als Susanne vorgestellt hatte. Der Mann und die Frau beachteten ihn nicht. Die Frau rutschte vom Barhocker und ging dem Mann zwei Schritte entgegen. Sie blieb stehen, sah ihn unverwandt an, hob nur die Hände in einer Geste, die er nicht definieren konnte. Abwehr? Begrüßung? Ganz plötzlich verstand er, dass er in dem, was nun kam, keine Rolle spielen würde. Er war nicht vorhanden für die beiden, die sich auf Armeslänge gegenüberstanden. Jetzt kam deren Spiel. Sie würden bestimmen, ob sie ihn noch brauchten. Merkwürdig, dass ihm das gar nichts ausmachte. Es war nach drei, das hier war seine Bar, in der er zum Statisten gemacht wurde, ohne dass man ihn gefragt hätte. Und er ließ es mit sich geschehen, ohne zu widersprechen?
Was möchten Sie trinken, Herr Doktor?, sagte er.
Gin Tonic, antwortete Frings, ohne die Frau aus den Augen zu lassen. Sie starrten sich immer noch an.
Ich nehme noch einen Weißwein, sagte die Frau. Ihre Stimme klang, als käme sie von weit her, von irgendwoher, wo es schöner gewesen war als hier. Mit einer plötzlichen Bewegung wandte sie sich ab und ging zurück zu ihrem Platz am Tresen. Der Mann folgte ihr mit seinen Blicken.
Ihr Gin Tonic, sagte Franz.
Erst seine Stimme und das Geräusch, das entstand, als er das

Glas auf dem Tresen absetzte, unterbrachen die Stille. Der Mann blieb stehen, wo er stand. Sie setzte sich. Zwischen ihm und der Frau blieben drei Meter Abstand.
Ja, Georgia, da bin ich, sagte Frings. Vierzig Jahre. Eine lange Zeit, was?
Die Frau antwortete nicht gleich. Franz sah ihrem Gesicht an, dass sie überlegte, was sie sagen sollte. Sie sucht nach dem richtigen Anfang, dachte er. Wenn der erste Zug gelingt, ist sie im Vorteil. Und den Vorteil will sie dann nutzen. Um was geht's hier eigentlich?
Der Prozess, sagte sie endlich. Ich bin gekommen, um dir zu sagen, dass du nicht daran teilnehmen wirst.
O nein, dachte Franz. Könnte es nicht ein bisschen was Interessanteres sein? Von dem verdammten Prozess hab ich nun wirklich in den letzten Tagen genug gehört.
Ach, Kind, sagte Frings, freundlich lächelnd.
Franz sah, wie die Frau, die er Georgia genannt hatte, bei dieser Anrede zusammenzuckte. Vielleicht hatte er sie vor vierzig Jahren so genannt? Jedenfalls gefiel ihr die Anrede nicht mehr.
Ich bin gekommen, weil ich mit offenen Karten spielen will, sagte Georgia.
Sie hatte sich nun vollkommen in der Gewalt. Ihre Stimme klang beherrscht und sicher. Sie trank einen Schluck Wein. Franz konnte sehen, dass die Hand, die das Glas zum Mund führte, ruhig war.
Ich nehme an, dass du noch nicht lange weißt, dass ich deinen Angeklagten verteidigen werde.
Du?
Ja, ich. Sein Verteidiger ist krank geworden. Wir arbeiten zusammen, in derselben Kanzlei, er in Hamburg, ich in Berlin. Der Wechsel in der Verteidigung ist dem Gericht bekannt gegeben worden. Anscheinend hat die Staatsanwaltschaft das noch nicht zur Kenntnis genommen.

Ja, sieht so aus, sagte Frings. Er schwieg einen Augenblick. Keine gute Idee: Staatsanwalt und Verteidigung in der Nacht vor dem Prozess zusammen in einer Bar, sagte er dann.
In deinem Interesse, sagte Georgia.
Franz wandte sich um und ging ein paar Schritte ans Ende des Tresens. Er betätigte einen Schalter, der unter der Tischplatte angebracht war. Die Musik wurde ein wenig leiser. Junge, Junge, dachte er, da entwickelt sich doch was. Er blieb am Ende des Tresens stehen, unbeachtet von Georgia und Paul.
Wohl kaum, sagte Paul. Der Versuch, die Staatsanwaltschaft zu beeinflussen, ist wohl kaum in meinem Interesse. Und im Interesse deines Mandanten schon gar nicht. Eher Mandantenverrat, würde ich sagen. Könnte deiner Karriere schaden, wirklich. Georgia, Georgia. Was hast du dir dabei gedacht?
Ich hab gedacht, dass du kommen würdest. Und du bist da.
Was willst du also?
Er möchte gern seiner Georgia überlegen sein, dachte Franz. Aber er ist es nicht. Er ist es ganz und gar nicht.
Ich kann es gern noch einmal wiederholen, antwortete sie. Sie stand auf und ging ein paar Schritte auf Frings zu. Er wich nicht zurück. Sah ihr lächelnd entgegen.
Ein schönes Paar, dachte Franz. Die kommen beide aus derselben Ecke. Die Ecke kenn ich. Da bringt man ihnen schon als Kind bei, wie man bis ins hohe Alter fit bleibt. Kein Gramm Fett zu viel und die Klamotten immer dezent, fein, aber dezent. Nicht so wie Krethi und Plethi. Und immer schön den Grips gebrauchen.
Ich bin gekommen, um dir zu sagen, dass du die Anklage niederlegen wirst.
Weshalb sollte ich das tun, Liebes?
Sie sind fast gleich groß, aber trotzdem gelingt es Frings, freundlich auf sie herabzusehen.
Freundlich? Da ist noch etwas anderes, dachte Franz. Scheint

so, als hätten sie vergessen, dass sie einen Zuschauer haben. Ist ja auch bloß der Barkeeper.
Weshalb drücken Sie sich in der Ecke herum? Kommen Sie her und hören Sie zu, sagte Georgia. Sie sah dabei nicht Franz an, sondern blickte weiter auf Frings.
Ich?
Ja, Sie. Sie werden hier gebraucht.
Franz blieb stehen, wo er stand. Er schob nur seine linke Hand auf den Tresen und streckte den Arm vor. Er sah aus, als hätte er seinem Arm die Aufgabe übertragen, ihn voranzuziehen. Ich mach Ihnen gern noch etwas zu trinken, sagte er. Das ist mein Job. Tut mir leid, wenn ich …
Reden Sie keinen Unsinn, Franz, sagte Georgia mit sanfter Stimme. Sie wandte sich von Frings ab und sah Franz an.
Aber zu trinken können Sie uns wirklich noch etwas geben. Paul, mein Lieber, hier steht dein Glas. Komm, trink, du wirst es brauchen.
Frings kam an die Bar, als hätte ihre weiche Stimme ihn angelockt. Er trank, trank sein Glas leer und schob es Franz zu.
Auch Georgia schob ihm das Glas hinüber.
Noch einmal das Gleiche, für beide. Ich lad dich ein. Sie nicht, Franz. Sie dürfen jetzt nichts trinken. Ich brauche Sie als Zeugen.
Franz hantierte hinter der Bar, ohne zu antworten und ein bisschen schneller als sonst. Während er die Gläser füllte, sprach niemand. Im Hintergrund war immer noch die Stimme von Chet Baker zu hören.
Auf dein Wohl, sagte Georgia und hob ihr Glas Frings entgegen.
Das ist das fünfte, dachte Franz. Wer's nicht weiß, würde es ihr nicht anmerken. Aber mir macht die nichts vor.
Und nun hören Sie gut zu, Franz. Sie sind doch gut im Zuhören?

Georgia! Hör auf, sagte Frings. Seine Stimme war leise und scharf.
Aber womit denn, ich hab doch noch gar nicht angefangen. Womit soll ich aufhören? Sag es mir, bitte.
Verdammt noch mal. Frings wandte sich Franz zu. Sie werden bemerkt haben, dass wir uns nicht fremd sind, sagte er und versuchte, seine Worte gleichmütig klingen zu lassen.
Dass wir uns nicht fremd sind, wiederholte Georgia.
Mit der Stimme könnte sie's auch in eine Stahlplatte ritzen, dachte Franz.
Frings tat so, als hätte er sie nicht gehört. Wir kennen uns seit vierzig Jahren, sagte er. Vielleicht können Sie sich vorstellen, dass es da schon zu Meinungsverschiedenheiten kommen kann. Aber das sind Dinge, die nur uns beide angehen. Verstehen Sie?
Natürlich, Herr Doktor.
Es reicht nun, sagte Georgia. Niemand von uns will die ganze Nacht hier verbringen. Du hältst jetzt den Mund, und Sie – sie wandte sich Franz wiederum nicht zu –, Sie werden einfach zuhören. Die Geschichte wird Ihnen nicht gefallen. Oder doch? Umso besser, dann sind Sie wenigstens aufmerksam. Ich hab dich nämlich geliebt, verstehst du?
Ich weiß. Wir haben uns geliebt, sagte Frings halblaut.
Seine Stimme klingt, als ob er es aufgegeben hat, ihr zu widersprechen, dachte Franz.
Ach ja? Wir? Ich spreche nicht von uns. Ich spreche von mir. Ich stelle mir gerade vor, wie sehr du mir gefallen hast. Schön und klug und ehrgeizig warst du. Der Student, in den alle verliebt waren, sogar manche Professoren. Deshalb hab ich mich fern gehalten von dir. Irgendetwas hat mich gewarnt, mich mit dir einzulassen. Bis eines Tages – sie unterbrach sich, wandte den Blick von Frings ab und lächelte vor sich hin. Dann hob sie den Kopf und sah Franz an. Sie sprach zu ihm, als sie weiterredete.

Eines Tages, ich hab vergessen, weshalb, bin ich mit ihm in seine Wohnung gegangen. Irgendein Buch, was weiß ich. Er wohnte noch bei seinen Eltern und wollte mir ein Buch leihen. Ich glaube, dass wir äußerlich sehr gut zueinander gepasst haben. Ich erinnere mich noch jetzt an die Blicke der Leute, die uns entgegenkamen. Wir waren beide groß und schlank und blond. Ich war schon als Studentin gut angezogen. Ich komme aus einem großbürgerlichen Haus, müssen Sie wissen.
O ja, sagte Frings. Niemand achtete auf ihn.
Ich war elegant und Paul männlich und kraftvoll. Er trieb Sport. Nur interessierte mich das alles nicht besonders, obwohl ich natürlich bemerkte, dass ... wir gingen also zu ihm nach Hause. Seine Eltern wohnten in einem dieser schönen, alten Mietshäuser, wie sie am Anfang des 20. Jahrhunderts für wohlhabende Familien gebaut wurden, mit großen Küchen im hinteren Teil der Wohnungen, hohen Räumen und Porzellanklingeln für das Personal. Seine Eltern waren die Hausmeister in diesem Haus. Sie hatten eine Wohnung im Souterrain. Sie hätten durchaus den Eingang benutzen können, den die Mieter der Wohnungen über ihnen benutzten. Das taten sie aber nicht. Die Wohnung der Hausmeister hatte einen zweiten Eingang durch den Keller. Im Kellergang standen die Mülleimer, große, graue, stinkende Mülleimer. Und während wir an diesen Mülleimern vorübergingen, sagte Paul: Darf ich vorstellen: meine Ahnengalerie. Da erst, genau in diesem Augenblick, habe ich mich in ihn verliebt.
Sie trank und schob das leere Glas Franz zu. Der tat, als sähe er das Glas nicht, als hinge er an Georgias Lippen.
Ich glaube nicht, dass du weiterreden solltest, Liebes, sagte Frings. Geschichten, die nur uns beide angehen ...
Er hat sich schon immer seiner Herkunft geschämt, sagte Georgia, ohne Frings zu beachten. Und Sie werden auch merken, dass er in gewisser Weise ein Recht dazu hatte. Wir wollen nicht davon reden, dass seine Eltern Nazis gewesen sind ...

Georgia!
… denn wer war das damals nicht …
Deine, selbstverständlich deine, sagte Frings.
Weshalb regt er sich so auf, der Staatsanwalt, dachte Franz. Noch hat sie ja nichts Schlimmes gesagt. Eher im Gegenteil. Sie ist es doch, die sich aufs hohe Ross setzt. Soll mal aufpassen, dass sie nicht runterfällt.
Wie nennt man es, wenn jemand anonyme Briefe schreibt, um Nachbarn bei den Behörden anzuschwärzen?, sagte Georgia ungerührt.
Ich will, dass du den Mund hältst, sagte Frings. Seine Stimme war kalt. Er schob die Barhocker zur Seite, die zwischen ihm und Georgia standen. Franz warf ihm einen schnellen Blick zu. Frings zeigte ein angestrengtes, zerquältes Gesicht.
Sie waren ganz gewöhnliche Denunzianten, sagte sie ungerührt. Er hat es mir selbst erzählt, später, als wir uns vertrauten. Als wir glaubten, einer ohne den anderen nicht mehr leben zu können. Er hat nämlich als Referendar in einer Rechtsabteilung gearbeitet. Und da ist er dann auf Briefe, anonyme Briefe, mit der Handschrift seines Vaters gestoßen. Er hat sich geschämt, damals, für sie. Keine Ahnung, ob er heute noch zu solchen Gefühlen fähig wäre.
Georgias Stimme war scharf geworden. Sie wandte den Kopf und starrte Frings an. Er starrte zurück. Jetzt waren sie Feinde. Franz konnte es deutlich in ihren Gesichtern lesen. Weshalb geht Frings nicht einfach und lässt die Frau reden? Was hält ihn hier? Kaum vorstellbar, dass die sich seit vierzig Jahren nicht gesehen haben. Da liegen doch Liebe und Hass so eng beieinander, als lebten die schon vierzig Jahre zusammen.
Seine Eltern waren einfache Leute, sagte Georgia. Sie sprach nun leise, wie erschöpft, und wandte sich wieder Franz zu. Er war ihr einziger Sohn. Als sich herausstellte, dass er besonders intelligent war, ließen sie ihn studieren. Sie hätten es nicht ge-

merkt, aber seine Lehrer hatten sie schließlich davon überzeugt. Als er Student war, genierten sie sich dann vor ihm und seinen Freunden, sogar vor mir. Vor mir, die ich ihren Sohn liebte.
Ach, nein, dachte Franz. Was für eine langweilige Geschichte soll das nun werden. Muss ich mir das anhören? Gut, der Herr Staatsanwalt kommt aus kleinen Verhältnissen. Na und? Was ist mit mir? Und außerdem waren vor zweihundert Jahren die Eltern der meisten Leute Bauern oder Tagelöhner. Das weiß man doch. Deshalb heute noch so ein Theater?
Ja, das soll es geben, sagte er gelangweilt. Und wenn sie nicht gestorben sind, dann haben sie eben geheiratet.
Ja, hörte er Frings, das haben wir getan.
Seine Stimme klang bitter. Er schob sein Glas zu Franz hinüber, der es, ohne zu zögern, oder doch nur mit ein ganz klein wenig Verzögerung, denn er war jetzt sicher, dass er lieber nach Hause gehen würde, mit Gin und Tonic füllte. Weshalb erzählt sie mir das alles, dachte er. Worauf will sie hinaus.
Wir bekamen eine Wohnung von meinen Eltern, eine alte Villa am Alsterlauf. Wir hatten genug Geld. Wir studierten gemeinsam. Wir waren die besten Jura-Studenten, die die Fakultät bis dahin gehabt hatte. Wir machten unsere Examen in der kürzesten Zeit. Und wir hatten Pläne, wundervolle Pläne. Wir wollten das Strafrecht revolutionieren, Jahre bevor die Achtundsechziger auf ähnliche Ideen kamen. Menschen, die mit dem Gesetz in Konflikt kämen, sollten das Recht verstehen, das im Namen des Volkes über sie gesprochen würde. Wir fühlten uns großartig. Und das waren wir auch: jung, voller Ideen, arbeitswütig, verliebt, begabt, mit phantastischen Examensnoten …
Sie unterbrach sich und sah schweigend vor sich hin. Mit veränderter Stimme fuhr sie fort: … bis zu dem Tag, an dem ich begann, an meiner Dissertation zu arbeiten. Paul nicht, er hatte kein Thema.
Hör auf zu lügen, sagte Frings mit kalter Stimme. Du weißt, wie

das Thema meiner Arbeit hieß: Schichtenspezifische Unterschiede bei der Anwendung des Strafrechts und …

Er hatte kein Thema, unterbrach Georgia ihn. Sie hatte wieder die Stimme, die zum Ritzen von Stahl geeignet gewesen wäre.

Frings schwieg.

Bis zu dem Tag, als ihm die Informationen über Milgram in die Hände fielen. Milgram, das sagt Ihnen was?

Dieser Typ aus den USA, der Versuche mit vorgetäuschten Stromstößen machte? Wenn Sie den meinen: Der sagt mir allerdings etwas.

Was für ein Fortschritt in der Allgemeinbildung seit damals, sagte Georgia schneidend. Wir, ausgebildete Juristen, bekamen diese Informationen damals nur unter der Hand. Sie waren noch nicht veröffentlicht. Er, der ehrgeizige Paul Frings, der dringend nach einem Thema für seine Doktorarbeit suchte, dringend, denn seine Frau hatte mit ihrer Arbeit schon begonnen, kam auf die Idee, Milgram zu widerlegen. Und dazu brauchte er mich.

Das war freiwillig, sagte Frings. Niemand hat dich zu irgendetwas gezwungen.

Ich habe dich geliebt. Ich wollte dir helfen.

Als sie weitersprach, sah sie noch immer Franz an. Der las in ihrem Gesicht eine wilde Entschlossenheit, die ihn erschreckte. Ihm kam der Gedanke, dass die Frau, die ihm gegenüberstand, krank sein könnte, irgendwie durchgedreht, verrückt. Oder war es etwa nicht verrückt, nächtelang hier herumzusitzen und auf jemanden zu warten, um mit ihm abzurechnen in einer Sache, die, wenn überhaupt, vor vierzig Jahren passiert war?

Er aber hat mich benutzt. Nicht nur für sein verdammtes Experiment. Er hat mich auf dem Stuhl festgeschnallt, damals. Er hat mich mit Stromstößen gequält, ich sollte Angst haben. Dann hat er mich vergewaltigt.

Unwillkürlich sah Franz auf den Staatsanwalt. Er war überrascht, als er dessen Gesichtsausdruck wahrnahm. Frings sah entspannt aus. Sehr freundlich sah er auf die Frau, die ihn gerade einer widerlichen Tat beschuldigt hatte. Wieder dachte Franz, dass es etwas geben müsste, das diese beiden miteinander verband, etwas, von dem er ausgeschlossen war und ausgeschlossen bleiben würde. Aber sie benutzten ihn, sie nahmen ihn, seine Zeit, in Anspruch. Er spürte, dass er sich zu ärgern begann. Schluss, dachte er, sollen sie sich auf der Straße weiterstreiten. Ich schmeiß sie raus, alle beide. Dann aber fiel ihm ein, dass es einen guten Grund gab, den beiden noch ein wenig länger zuzuhören, und er nahm sich zusammen.

Vielleicht möchte jemand von den Herrschaften noch etwas trinken?, sagte er in die Stille hinein. Weder Georgia noch Frings antworteten. Er nahm ihnen die Gläser weg und füllte sie neu.

Ja, sagte Georgia plötzlich, so, als wäre sie durch die Bewegung hinter der Bar aufgeweckt worden, als er eintrat, damals, wusste ich, was geschehen würde. Es gelang ihm nicht, seine Erregung zu verbergen. Er sprach nicht. Er hatte gerade entdeckt, was ihm wirklich Spaß macht. Schon die Idee zu dem Experiment war kein Zufall gewesen, o nein. Aber wie konnte er vorher wissen, dass er zu den Folterern gehört, denen ihr Geschäft auch noch Lust verschafft. Es ist nicht wahr, dass ich nicht gehen wollte. Ich blieb gefesselt. Er schob mir eine Plastiktüte mit herumliegenden Kabeln unter den Hintern, damit er das Loch besser erreichen könnte, durch das sie die Demütigung in den Körper spritzen.

Franz sah, dass Georgia einen Anfall von Übelkeit unterdrückte. Das fehlt noch, dachte er, dass sie mir den Laden voll …

Danach hat er mich losgebunden, sagte sie, leise nun und mit beherrschter Stimme. Er hat gesagt, es täte ihm leid. Ich sei so verführerisch gewesen. Das hat er gesagt. Aber ich hatte sein Gesicht gesehen.

Es blieb eine Weile still. Draußen vor den Fenstern ging ein

Mädchen mit einem kurzen Rock und eisenbeschlagenen Stiefeln vorüber. Das Geräusch des Eisens auf den Steinen klang den dreien an der Bar lauter, als es eigentlich sein konnte. Vielleicht stand die Tür hinter dem Vorhang noch offen. Niemand ging, um die Tür zu schließen.
Kann man nichts machen, sagte Franz schließlich. Wenn ich Sie beide so ansehe, wird das ja wohl eine Weile her sein. Wenn das Kind vor vierzig Jahren in den Brunnen gefallen ist, sollte man es besser liegen lassen, wo es liegt.
Sie glauben ihr doch nicht etwa?, fragte Frings.
Keine Ahnung, antwortete Franz. Ich glaube schon. Klang ziemlich überzeugend, fand ich. Bloß, wenn Sie mich fragen: Ich glaube, dass Menschen sich ändern können.
Verstehen Sie doch, sagte Georgia. Sie haben gerade der Geburtsstunde eines Folterers beigewohnt. Man unterscheidet vier Typen von Folterern: Sadisten, Gehorsame, Minderwertige und Frustriert-Aggressive.
Ihre Stimme klang nun, als hielte sie einen Vortrag, geschäftsmäßig, informiert, so als hätte sie diesen Vortrag schon bei verschiedenen Gelegenheiten gehalten.
Frings wandte den Kopf ab, als versuchte er, ihr nicht zuzuhören.
Wenn es nicht so albern aussehen würde, dachte Franz, dann würde er sich die Ohren zuhalten.
Der Sadist arbeitet lustvoll. Bevorzugter Arbeitsplatz: Krankenhäuser, Schulen, Gefängnisse, Lager. Sadisten neigen dazu, ihrem Hobby auch gelegentlich außerhalb der Dienstzeit nachzugehen. Der Gehorsame gehorcht blind. Das bisschen Gewissen, das er vielleicht noch hat, hält er mit Alkohol und Drogen unter Kontrolle. Der Minderwertige wiegt seine Komplexe mit Grausamkeit auf. Je kleiner er sich fühlt, desto mehr Schmerz fügt er zu. Bleibt noch der Frustriert-Aggressive. Der Nährboden für diesen Widerling heißt Militär und Polizei. Er baut

Aggressionen auf und lässt sie an Menschen aus, die ihm ausgeliefert sind. Zu feige, sich gegen seine Peiniger zu wenden, peinigt er lieber selbst.
Sie machte eine Pause. Dann sprach sie mit leiser Stimme weiter, nachdenklich.
Ich hab mir lange überlegt, zu welcher Sorte Folterer du gehörst.
Es gibt keine ernst zu nehmende Wissenschaft, die diesen Unsinn stützen würde, sagte Frings.
Franz war nicht ganz klar, zu wem er sprach. Fast hatte er den Eindruck, der Staatsanwalt spräche zu sich selbst.
Du bist eine Kombination aus Sadist und Minderwertigem. Du bist ungeeignet, einen Mann anzuklagen, dem vorgeworfen wird, gefoltert zu haben. Vor solchen wie dir muss die Justiz geschützt werden. Das sehen Sie ein?!
Sie sah Franz herausfordernd an. Der warf einen schnellen Blick auf Frings, bevor er antwortete.
Ich verstehe nichts von Justiz, sagte er zögernd, außer, was ich aus den Gesprächen der Herren hier so mitkriege. Dieser Mann, um den es in dem Prozess geht: Er hat gefoltert, weil er einen Entführer dazu bewegen wollte, das Versteck preiszugeben, in dem das Kind war. Der Entführer hat geredet, das Kind wurde gefunden und gerettet. Mag ja sein, dass Folter verboten ist, aber war das, was der Mann getan hat, nicht wenigstens moralisch gerechtfertigt?
Im Prozess geht es nicht um Moral oder Unmoral, sagte Frings ungeduldig. Es geht darum, die sittlichen Gesetze unseres Zusammenlebens aufrechtzuerhalten. Wenn wir gestatten, dass diese Gesetze verletzt werden, bricht das Fundament zusammen, auf dem wir leben. Jede Ausnahme, die wir zulassen, bedeutet, dem Zusammenbruch der Zivilisation in die Hände zu arbeiten. Bedeutet, dass das Verbrechen die Oberhand gewinnen wird.

Sehen Sie, sagte Franz, das ist es, was ich meine. Der Mensch kann sich ändern. Er hat das Recht, sich zu ändern. Für etwas, das jemand mit zwanzig gedacht hat, kann er mit sechzig nicht mehr verantwortlich gemacht werden – wenn er sich inzwischen geändert hat.
Gedacht? Haben Sie gedacht gesagt? Er hat nicht gedacht, damals. Er hat getan. Er hat mich erniedrigt, gebrandmarkt, sodass ich ausgestoßen wurde, für immer. Damals hab ich nicht verstanden, was mit mir passiert ist. Ich hab mich von ihm getrennt. Sofort. Ich ging zurück in das Haus, in dem wir wohnten, und rief eine Umzugsfirma an. Ein kleines Auto, heute noch, hab ich gesagt. Ich ging durch die Wohnung, um ein paar Bücher zusammenzulegen und meine Kleider. Ich erinnere mich daran, als ob es gestern gewesen wäre. Es war der 14. August 1965. Während ich durch die Wohnung ging, habe ich es vermieden, die Möbel zu berühren. Sie schienen mir plötzlich ein Teil von ihm zu sein. Ich hätte die Berührung nicht ertragen. Ich zog zu einer Freundin in eine andere Stadt und funktionierte. Bis mir klar wurde, dass ich meine Doktorarbeit nicht zu Ende bringen würde. Ich konnte nicht mehr schlafen. Wer nicht schläft, kann sich irgendwann nicht mehr konzentrieren. Ich hatte Magenschmerzen, Rückenschmerzen. Aber das war nicht das Schlimmste. Das Furchtbarste war: Mir fehlte ein Stück meiner Erinnerung. Ich konnte nicht mehr rekonstruieren, was geschehen war.
Wundert dich das?, sagte Frings. Was nicht geschehen ist, kann nicht rekonstruiert werden.
Georgia beachtete seinen Einwand nicht.
Wenn man nicht weiß, was geschehen ist, kann man mit niemandem darüber sprechen, sagte sie.
Kann es sein, dass dein Verstand dir abgeraten hat, Gespräche zu führen, die einer Verleumdung gleichgekommen wären?
Sanft und bösartig, dachte Franz, seine Stimme klingt sanft

und bösartig. Zum Feind möchte ich den nicht haben. Er sah zu Georgia hin, die aufgestanden war. Sie wird ihn schlagen, dachte er, aber die Frau ging an Frings vorüber, als sähe sie ihn nicht, ging zwischen den im Halbdunkel stehenden Tischen hindurch und blieb, ihren Rücken den Männern zugewandt, vor einem der Fenster stehen. Sie wandte den Kopf nach rechts, nach links; niemand ging vorüber. Franz sah auf die Uhr. Halb vier, vielleicht gerade die Minuten, in denen die Stadt zur Ruhe kommt. Die Frau wandte sich um und kam zurück. Vor dem Tresen blieb sie stehen. Als sie weitersprach, redete sie zu sich selbst.

Ich weiß nicht, was schlimmer ist: die Schlaflosigkeit, die Unfähigkeit, zu arbeiten, mit anderen Kontakt aufzunehmen, oder diese furchtbare Leere, die Fremdheit, mit der man sich durch die Welt bewegt. Ich ging herum und fühlte nichts, und die Stimmen der anderen erreichten mich nicht mehr. Ich hätte mich umgebracht, wenn da nicht ein paar Menschen gewesen wären, die auf mich aufgepasst hätten. Ich habe tagelang getrunken. Ich hoffte, irgendwann würde ich fallen und mir das Gesicht aufschlagen. Der Schmerz, dachte ich, könnte ein Zeichen dafür sein, dass ich noch lebe. Der Wein hat wie Beton gewirkt. Mit jedem Glas wurde die Betonschicht dicker, die mein Inneres ausgekleidet hatte. Am Ende war ich nie betrunken. Ich war nur schwer. Und ich wusste, wenn es mir gelänge, von einer Brücke zu springen, dann würde mein Körper gerade und aufrecht auf dem Grund des Flusses stehen und leise hin und her schwanken, im Rhythmus des Wassers.

Sie sah auf, sah Franz an und sagte mit dieser Stahl kratzenden Stimme: Bevor es so weit war, hat man mich eingeliefert.

Interessant, sagte Frings.

Seine Stimme war die Stimme des Staatsanwalts, der den Angeklagten bei einer eindeutigen Lüge ertappt hat. Franz und auch Georgia sahen ihn überrascht an. Beinahe schien es, als hätte

diese heftige Bemerkung sie beide in die Wirklichkeit zurückgeholt. Aber wo waren sie denn gewesen?
Versteh doch, sagte Georgia leise, wir waren Mann und Frau. Ich habe dich geliebt. Ich habe mir sogar Mühe gegeben, deine Eltern zu lieben. Dann habe ich begriffen, dass du mich vernichten willst. Das Furchtbare war, dass ich dich trotzdem geliebt habe. Ich hatte keine Chance, dich so zu sehen, wie du wirklich bist. Wer du wirklich bist …
Gut, sagte Frings, ich hätte mich nicht darauf einlassen sollen. Jetzt ist es zu spät. Auch für Sie, Franz. Das werden Sie verstehen, dass ich so eine Geschichte nicht auf mir sitzen lassen kann. Ich will versuchen zu erklären, was damals wirklich geschehen ist, damit …
Hören Sie nicht auf ihn, sagte Georgia. Ihrer Stimme war anzuhören, dass sie nicht mehr nüchtern war.
Franz sah sie an. Sie hatte die Augen auf den Staatsanwalt gerichtet.
Sie bettelt ihn an um eine Erklärung, dachte Franz. Und er wird sich rausreden, da geh ich jede Wette ein. Vielleicht sollte ich ihm noch ein wenig zu trinken geben, das lockert die Zunge. Dann fiel ihm etwas ein, und er wandte sich an Georgia.
Hätten Sie ihn eigentlich nicht anzeigen können?, fragte er, während er beiläufig Frings' Glas füllte und es, ohne besonders darauf hinzuweisen, in dessen Nähe stellte. Ich meine, wenn das alles stimmt, dann hätten Sie ihn doch anzeigen können.
Ein guter Hinweis. Ihre Frage macht die Sache noch einfacher, sagte Frings. Sie ist durchaus berechtigt. Um es gleich vorwegzunehmen. Es hat selbstverständlich keine Anzeige gegeben. Lassen Sie uns raten, weshalb nicht. Vielleicht hat es diese Geschichte gar nicht gegeben?
Er sah Franz an, in dessen Gesicht deutlich Skepsis zu sehen war.
Oder sie war in Wirklichkeit ganz anders? Zwei Menschen

erleben eine Geschichte, und wenn sie davon erzählen, sind plötzlich zwei vollkommen verschiedene Geschichten daraus geworden. So etwas gibt es. Vor Gericht ist das der Alltag. Auch Sie werden davon gehört haben, dass …

Ach, ich weiß nicht, unterbrach ihn Franz, dem plötzlich klar geworden war, dass er eigentlich doch lieber schlafen gehen als sich juristische Spitzfindigkeiten anhören wollte.

Lassen Sie ihn reden, sagte Georgia, bitte.

Danke, mein Liebes, sagte Frings.

Er schob seine Hand über die Bar, als wollte er sie tröstend auf Georgias Hand legen. Er berührte sie aber nicht.

Ihre Hände sehen sich ähnlich, dachte Franz. Lang und schmal. Weshalb zieht sie ihre Hand nicht zurück? Wenn man die Temperatur messen könnte, die in dem einen Zentimeter Abstand zwischen ihren Fingerspitzen herrscht, dann wäre die Sache klarer.

Ehrlich gesagt, also, es kann ja sein, dass nun jeder seine Wahrheit auf den Tisch legt: Ich hab bloß keine Lust mehr, mir Geschichten anzuhören, die mich nichts angehen, sagte er.

Haben Sie vergessen, dass Sie Zeuge sind?, fragte Frings.

Bitte, sagte Georgia, lassen Sie ihn reden.

Wirklich, ich bin dir dankbar, Liebes. Ich werde mich kurz fassen, aber es ist wichtig, dass Sie verstehen, worum es eigentlich geht. In Wahrheit geht es nämlich um eine zutiefst menschliche Frage. Es geht um Lust und Schmerz. Verstehen Sie? Um den Zusammenhang. Lust – das Gefühl, bei dem der Verstand aussetzt. Er hört buchstäblich auf zu existieren vor dem Zwang, eins zu sein mit dem anderen. Es gibt Menschen, deren Verzweiflung, sich im anderen nicht auflösen zu können, so groß ist, dass sie ihre Zähne benutzen, um die Haut zu durchdringen, die der endgültigen Vereinigung im Wege zu stehen scheint. Lust, grenzenlose Lust. Verstehen Sie überhaupt, wovon ich rede?

Du meine Seele singe
wohlauf und singe schön
dem, welchen alle Dinge
zu Dienst und Willen stehn.

Das hat sie gesagt, damals, und Sie hätten ihre Stimme hören sollen. Sie hätten sie nicht anhören können, ohne verrückt zu werden.
Franz sah Georgia an. Sie hing an Pauls Lippen. Lächelte sie? Tatsächlich, sie lächelte.
Frings hielt inne, griff nach seinem Glas und trank. Er setzte das Glas heftig ab.
Und Schmerz, sagte er. Wenn Sie beten, der Verstand möge aussetzen. Sie liegen auf den Knien und beten darum, nicht mehr wahrnehmen zu müssen, was unerträglich ist. Aber das Gebet wird nicht erhört. Es gibt nur noch den Schmerz. Und nun meine Frage: Was verbindet Lust und Schmerz miteinander? Wo ist das Gemeinsame? Denn das gibt es doch, dieses Gemeinsame. Das werden Sie nicht leugnen, Franz. Und du, du schon gar nicht. Erinnere dich! Lass deine Seele singen, Liebes. Du weißt, wovon ich spreche.
Du bist ja krank, sagte Georgia.
Franz sah sie erstaunt an. Ihre Stimme war sehr viel sachlicher, als er erwartet hatte. Als er ihr Gesicht sah, dachte er: Vielleicht ist es ihr ja auch nur peinlich, dass er vor anderen über ihr Liebesleben spricht. Lust und Schmerz. Muss ganz schön zugegangen sein zwischen den beiden. Und nun will sie nichts mehr davon hören. Dabei war sie es doch, die unbedingt einen Zeugen haben wollte.
Nun, es ist vermutlich so, fuhr Georgia sachlich fort, und sie sah dabei Franz an, dass es mehr kranke Staatsanwälte im Amt gibt, als wir uns träumen lassen. Solange es ihnen gelingt, ihre Krankheiten verborgen zu halten, wird niemand auf die Idee

kommen, sie aus dem Amt zu jagen. Wichtig ist, dass die Krankheit öffentlich gemacht wird. Das verstehen Sie doch?
Ich versteh nur noch Bahnhof, sagte Franz. Und, ehrlich gesagt, ich bin damit ganz zufrieden. Im Übrigen kann meinetwegen jeder nach seiner Fasson selig werden, und dass es beim Sex verschiedene Geschmäcker gibt, ist wohl nicht neu.
Georgia hatte ihm nicht zugehört. Würden Sie mir einen Gefallen tun?, fragte sie. Schließen Sie die Tür da hinter dem Vorhang. Schließen Sie einfach ab und legen Sie den Schlüssel hier auf den Tresen. Es dauert nicht lange, aber es wäre schlecht, wenn wir gestört würden.
Franz sah den Staatsanwalt an, der die Schultern hob, als wäre ihm Georgias Wunsch gleichgültig.
Weshalb geht er nicht einfach und lässt die Dame reden, dachte er, während er hinter dem Tresen hervortrat und zur Tür ging.
Was soll das, hörte er Frings noch sagen, bevor er hinter dem Vorhang verschwand.
Draußen auf der Straße war es still, bis auf die Geräusche eines Müllwagens. Am Ende der Straße waren zwei Männer in Overalls damit beschäftigt, Mülleimer über den Bürgersteig zu schieben, am Müllwagen festzumachen und sie, nachdem sie ausgekippt worden waren, zurück in die Haustore zu bringen. Der Himmel war heller geworden, bald würde die Sonne aufgehen. Die silbernen Streifen auf den Overalls der Müllmänner waren deutlich zu erkennen, obwohl die Anzüge noch dunkel waren. Die Luft war warm. Es war auch in der Nacht kaum kühler geworden. Über dem Theater da drinnen hatte er vergessen, das Tor aufzuschließen, hinter dem die Mülleimer standen. Er ging zurück, um den Schlüssel zu holen. Am Vorhang blieb er einen Augenblick stehen. Die Musik war jetzt nicht mehr von Chet Baker. Jetzt war Ray Charles dran, und er sang *Georgia*. Der Staatsanwalt und die Frau, die Georgia hieß oder Susanne

oder weiß der Himmel wie, tanzten. Sie tanzten eng aneinander gepresst, langsam und so, als existierte die Welt um sie herum nicht mehr.

Was für ein schönes Paar, dachte Franz, während er zum Tresen ging, seine Hände mechanisch nach dem Schlüssel suchten und er die Augen nicht von den beiden ließ. Er fand den Schlüssel und ging nach draußen. Der Müllwagen war ein Stück näher gekommen. Man konnte nun die Farben der Anzüge ahnen.

Ich mach Schluss, dachte Franz. Wenn das Müllauto vorüber ist, schließ ich das Tor ab und werf die beiden da unten raus. Egal, was noch kommt. Mir reicht's.

DER LAUF DER DINGE

Es war Grabert, der dazu beitrug, dass Bella in ihrer vormittäglichen Ruhe gestört wurde. Sie hatte wenig geschlafen und war früh aufgestanden. Die Nacht war so heiß gewesen, dass sie die Fenster hatte schließen müssen. Sie hätte die Klimaanlage einschalten können, aber Klimaanlagen gehörten zu den Errungenschaften der Zivilisation, die sie nicht schätzte. Gegen Nächte mit wenig Schlaf und anregender Lektüre war dagegen kaum etwas einzuwenden, besonders dann nicht, wenn man morgens so lange schlafen konnte, wie man wollte. In der Nacht hatte sie in einem neuen Buch für ihre Bibliothek gelesen. Durch Zufall waren ihr die Protokolle der Gruppensitzungen der deutschen Kommunisten in Moskau aus den Jahren 1936/37 in die Hände geraten, die ein übereifriger westdeutscher Konvertit nach dem Zusammenbruch der Sowjetunion unter dem Titel *Die Säuberung* veröffentlicht hatte. Bella misstraute den Motiven von Menschen, die ihre politischen Überzeugungen wechselten, wie es ihnen für ihr eigenes Vorankommen wichtig erschien. Das gehörte zu den wenigen Dingen, die sie von ihrer Mutter Olga übernommen hatte. Trotzdem glaubte sie, die Veröffentlichung der *Säuberung* wäre ein wichtiger Beitrag zur Geschichte des menschlichen Verhaltens in Situationen der Angst. Das Ausmaß an gegenseitigen Verdächtigungen, Verrätereien, Feigheiten und Lügen, das unter dem Druck Stalin'scher Verfolgungen zustande gekommen war, hatte ihre Vorstellungen bei weitem überschritten.

Vor politischen, gesellschaftlichen Verhältnissen, die den Menschen so viel Angst einjagten, dass sie zu miesen, kleinlichen Denunzianten werden, muss man unbedingt Reißaus nehmen, hatte sie gedacht, einen letzten Blick auf das Buch geworfen und ihr Appartement verlassen.

Als sie den Frühstücksraum betrat, blieb sie verwundert stehen. Da saß der Beamte Grabert, grauer Anzug, weißes Hemd, schwarze Krawatte, eine Verkleidung, die ihm bei der draußen herrschenden hochsommerlichen Hitze ganz gewiss im Laufe des Tages noch Schwierigkeiten machen würde, und las die Zeitung, nein, nicht eine Zeitung, sondern eines der beiden Revolverblätter, das im Format größere, die sich um die Meinungsbildung in der Stadt verdient machten. Hinter ihm, über seine Schulter gebeugt, stand Wanda Rosenbaum in hellrosa Twinset und weißem Rock. Beide hoben die Köpfe, als Bella den Raum betrat. Etwas Ungewöhnliches musste geschehen sein, das war ihnen deutlich anzusehen.

Das wird Sie interessieren, sagte Wanda, während Grabert nur stumm ein Guten Morgen nickte und weiterlas, das Blatt dann aber beiseite legte, aufstand und, noch einmal stumm grüßend, den Raum verließ.

Ihre Aktentasche, sagte Bella, woraufhin er sich umwandte, zurückkam, die Tasche aufnahm, zum dritten Mal nickte und endgültig verschwand.

Er ist extra zurückgekommen, sagte Wanda, während sie Grabert nachsah. Können Sie sich das vorstellen? Ich frage mich, was ihn an dieser Sache so besonders interessiert. Bei Ihnen könnte ich das verstehen, aber Grabert?

Sie nahm sich zusammen, als sie sah, dass Bella noch immer in der Tür stand, inzwischen mit dem Ausdruck einer gewissen Ungeduld.

Ich sage Bescheid, dass Sie frühstücken möchten. Ich lege Ihnen die Zeitung an Ihren Platz.

Bella widersprach nicht, obwohl es für sie kaum etwas Grässlicheres gab, als sich ein ausgiebiges Frühstück mit Sport und Sperma zu verderben. Sie setzte sich und wollte das Blatt gerade beiseite schieben, als ihr Blick auf das Foto von Susanne Behrendt fiel. Es war ein älteres Foto, die Frau darauf mochte vielleicht fünfzig Jahre alt sein, und es war nicht besonders vorteilhaft. Sie trug einen schwarzen Badeanzug mit einem Ausschnitt, der bis zum Bauchnabel reichte und die dünnen, länglichen Brüste beinahe frei ließ. Die Haare hatte sie hochgesteckt und über die Stirn eine Sonnenbrille von ungeheuren Ausmaßen geschoben, die über dem schmalen Gesicht einfach nur lächerlich wirkte. Die Frau auf dem Foto sah aus wie eine Karikatur der ausgetrockneten Marbella-Schönheiten aus einem der Klatschblätter; zappelnde Beweise für einen Adel, der nicht mehr gebraucht wird, sich aber für unersetzlich hält. Die Frau hatte nicht die geringste Ähnlichkeit mit der Susanne Behrendt, die Bella kannte, aber aus dem ausführlichen Artikel, der das Bild umgab, und aus ihrem Namen in der Überschrift ging eindeutig hervor, dass es sich um sie handelte.
Das Mädchen brachte das Frühstück. Wanda Rosenbaum erschien nicht wieder, aber es war klar, dass sie das Foto mit der Anruferin von vor ein paar Tagen in Verbindung brachte. Sie war einfach nur zu diskret, um Bella sofort mit Fragen zu belästigen. Bella schob das Blatt beiseite und wandte sich ihrem Frühstück zu. Natürlich gelang es ihr nicht, Susanne Behrendt aus dem Kopf zu verdrängen. Das Foto war an Gemeinheit kaum zu überbieten, und der Text dazu würde ähnlich sein. Schließlich nahm sie das Blatt und die übrigen Zeitungen, die, wie immer, auf dem weiß gedeckten Tischchen neben der Flügeltür lagen, und verschwand in ihrem Appartement.
Die Behrendt war in allen Zeitungen. Die seriöseren Blätter hatten zwar kein Foto und bemühten sich in der Berichterstattung um einen sachlichen Ton, der Inhalt sämtlicher Artikel

war aber gleich: Der Prozess gegen den der Folter angeklagten Polizisten war ausgesetzt worden, weil die Verteidigerin nicht erschienen war. Aus Quellen, die nicht genannt wurden, hatten Journalisten Einzelheiten über das Privatleben der Verteidigerin erfahren und sie genüsslich ausgebreitet: Sie sei mehrmals verheiratet gewesen, von ihren Männern aber jedes Mal verlassen worden. Die Gründe sollten in ihrem *Sexualleben liegen. Sie bevorzugte wohl ungewöhnliche Praktiken*, so wurde in einigen Zeitungen hinterhältig-vorsichtig angedeutet. Nur das Revolverblatt nahm, wie immer, kein Blatt vor den Mund. Von Fesselungen, Peitschen, Gegenständen ungewöhnlicher Art, von Gier und Haltlosigkeit war hier die Rede. Am Ende waren sich die Journalisten aller Zeitungen, unabhängig davon, wie unappetitlich ihre Klatschgeschichte abgefasst war, einig, dass eine solche Frau als Verteidigerin eines Polizisten vollkommen ungeeignet sei. Diesem Mann könne man schließlich, auch wenn er schuldig geworden sein sollte, ehrenhafte Motive nicht absprechen. Was sich im Übrigen ja nun auch schon dadurch erwiesen habe, dass sie zum Prozess nicht erschienen sei.

Bella ging es nicht gut, nachdem sie die Zeitungen gelesen hatte. Die Behrendt war ihr sympathisch gewesen. Sie hatte den Auftrag zurückgegeben, weil sie den Eindruck gehabt hatte, sie wäre ihr gegenüber nicht aufrichtig gewesen. Und, gib es schon zu, ein wenig auch, weil sie keine Lust gehabt hatte, ihre Zeit mit einer Arbeit zu vertun, die unerhört langweilig gewesen war. Nichts, aber auch gar nichts am Erscheinungsbild und am Verhalten der Behrendt hatte mit dem Bild übereingestimmt, das in der Öffentlichkeit nun von ihr gezeichnet wurde. Im Gegenteil, wenn sie durch ein Wort richtig charakterisiert wird, dachte Bella, dann ist es das Wort *fein*. Und auf meine Menschenkenntnis kann ich mich verlassen. Gewiss, sie ist nervös gewesen und hat mit der Wahrheit hinter dem Berg gehalten.

Aber die Schlampe, für die sie von der Öffentlichkeit gehalten werden soll, ist sie nicht.
Das Läuten des Telefons unterbrach Bella in ihren Gedanken.
Hast du schon aus dem Fenster gesehen?, fragte Kranz. Wenn ja, dann wirst du feststellen, dass du keinen Grund hast, mir einen Spaziergang am Vormittag zu verweigern. Lass deine Bücher liegen, zieh die leichtesten Sachen an, die du in deinem Schrank finden kannst, und folge deinem dich anbetenden Freund, etwas älter schon, aber noch erstaunlich fit, übrigens in jeder Beziehung, an die Elbe. Wir werden ein wenig herumwandern und, wenn zu viele Menschen die gleiche Idee gehabt haben, ihnen einfach ausweichen und in Teufelsbrück ein zweites Frühstück zu uns nehmen. Ich hab nämlich festgestellt, dass die Leute sich dort nicht in Massen hineintrauen. Weiß der Himmel, weshalb. Vielleicht haben sie Angst, dass der Teufel sie holt.
Schön wär's, sagte Bella. Aber wahrscheinlich ist es nur, weil der Laden von außen so vornehm aussieht.
Was ist, kommst du?
Ich glaube, nicht, antwortete Bella. Hast du heute schon die Zeitungen gelesen?
Ach, du lieber Himmel, das hatte ich befürchtet, sagte Kranz.
Bella wusste plötzlich, weshalb er angerufen hatte. Denn eigentlich war Kranz kein großer Spaziergänger. Aber auf jeden Fall war er ein Freund.
Was willst du tun?, fragte er nach einer kleinen Pause.
Was rätst du mir?, fragte Bella zurück. Ich hab sie nicht mehr gesehen, seit ich den Job gekündigt habe. Im Grunde geht mich die Sache nichts mehr an.
Geh hin und sieh nach, wie es ihr geht. Ich könnte mir vorstellen, dass es nicht so einfach zu verkraften ist, auf diese Weise in die Öffentlichkeit gezerrt zu werden. Vielleicht haben wohlmeinende Journalisten sie vorher darüber informiert, was heute über sie in den Zeitungen stehen wird, und sie hat es deshalb

vorgezogen, gar nicht erst im Gericht zu erscheinen. Richte sie ein wenig auf, und wenn das erledigt ist, treffen wir uns. Vielleicht hast du dann das Bedürfnis, deinem Herzen Luft zu machen. Du weißt, ich bin ein guter Zuhörer.
Du bist ein Schatz, sagte Bella und legte auf.
Als sie das Foyer der Pension durchquerte, um die Etage zu verlassen, hatte sie eine unerwartete Begegnung. Die Dichterin, ganz in Schwarz, stand dort, als hätte sie auf Bella gewartet. Bella ging auf sie zu und blieb vor ihr stehen.

Oh, meine Seele ist schwer!
Wer hat ihr den Stein um den Hals gehängt
und ihre Flügel verknotet?,

sagte die Latt. Sie hatte gesprochen; leise, aber deutlich, einen Vers, der nicht von ihr war, sondern von Christine Lavant, der aber von ihr hätte sein können, weil er so gut zu ihr passte. Erst jetzt sah Bella, dass sie eine Zeitung in den Händen hielt. Offensichtlich waren inzwischen alle Pensionsgäste darüber informiert worden, dass Bella mit der Behrendt zu tun gehabt hatte. Unwillkürlich sah sie sich um.
Irgendwo müsste eigentlich jetzt noch Franz auftauchen, dachte sie. Aber Franz war nicht zu sehen.
Das ist ein schöner Vers, sagte Bella, Lavant, oder?
Statt einer Antwort ergriff die Latt mit beiden Händen Bellas Rechte und drückte sie heftig. Dann aber öffnete sie doch noch einmal die Lippen, um zu sagen, was ihr auf dem Herzen lag.
Wir Frauen, sagte sie, wir Frauen …
Mehr sagte sie nicht. Ihre Augen füllten sich mit Tränen, große, dunkle, ausdrucksvolle Augen, sie wandte sich heftig ab und ging geräuschlos davon. Sie trug teure Pensato-Sandalen. Korkabsätze machen keinen Lärm.
Vielleicht hatte sie sagen wollen, wir Frauen müssen zusammenhalten, dachte Bella und schloss daraus, dass die Latt in ihrer Anpassung an politische Entwicklungen in den späten

Siebzigern stehen geblieben war. Vielleicht war das der Grund, weshalb ihre Verse noch besser geworden waren.

Bella genoss den Weg durch die Stadt an diesem frühen Sommermorgen, und nicht einmal der Anblick des Atlantic-Hotels, von dessen Balkon herab, in den Zeiten des Menschenfressers, Hitler sein Volk gegrüßt hatte, konnte ihre gute Laune beeinträchtigen. Schön und prächtig lag das Hotel an der Alster, weiß leuchteten seine Wände, weiß leuchteten die Segel der ersten Boote auf dem dunkelblauen Wasser und gegen den dunkelblauen Himmel. Über die Kennedy-Brücke fuhr ein silbern glänzender ICE, dem man nicht ansah, dass er in wenigen Stunden auf seiner Fahrt nach Basel liegen bleiben würde, weil sein Triebkopf versagte. Und wer an der Universität vorüberging, musste schon ein sehr übel wollender Mensch sein, um beim Anblick der neuen, in edlem Glanz erstrahlenden Ost- und Westflügel neben dem ehrwürdigen Hauptgebäude abfällige Gedanken über die Zunahme von privatem Sponsorentum und die Abhängigkeit des Staates von den Launen großzügiger Unternehmer in seinem Kopf zu bewegen.
Das Hotel, in dem sie bis vor wenigen Tagen zusammen mit Susanne Behrendt gewohnt hatte, war, merkwürdig genug, offenbar noch nicht in den Blickpunkt der Öffentlichkeit geraten. Bella sah weder Journalisten noch Fotografen. Sie hatte damit gerechnet und war überrascht. Um herauszufinden, ob sich irgendjemand in der Nähe verborgen hielte, ging sie am Hotel vorüber, die stille, nach Lindenblüten duftende Straße bis zum Ende, wechselte die Straßenseite und ging zurück. Nichts Auffälliges war zu sehen. Niemand stand hinter den Stämmen der Linden, obwohl deren Umfang ausreichend Schutz geboten hätte. Als sie das Hotel betrat, war sie davon überzeugt, die Einzige zu sein, die sich an diesem Morgen zu Susanne Behrendt auf den Weg gemacht hatte.

Die Rezeption war nicht besetzt. Bella trat näher, um nach dem Schlüssel der Behrendt zu sehen. Er war nicht an seinem Platz. Das konnte bedeuten, dass die Behrendt im Zimmer war. Bella holte tief Atem. Feige, wie du bist, hast du insgeheim gehofft, sie wäre abgereist. Aber, vielleicht, wartet sie gerade auf dich und auf diese Art von Gespräch, die du nicht ausstehen kannst. Also, nur Mut, mach dich auf und hör eine Beichte. Tröste das Beichtkind, richte es auf. Trotzen soll es allen Widrigkeiten, die die böse Welt noch bereithalten wird.
Unter diesen und anderen aufmunternden Worten an sich selbst erreichte Bella das Appartement der Behrendt, warf noch einen Blick an der offen stehenden Tür vorbei, hinter der sie selbst bis vor kurzem logiert hatte, sah ein ordentliches Bett, ein aufgeräumtes Zimmer. Es war offensichtlich unbewohnt. Dann wandte sie sich den Räumen der Behrendt zu, klopfte. Sie wartete, klopfte noch einmal, stärker. Wieder antwortete niemand. Sie drückte die Klinke herunter. Die Tür war verschlossen. Bella sah sich um. Der Korridor war leer. Sie fingerte in ihrer Jacketttasche nach dem kleinen Spezialschlüssel, einem Geschenk ihres Freundes Brunner. Brunner, der ein sehr guter Polizist gewesen war, bevor seine Vorgesetzten beschlossen hatten, ihn wegen seines ungewöhnlich hohen Alkoholkonsums nach Hause zu schicken, hatte gesagt, dass Bella fortan mehr Chancen haben würde als er, seinen Spezialschlüssel nutzbringend einzusetzen. Bella hatte das Geschenk damals Brunner zuliebe angenommen, war aber inzwischen nicht unglücklich darüber, so ein Sesam-öffne-dich zu besitzen. Das Appartement ließ sich leicht öffnen. Das Hotel war ein altes Hotel, stilvoll renoviert, noch mit den Originaltüren.
In dem kleinen Vorraum brannte Licht. Der Sommermantel der Behrendt hing an der Garderobe. Die Tür zum Zimmer stand einen Spalt offen. Bella ging darauf zu, sah sich im Spiegel und blieb stehen.

Du siehst nicht gut aus, Bella Block. Was ist los? Du bist blass um die Nase, richtig? Weißt du, was dich erwartet? Und wenn – ist doch nicht das erste Mal. Was ist also? Du möchtest weglaufen, ja? Was immer sie auch mit ihr gemacht haben, du möchtest es nicht sehen, ja? Du hast die Schnauze voll von Toten. Du liebst sie nicht und besonders dann nicht, wenn du sie geliebt hast, als sie noch lebten. Geliebt? Na ja, das ist vielleicht übertrieben, aber – jetzt hör endlich auf, dich anzustarren, und geh da hinein, los, geh schon.

Entschlossen ging sie auf die angelehnte Tür zu und schob sie auf. Das Zimmer, das sie so gut kannte, sah genauso aus, wie sie es erwartet hatte: Es war verwüstet. Eine Weile blieb sie regungslos stehen. Es war wichtig, die Methode zu erkennen, nach der hier gearbeitet worden war, obwohl sie ahnte, wonach der Eindringling hier gesucht hatte. Alles, was sie feststellen konnte, war, dass er gründliche Arbeit geleistet und dabei versucht hatte, wenig Lärm zu machen. Möbelstücke waren nicht verrückt oder umgeworfen worden.

Der Kleiderschrank stand offen. Der Inhalt lag auf dem Boden davor. Die gefütterten Kleidungsstücke waren aufgeschlitzt. Das Sofa hatte nicht nur auf der Liegefläche, sondern auch an Kopf- und Fußende und an der Vorderseite tiefe Einschnitte. Die darauf liegenden Kissen waren aufgerissen. Wer das Chaos angerichtet hatte, musste mit entsprechenden Geräten ausgerüstet gewesen sein. Auch die Sessel waren zerstört. Die beiden Schubladen des Schreibtisches hatte er herausgenommen und auf dem Bett abgestellt. Ihr Inhalt lag auf der Bettdecke. Das Bett war zugedeckt und vollkommen unberührt. Entweder hatte der Eindringling in einer der Schubladen gefunden, was er suchte, oder …

Die Tür zum Badezimmer schien geschlossen. Langsam ging Bella darauf zu. Die Tür war nur angelehnt. Dahinter, auf dem Fußboden, lag der Morgenrock der Behrendt. Er ließ sich leicht zur

Seite schieben. Im Bad war es warm, so, als hätte jemand trotz des hochsommerlichen Wetters die Heizung voll aufgedreht. Es roch durchdringend nach Parfüm. Auf dem Marmorboden lagen ein paar zerbrochene Flaschen. Die Behrendt war nackt. Sie lag in der Badewanne. In der Wanne war kein Wasser. Bella sah auf den Hinterkopf, der am Wannenrand lag, und auf den Körper, lang und schlank und blass unter der braunen Haut. Susanne Behrendt war tot, aber von dort aus, wo Bella stand, konnte sie keine Verletzungen erkennen. Bella ging zum Fußende der Wanne. Sie zögerte einen Augenblick, bevor sie die Tote ansah. Sie hätte die Behrendt gern lebend im Gedächtnis behalten.

Als sie das Bad verließ, war ihr ein wenig übel. Im Zimmer lehnte sie sich mit dem Rücken gegen eine Wand des Kleiderschranks und versuchte sich zu konzentrieren. Wo war der Schlüssel zum Safe? In einer der Schreibtischschubladen? Sie hatte mit der Behrendt darüber gesprochen und versucht ... Als ihr einfiel, wo der Schlüssel geblieben war, bekam sie weiche Knie. Sie verließ das Zimmer nur langsam. Hatte sie etwas angefasst? Nein, sie war vorsichtig gewesen.

Draußen auf dem Korridor war niemand. Langsam ging sie die Treppe hinunter. Der Teppich auf den Stufen verschluckte ihre Schritte. Das Foyer war noch immer leer. Sie ging an die Rezeption und betätigte die Glocke. Nichts. Auch dann nicht, als sie heftiger läutete. Es würde ihr nichts anderes übrig bleiben, als in das Büro zu gehen, das hinter dem Tresen lag. Es war geschlossen. Draußen vor dem Hoteleingang hielt ein Auto. Bella trat zur Seite und versuchte zu erkennen, wer da ausstieg. Auf keinen Fall wollte sie gesehen werden, von wem auch immer. Sie trat hinter eine Säule und wartete. Nach einem kurzen Augenblick erschien die Besitzerin, ihr zur Seite, mit einem Korb voller Erdbeeren, eines der Zimmermädchen. Die beiden verschwanden in dem Gang, der zur Küche führte. Dort wurde das

Frühstück vorbereitet. Bella verließ das Hotel. Sie war nicht gesehen worden.
Auf der Straße vor dem Hotel waren auch jetzt noch kaum Passanten. Sie ging schnell und erreichte ein paar Häuserblocks weiter ein kleines Café. Eine alte Dame mit rosa Löckchen saß an einem der kleinen Tische und las. Neben ihr hockte der Dackel, den Bella von ihren nächtlichen Ausflügen her kannte. Hinter dem Ladentisch stand eine gelangweilte Verkäuferin. Bella bestellte Kakao mit Rum und ein Franzbrötchen, bevor sie sich, so weit entfernt von der alten Dame wie möglich, an einem Tisch niederließ. Sie rief Kranz an.
Frag mich was, sagte sie. Ich kann hier nur mit ja oder nein antworten.
Du warst bei ihr?
Ja.
Es dauerte eine Weile, bis Kranz die nächste Frage stellte, und Bella wusste, was er dachte, bevor er weiterfragte. Er dachte: Nein, verdammt noch mal. Nicht wieder eine von diesen Geschichten, an denen sie wochenlang herumkaut. Was geht sie die Welt an. Sie soll lesen und mit mir ins Bett gehen, meinetwegen auch spazieren gehen, aber sie soll glücklich sein.
Ist sie noch am Leben?, fragte er.
Nein, sagte Bella.
Die Verkäuferin kam an ihren Tisch. Sie trug ein glänzendes schwarzes Kleid und hatte eine weiße Serviette über ihrem Bauch festgesteckt, deren Spitze unter dem Ausschnitt endete. Ihre Aufmachung erinnerte Bella an einen Film, dessen Titel ihr nicht einfiel.
Wo bist du jetzt?, sagte Kranz.
Die Verkäuferin stellte den Kakao auf die Tischplatte und blieb neben dem Tisch stehen. Sie sah Bella an. Aus dem Becher stieg ein lieblicher Duft von Kakao und Rum. Bella zog fragend die Augenbrauen hoch.

Franzbrötchen mit oder ohne Rosinen?
Moment, sagte Bella und legte den Hörer auf die Tischplatte. Franzbrötchen mit Rosinen? Du lieber Himmel, nein. Macht man das heute?
Die Verkäuferin zuckte mit den Schultern und ging.
Wo bist du jetzt?, fragte Kranz, als Bella das Telefon wieder aufgenommen hatte. Sie beschrieb das Café.
Bleib da sitzen, ich komme. Wir überlegen gemeinsam, was zu tun ist, sagte er.
In Ordnung, sagte Bella.
Der Kakao schmeckte so gut, wie er roch, und der feine Zimtgeschmack im Franzbrötchen war so, wie er sein sollte. Rosinen! Als sie fertig war, ging sie an den Tresen. Die alte Dame im Hintergrund sah aus, als wäre sie kurz davor, einzuschlafen. Ihr Dackel schlief schon. Bella zahlte und bat die Verkäuferin, Kranz, den sie ausführlich beschrieb, auszurichten, er möge auf sie warten. Sie sei gleich zurück.
Sie musste herausfinden, ob der Safe im Hotel aufgebrochen worden war.
Im Eingang des Hotels standen zwei Männer in Zivil, die dort offensichtlich als Wachtposten aufgestellt worden waren. Sie hatten breite Schultern und kleine, wendige Köpfe, die hin und her suchten. Beide sahen aus, als wäre es besser, ihnen nicht in die Quere zu kommen. Sollte sie versuchen, an denen vorbei ins Hotel zu gelangen? Lieber nicht. Sie hatte überhaupt keine Lust, offiziell mit dem Mord an Susanne Behrendt in Verbindung gebracht zu werden. Eine Weile blieb sie in sicherer Entfernung stehen und beobachtete den Eingang zum Hotel. Es geschah nichts Besonderes. Eine auffällig zivil gekleidete Polizistin schlenderte an ihr vorüber, beachtete sie aber nicht, weil sie damit beschäftigt war, mit ihrem Freund zu telefonieren. Bella schloss das aus der bestürzten Miene der Frau und ihren beschwörenden Worten. Natürlich, auch Polizisten hatten ein

Privatleben, das sie überall mit hinschleppten. Es wäre wohl besser, wenn sie ins Café zurückginge. Sie wandte sich ab, um langsam und in gehörigem Abstand hinter der Polizistin herzugehen, und warf dabei noch einen letzten Blick auf die Breitschultrigen. Die beiden standen noch dort, aber sie waren nicht mehr allein. Sie waren näher zusammengerückt und hörten einem Mann zu, den Bella kannte. Der Mann war Kaul.

Der Anblick dieses Mannes stimmte sie sehr nachdenklich. Bella war bei verschiedenen Gelegenheiten mit ihm zusammengetroffen. Immer hatte er die Staatsmacht verkörpert, aber bis jetzt hatte sie nicht herausgefunden, welcher Gruppe Kaul eigentlich angehörte. War er Polizist? War er Soldat? War er Geheimdienst-Mann? Gehörte er dem Grenzschutz an? Fest stand nur, dass er Vorgesetzte hatte, die ihm immer, auch bei seinen mehr oder weniger illegalen Aktionen, den Rücken stärkten. Oder war Kaul auf der Karriereleiter inzwischen so hoch geklettert, dass er sein eigener Chef war?

Während Bella die Straßenseite wechselte und schnell zum Café zurückging, dachte sie daran, wie einfach es offenbar war, in der Polizeitruppe willige Helfer zu finden. Hatte eigentlich irgendein beim Bundesgrenzschutz beschäftigter Mensch Einspruch dagegen erhoben, grundgesetzwidrig zum Bundespolizisten gemacht zu werden? Wie leicht ließen sich in diesem Land noch immer Verfassungsgrundsätze beiseite schieben; fast so, als wäre die demokratische Umerziehung nach 1945 gar nicht oder nur sehr oberflächlich gelungen.

Durch die Scheiben des Cafés sah sie Kranz. Neben seinem Tisch stand die junge Frau im schwarzen Kleid. Anscheinend gehörte sie zu den neunundneunzig Prozent Verkäuferinnen, die lieber Männern als Frauen dienten. Als sie sich vom Tisch entfernte, bewegte sich ihr Hinterteil in ungewöhnlichen Schwüngen von rechts nach links und wieder zurück. Kranz beachtete das Manöver nicht. Er sah Bella entgegen.

Einen Augenblick lang war vor ihren Augen eine Linie, die sie mit der Verkäuferin und Kranz verband. Ein Dreieck entstand, ein unruhiges Gebilde, in dem jeder mit jedem verbunden war und trotzdem niemand vom anderen wusste.

Als Bella den Kopf schüttelte, stand Kranz auf, zahlte und kam nach draußen, aufmerksam verfolgt von den Blicken der Verkäuferin. Sie betrachtete ihn prüfend, während er ihr entgegenkam. Was faszinierte eine junge Frau so sehr an ihm, dass ihr Körper auf so eindeutige Weise in Bewegung geriet? Er sah gut aus: braun gebrannt, volles Haar, groß, schlank, teuer gekleidet, obwohl sie bezweifelte, dass die Frau in der Lage war, seine Kleidung richtig zu bewerten. Er wirkte freundlich und gepflegt, aber es war nicht zu übersehen, dass er über sechzig war. Die Frau mochte Anfang zwanzig sein. War in den jungen Körpern noch immer das Bewusstsein, dass der Mann auch im Alter noch zeugungsfähig ist und die Frau sich ihm anbietet, wenn sie nichts Besseres zu tun hat?

Nun, was ist?, fragte Kranz.

Mit dir zu schlafen ist natürlich in jedem Fall besser, als in einem Café Brötchen zu verkaufen, sagte Bella versonnen.

Kranz nahm ihren Arm, und sie gingen eine Weile schweigend nebeneinander her. Zweimal kamen ihnen Polizeiwagen mit eingeschaltetem Lichtsignal entgegen. War Kaul schon fertig, und durften nun die Kriminalisten ihre Arbeit tun?

Kaul war da, sagte sie. Ich konnte nicht noch einmal in das Hotel gehen. Sie hatte Papiere dort verwahrt, wichtige Unterlagen. Beweise für die Verwicklungen des Staatsanwalts in Folterpraktiken. Ich nehme nicht an, dass sie Kaul entgangen sind. Vermutlich waren diese Papiere sogar der Grund für sein schnelles Auftauchen. Willst du mir einen Gefallen tun?

Jeden, sagte Kranz, nachdem wir unseren Spaziergang an der Elbe beendet haben.

Er wusste selbst, dass er gerade einen vergeblichen Versuch star-

tete, Bella für die nächsten Stunden an seiner Seite zu behalten. Sie beide konnten es seiner Stimme anhören. Kranz blieb stehen und stellte sich Bella in den Weg. Sie sahen sich an. Kranz war der Erste, der sein Gesicht zu einem Lächeln verzog. Er hatte verloren, aber es schien ihm nichts auszumachen.
Alles, sagte Bella, alles werden wir nachholen. Gibt es irgendjemanden in der Umgebung von Kaul, den du kennst? Eingeweiht, zuverlässig, ehrgeizig, demokratisch ambitioniert?
Du sprichst vom BND, Bella!
Am besten BKA und BND, sagte Bella ungerührt. Ich brauche einen genauen Bericht über alles, was mit ihrer Ermordung zusammenhängt, Zeitpunkt, besondere Vorgehensweise, du weißt schon. Und beim BND müssten sie auf jeden Fall wissen, ob die Papiere gefunden worden sind. Ich kann mir vorstellen, dass Kaul sie der Kripo vor der Nase weggeschnappt hat. Was steht drin? Gibt es sie überhaupt? Wer wird belastet?
Und das alles so schnell wie möglich, sagte Kranz.
Sie trennten sich vor dem Dammtor-Bahnhof. Bella wollte mit Franz sprechen, so schnell wie möglich. Sie nahm ein Taxi zur Pension. Kranz ging zur S-Bahn. Offenbar waren seine Informanten mit öffentlichen Verkehrsmitteln zu erreichen.

In der Pension traf sie auf den Major, der, ganz gegen seine Gewohnheit, im Spielzimmer saß und Zeitung las. Eigentlich verabscheute er Zeitungen. Seiner Meinung nach verbreiteten sie Lügen und Unzufriedenheit unter ihren Lesern. Das Leben besteht aus Praxis, pflegte er zu sagen, nicht aus dem Schreiben darüber. In Wirklichkeit bereitete ihm alles, was nicht in Form eines Befehls an ihn herangetragen wurde, großen Widerwillen. Gefühle verachtete er insgeheim. Um seine Verehrung für Bella und die damit verbundenen Gefühle ertragen zu können, hatte er sich einen Trick zurechtgelegt. Major Kollmann war nicht fromm, es gefiel ihm aber, Gott nicht zu leugnen, sondern als obersten Befehlshaber zu bezeichnen. Auf diese Weise war es ihm ohne Probleme möglich, alles, was ihm widerfuhr und was er nicht in sein einfaches Weltbild einordnen konnte, als vom obersten Befehlshaber angeordnet zu betrachten. Das hatte den Vorteil, dass er auch alles hinnehmen konnte, ohne über Sinn oder Unsinn nachzudenken.

Er stand auf und ging Bella entgegen.

Sie an einem Sommermorgen zu treffen ist eine besondere Freude, sagte er, griff nach ihrer Hand und deutete einen Handkuss an. Sie sehen aus, als suchten Sie jemanden. Sie haben nicht nach mir gesucht, ich weiß. Aber wir könnten es als Hinweis nehmen, dass Sie mich gefunden haben.

Hinweis, wofür?, fragte Bella, und wie erwartet, begann er zu reden. Da ihr aber daran lag, keine Unruhe zu verbreiten, blieb sie stehen und hörte dem Major zu, der ins Schwärmen geriet über einen gemeinsamen Spaziergang rund um die Alster oder, noch besser, durch den Duvenstedter Brook. Den habe er als Schüler zuletzt gesehen und noch immer eine deutliche Erinnerung daran.

Moorwiesen, sagte der Major, und Bella sah sich am Rand von Moorwiesen und quakenden Unken entlangwandern, hörte den Kuckuck rufen und sah dem Major zu, der an seinen Fingern die Rufe zählte und bis siebzehn kam. Siebzehn Jahre bleiben wir zusammen, höherer Befehl, ist das nicht wunderbar?

Sie lächelte und nahm in dem Sessel Platz, den der Major ihr hingeschoben hatte. Sie saßen im Spielzimmer. An dem Puzzle war noch immer nicht weitergearbeitet worden.

Das Spiel scheint unseren Freund wirklich nicht besonders zu interessieren, sagte sie und bemühte sich, ihre Stimme möglichst beiläufig klingen zu lassen.

Wenn Sie so spät wie dieser Mensch nach Hause gekommen

wären und noch dazu in einem solchen Zustand, weiß ich nicht, ob Ihnen dann der Sinn nach Puzzeln stünde.
Sie haben ihn gesehen?
Es blieb mir nichts anderes übrig, antwortete der Major. War ja Donnerstag.
Donnerstag war, wie allgemein in der Pension bekannt, der Abend, an dem der Major ausging. Er besuchte einen befreundeten Hauptmann, ebenfalls pensioniert, aber noch mit Ehefrau. Man spielte Bridge oder Canasta, je nachdem, zu welchem Spiel die Ehefrau zu überreden war. Anschließend, die Dame des Hauses war nie länger als bis Mitternacht zum Spielen zu bewegen, machten der Major und der Hauptmann *ihre Runde*. Was dabei passierte, wusste niemand so genau, es gab aber die verschiedensten Vermutungen, die von *sie rennen um die Alster und erinnern sich der Schlachten, die sie auf dem Papier geschlagen haben*, bis *man hat sie Arm in Arm aus einem Sexshop am Steindamm kommen sehen* reichten. Tatsache war nur, dass der Major am Freitag in der Nacht regelmäßig leicht angetrunken und sehr früh, aber in immer noch vorbildlich gerader Haltung nach Hause kam.
Wir hatten einen kleinen Unfall, deshalb war es sehr viel später geworden, setzte er hinzu. Vier Uhr, für einen Mann in meinem Alter zu spät. Für unseren Franz aber offenbar nicht. Eine Schande, übrigens, dass man jemand in diesem Zustand noch Auto fahren lässt.
Er war betrunken?
Bella wunderte sich darüber, weil Franz, soweit sie wusste, zu den Barkeepern gehörte, die während der Arbeit nicht oder nur wenig tranken. Er selbst hatte es ihr erzählt, und er hatte durchaus glaubwürdig geklungen.
So kann man es nennen, jawohl, sagte der Major mit deutlichem Tadel in der Stimme.
Eines der Hausmädchen kam herein und begann Staub zu wi-

schen. Bella nutzte die Gelegenheit, sich von Kollmann zu verabschieden. Aus ihrem Appartement rief sie Franz an. Er hob den Hörer nicht ab. Sie versuchte es ein paar Mal, ohne Erfolg. Schließlich setzte sie sich missmutig an den Schreibtisch. Sie wusste, dass es für sie zu spät war, die ganze Geschichte einfach zu vergessen. Aber wenn jetzt jemand gekommen wäre, beinahe gleichgültig, wer, und sie zum Beispiel zu einer ausgedehnten Schiffsreise eingeladen hätte, dann hätte sie, ohne lange zu überlegen, zugestimmt, obwohl sie Reisen dieser Art hasste.

Der Zustand, in dem jemand das Läuten des Telefons mit dem Kreischen einer neben dem Bett aufgestellten Kreissäge verwechselt, ist für niemanden angenehm. Für Franz, der sich tatsächlich nur sehr selten zusammen mit seinen Gästen betrank, war dieser Zustand außerdem noch ungewohnt. Die Art, in der er sich unter der Bettdecke verkroch, um dem peinigenden Geräusch zu entgehen, hatte etwas Rührendes. Sich verkriechen und wieder einschlafen waren allerdings zwei Dinge, die er trotz aller Anstrengung nicht miteinander verbinden konnte. Franz blieb nichts anderes übrig, als einen Versuch zu unternehmen, unter der Bettdecke liegend und bei jedem Läuten erneut zusammenzuckend, sich der Vorgänge zu erinnern, die ihn in diese unangenehme Lage gebracht hatten. Das war nicht einfach und erst von Erfolg gekrönt, als das Läuten aufgehört und er vorsichtig die Bettdecke weggeschoben hatte. Er richtete sich auf und versuchte, die Beine auf den Teppich vor dem Bett zu stellen. Erst als ein Schuh sich im Bettbezug verhakte und er sich genauer betrachtete, wurde ihm klar, dass er angezogen ins Bett gefallen sein musste. Er, der immer den allergrößten Wert darauf legte, zwar lässig und elegant, aber auch korrekt gekleidet zu sein, lag mit zerknitterten Hosen, ein Fuß ohne Strumpf und Schuh, der andere mit Socke und Slipper, in seinem Bett. Das, was er für die Bettdecke gehalten hatte, war nur die weiße

Tagesdecke, die am unteren Ende eine dicke schwarze Spur zeigte, vermutlich von Schuhcreme. Der Schuh, den er am Fuß trug, war schwarz. Angeekelt und nun schon ziemlich wach, saß Franz auf der Bettkante und überdachte den vergangenen Abend.

Langsam, ganz langsam kam die Erinnerung zurück. Diese Frau, die auf Frings gewartet hatte. Die beiden waren verabredet gewesen! Natürlich. Eine Abrechnung. Sie wollte – plötzlich wusste er wieder, was geschehen war. Er sprang auf, das heißt, er versuchte aufzuspringen, ließ sich aber auf das Bett fallen, bevor er über die um seine Beine gewickelte Bettdecke gestürzt wäre. Dann begann er sich systematisch aus Bett und Bettdecke zu wickeln. Das machte er langsam, und langsam erschien auch ein Lächeln in seinem Gesicht. Er musste nicht versuchen, sich zu erinnern. Er hatte ja die Aufzeichnung. Er hatte jedes Wort, das die beiden gesprochen hatten. Plötzlich fiel ihm ein, dass er betrunken, triumphierend und laut singend nach Hause gefahren war. Mann, hatte er ein Glück gehabt! Er stellte sich vor, dass man ihn angehalten und das Gerät bei ihm gefunden hätte, und ein leiser Schreck fuhr ihm in die Glieder. Aber er war ja nicht angehalten worden. Und er besaß ein Dokument, das ihm wegen seiner Brisanz verschiedene Möglichkeiten eröffnete. Langsam begann er sich auszumalen, was er als Nächstes tun könnte. Es war klar, dass er überlegt vorgehen müsste, wenn er den größtmöglichen Profit aus seinen Informationen gewinnen wollte. Vorsichtig ließ er sich zurücksinken. Sein Kopf erreichte das Kissen. Er streckte die Arme nach hinten. Seine Hände berührten die Wand hinter dem Kopfkissen. Und so, die Hände erhoben wie in einer Geste der Ergebung, trafen ihn die lächerlich vermummten Gestalten an, die durch die Tür seines Appartements stürmten, gerade in dem Augenblick, als Franz sich seinen Träumen über ein noch angenehmeres Leben als das, was er jetzt schon lebte, hinzugeben begann.

Die auf ihn gerichteten Maschinengewehre ließen ihn erstarren. Drei der Männer hielten ihn in Schach, während drei weitere begannen, das Appartement auf den Kopf zu stellen. Der Mann, der den Befehl zur Durchsuchung gegeben hatte, blieb neben seinem Bett stehen. Franz sah zu ihm hinauf. Plötzlich fürchtete er sich. Seine Hände, immer noch an der Wand hinter seinem Kopf, begannen zu zittern. Es gelang ihm nicht, sie ruhig zu halten.

Kaul, sagte der Mann neben seinem Bett. Ich weise Sie darauf hin, dass Durchsuchungen bei Gefahr im Verzug auch ohne richterliche Erlaubnis möglich sind.

Die Männer waren bei der Durchsuchung nicht zimperlich und auf eine provozierende Weise laut, die ihren Zweck sehr schnell erfüllte. Nacheinander erschienen der Major, Wanda Rosenbaum, zwei Zimmermädchen und Caroline Latt in der Diele, um Kaul und seinen Männern bei der Arbeit zuzusehen. Als wären Zuschauer willkommen, wurden sie nicht weggeschickt. Eingeschüchtert, stumm vor dem Wüten der Staatsgewalt, standen die Pensionsgäste an der offenen Tür und sahen zu, wie Franz, zerknittert, die Hände über dem Kopf, ausgestreckt im Bett liegend, mit verständnislosem Blick zusah, wie seine Einrichtung zu Bruch ging und er von den Uniformierten bedroht wurde. Dabei waren die Reaktionen seiner Mitbewohner durchaus unterschiedlich. So war es ganz offensichtlich, dass der Major eine gewisse Bewunderung für die Systematik des Durchsuchens nicht verbergen konnte. Caroline Latt dagegen hielt ihre schmalen weißen Hände an die Ohren und zuckte bei jedem Geräusch eines umstürzenden Möbels so nervös zusammen, als demolierten die Polizisten ihr eigenes Appartement. Die Latt war es auch, die Bella als Erste sah. Sie trat in die Diele, drängte sich wütend nach vorn, um den Bewaffneten Einhalt zu gebieten und Franz in seiner hilflosen Lage beizustehen. Später überlegte sie gelegentlich, ob es ein Fehler gewesen war, nicht

im Hintergrund zu bleiben. Sie hatte Kaul einfach übersehen, und als sie ihn entdeckte, war es zu spät. Aber dann musste sie sich eingestehen, dass er ganz sicher darüber informiert gewesen war, dass sie in der Pension wohnte. Vielleicht hatten seine Männer sogar so viel Lärm gemacht, um sie aus dem Bau zu locken. Das Grinsen, das Kaul im Gesicht hatte, als er Bella sah, wirkte jedenfalls nicht überrascht.
Sieh da, sagte er, wer hätte das gedacht. Immer vorneweg, wie?
Einer seiner Männer trat an ihn heran, starrte auf Bella, sah dann Kaul an und sagte: Nichts, gar nichts.
Aufhören, sagte Kaul leise, den da nehmen wir mit. Und laut zu Bella, sodass die Umstehenden ihn hören konnten: Wollen Sie es wirklich darauf anlegen? Es macht uns nichts aus, auch Ihre Wohnung zu durchsuchen. Ist doch auffällig, wie Sie sich für dieses verkommene Subjekt einsetzen wollten.
Bevor Bella antworten konnte, stürzte Wanda Rosenbaum auf Kaul zu, blieb vor ihm stehen und schrie mit einer Stimme, die ihre Gäste noch nicht an ihr gehört hatten: In meinem Haus gibt es keine verkommenen …
Kaul schob sie mit einer schnellen Handbewegung beiseite. Bella hielt Wanda fest, die sich erneut auf ihn stürzen wollte. Die Männer rissen Franz vom Bett, fesselten ihm die Hände auf dem Rücken und trieben ihn vor sich her: Sechs Bewaffnete und ihr Befehlshaber gingen hinter einem Mann her, der noch immer nicht wusste, wie ihm geschah. In einer zerknitterten schwarzen Leinenhose, ein Fuß barfuß, der andere mit einem schwarzen Socken und einem Slipper bekleidet, der als Paar nicht unter 400 Euro zu haben gewesen war.
Wir sehen uns, sagte Kaul, während er an Bella vorüberging.

Sie sind unvorsichtig gewesen, meine Liebe, sagte der Major neben Bella, als die Truppe an ihm vorbeimarschiert war und das Haus verlassen hatte. Bei solchen Leuten sollte man besser

Zurückhaltung üben. Die schießen, wenn es ihnen befohlen wird.
Eine gewisse Bewunderung in seiner Stimme war nicht zu überhören, sie wurde allerdings von aufrichtiger Besorgnis überlagert.
Meine Herrschaften, sagte Wanda, ich bitte Sie, im Spielzimmer Platz zu nehmen. Unsere Mädchen werden uns eine Erfrischung servieren. Gegen ein Glas Champagner wird niemand etwas einzuwenden haben, während wir ein Protokoll aufnehmen und überlegen, welche Möglichkeiten wir haben, Herrn Lechner zu Hilfe zu kommen.
Bella war voller Bewunderung für die Schnelligkeit, mit der Wanda sich wieder gefasst hatte. Das ließ auf eine gewisse Erfahrung im Umgang mit ähnlichen Situationen schließen und bestärkte sie in ihren Vermutungen über Wandas Vergangenheit.
Die Gesellschaft nahm im Spielzimmer Platz. Die Mädchen brachten den Champagner und wurden von Wanda aufgefordert, auch sich selbst einzuschenken. Schließlich waren sie dabei gewesen, als die bewaffnete Horde den feinen Frieden ihrer Gäste, den herzustellen und zu bewahren Wanda so sehr am Herzen lag, gestört hatte. Aber niemand machte Wanda für diese Störung verantwortlich. Nicht einmal über Franz Lechner wurde Abfälliges geäußert. Es schien, als hätte der Einbruch der Wirklichkeit in das abgehobene Leben der Pensionsgäste eine Art Solidarisierungseffekt hervorgerufen; vergleichbar mit dem Verhalten von Passanten, die am Ende der sechziger Jahre des letzten Jahrhunderts zufällig den Knüppeln von Polizisten ausgesetzt waren und sich anschließend den Demonstranten anschlossen, weil sie gerade begriffen hatten, wie Staatsmacht sich wirklich anfühlt.
Plötzlich stand die kleine Sissy in der Flügeltür zwischen Salon und Spielzimmer, angezogen mit einem grünorange und weiß

karierten Batistkleid, dessen weiter Rock beinahe bis auf den Boden reichte und nur die schmalen Füße in weißen Sandalen sehen ließ. Die Sandalen hatten kleine Keilabsätze aus Kork und grüne Glitzersteine auf den Riemchen und hätten zu jeder sommerlichen Abendgarderobe gepasst, außer vielleicht zu Schwarz. Caroline Latt hatte das Mädchen zuerst gesehen. Ihre großen Augen weiteten sich vor Mitleid. Ihr tiefer Seufzer ließ die anderen hinsehen. Sissy stand augenblicklich im Mittelpunkt des Interesses.
Mein Vater?, sagte das Mädchen klar und deutlich. Ist etwas mit meinem Vater?
Wanda stand auf, nahm Sissy beim Arm und führte sie an den Tisch mit dem Puzzle.
Vielleicht bringt sie es allein zu Ende, sagte der Major leise neben Bella.
Soldat und Defätist, sagte Wanda scharf.
Bella sah, wie das Gesicht des Majors sich langsam rötete. Welche Szene auch immer nun folgen würde: Sie hatte keine Lust, dabei zu sein.
Ich geh mal telefonieren, sagte sie, stand auf und verließ den Raum. Niemand erhob Einspruch.
In ihrem Appartement stellte sie sich ans Fenster und sah hinaus. Unten auf der Straße, unordentlich geparkt in der Fußgängerzone mit totalem Halteverbot, stand das Auto von Franz. Daneben trat Kaul ungeduldig von einem Fuß auf den anderen, während zwei seiner Männer versuchten, die Tür an der Fahrerseite und die Beifahrertür zu öffnen. Anscheinend waren die Schlösser kompliziert gesichert, vielleicht ein besonderer Service des Herstellers für ein besonders teures Auto. Schließlich sah einer der Männer hoch und zeigte auf seine Waffe. Kaul zögerte.
Das sähe ihm ähnlich, dachte Bella, aber sie täuschte sich diesmal in ihm. Kaul schüttelte den Kopf, trat einen Schritt

vor und rüttelte wütend an der Tür, das heißt, er wollte rütteln, aber die Tür ging plötzlich problemlos auf. Nur eine kleine Sekunde waren Kaul und seine Bewaffneten erstaunt, dann begannen sie, das Auto zu durchsuchen. Aber auch das dauerte nicht lange, denn mit einem Griff in die Handschuhklappe zog Kaul heraus, was er gesucht hatte, und hielt es triumphierend über das Autodach, den beiden anderen entgegen. Bella sah nicht genau, was er in der Hand hielt. Für eine Waffe war das Ding zu klein. Die Männer schlugen die Autotüren zu und entfernten sich schnell. In der Straße, die inzwischen von sommerlich gekleideten Fußgängern bevölkert war, nahmen sich die vermummten, bewaffneten Männer neben Kaul sonderbar aus. Von den Passanten allerdings reagierte niemand erstaunt oder ängstlich. Vielleicht hatten die Bilder bewaffneter Soldaten in den Zeitungen und im Fernsehen sie an Anblicke dieser Art gewöhnt.
Was hat er gesucht, was hat Kaul gefunden, dachte sie, während sie zum Telefon ging, um Kranz anzurufen. Sie verabredeten sich für den Abend. Aber vorher hatte sie noch etwas zu erledigen. Sie würde mit Staatsanwalt Frings reden.
Sie würde zu ihm nach Hause gehen und nicht ins Strafjustizgebäude, wo Frings sie jederzeit durch bewaffnete Polizisten hinauswerfen lassen könnte. Sie fand seine Adresse im Telefonbuch und rief ihn an. Sie sagte, sie habe sich verwählt, als Frings sich meldete, entschuldigte sich und legte auf. Es war so, wie sie vermutet hatte. Der Prozess fand nicht statt. Der Staatsanwalt nutzte die Zeit, um sich zurückzuziehen und zu Hause zu arbeiten.
Im Auto, auf dem Weg nach Wellingsbüttel, versuchte sie sich darüber klar zu werden, weshalb sie so sicher war, dass Frings im Fall der Susanne Behrendt eine zentrale Rolle spielte. Die Behrendt hatte ihn gekannt. Sie hatte sich durch ihn bedroht gefühlt. Sie hatte vorgehabt, ihn in der Öffentlichkeit

bloßzustellen. Bevor es dazu gekommen war, hatte jemand sie umgebracht. Stand die Verhaftung von Franz im Zusammenhang mit ihrer Ermordung? Die Behrendt und Franz hatten sich schließlich auch gekannt, jedenfalls seit Susanne Behrendt ihre Nächte in seiner Bar verbrachte. War Franz auch mit dem Staatsanwalt bekannt? Die Bar lag ganz in der Nähe der Gerichte. Konnte es sein, dass auch Frings dort verkehrte? Hatte Franz etwas erfahren, das dem Staatsanwalt gefährlich werden könnte? Sollte die Verhaftung ihn einschüchtern? Sollte auch er aus dem Weg geräumt werden?

Du spinnst, Bella, sagte sie laut.

Man konnte jemanden heimlich umbringen, aber einen Menschen öffentlich verschwinden lassen, das war wohl doch nicht möglich. Für die Verhaftung von Franz gab es genügend Zeugen.

Sie würde sich als Freundin von Franz ausgeben, die bei seiner Verhaftung anwesend gewesen war, und ihre Empörung über die brutalen Methoden der Polizei zum Ausdruck bringen. Wer konnte als Adressat solcher Empörung besser geeignet sein als der Staatsanwalt Frings, der Hüter des Rechtsstaats? Und bei der Gelegenheit würde sie herausfinden, weshalb man Franz festgenommen hatte.

Das Haus der Frings war eine kleine (klein, gemessen an den Neubauten in derselben Straße) weiße Villa, 1920 gebaut, im hinteren Teil eines Gartens gelegen, der bis an die Wellingsbüttler Landstraße reichte. Ein heller Kiesweg führte zum Eingang. Er war an beiden Seiten von lachsfarbenen Rosen gesäumt. Auch vor dem Haus blühten Rosen, dazu Rittersporn und dunkelrote Calla. Eine Frau, vielleicht fünfzig Jahre alt, in Jeans und weißer Bluse und ungeschminkt, stand mit einer Rosenschere zwischen den Blumen. Über ihrem linken Arm hing ein Korb für die abgeschnittenen Blüten.

Bella fuhr langsam an dem Grundstück vorüber, stellte das Auto in einer Seitenstraße ab und ging zu Fuß zurück. Sie blieb an dem halbhohen, weiß gestrichenen Zaun vor der Villa stehen und sah der Frau bei ihrer Arbeit zu.

Ich glaube, dies ist der schönste Garten, den ich in diesem Sommer gesehen habe, sagte sie, als die Frau den Kopf hob und sie freundlich ansah.

Wahrscheinlich waren das nicht die ersten Lobesworte, die ihr in dieser Saison gesagt worden waren.

Danke, sagte sie. Man freut sich immer, so etwas zu hören.

Ihre Stimme war so angenehm und gepflegt wie die ganze Erscheinung.

Aber eine Menge Arbeit wird damit verbunden sein, sagte Bella. Sie kam sich dumm vor und wusste nicht, weshalb.

Ach nein, sagte die Frau. Sie trat ein paar Schritte näher. Die verblühten Rosen in ihrem Korb dufteten stark.

Für die groben Arbeiten habe ich eine Hilfe. Und das hier – sie hob die Gartenschere und zeigte damit auf den Korb an ihrem Arm –, das hier ist die reinste Freude. Viel schöner noch …

Im Hintergrund wurde die Haustür geöffnet. Ein Mann, in dem Bella sofort Frings erkannte, sah zu ihr und der Frau herüber.

Helène, rief er.

Ich würde Sie gern sprechen, Herr Doktor Frings, rief Bella.

Die Frau blickte sie an, ein wenig erschrocken, wie es schien, sah dann zu Frings hinüber und zuckte mit den Schultern. Bella spürte plötzlich die Sonne auf ihrem Rücken, bemerkte, dass der Himmel blau war und sich hinter der weißen Villa eine dunkle, schwärzlich lilafarbene Wolke entwickelt hatte. Es würde ein Gewitter geben.

Frings verkeilte die Haustür und kam den Kiesweg entlang auf sie zu. Er trug helle Lederpantoffeln. Die Frau wandte sich ab. Sie ging ihm nicht entgegen, sondern verschwand hinter den Rosenbüschen.

Ja?, sagte Frings. Eine neue Nachbarin?

In einem plötzlichen Entschluss änderte Bella ihre Taktik. Es geht um Susanne Behrendt, sagte sie. Sie ist tot.
Frings sah sie an. Sein Gesicht veränderte sich nicht. Er war weder erschrocken noch betroffen. Er zeigte nichts, außer vielleicht ein ganz klein wenig Neugier. Schließlich trat er ein paar Schritte vor, öffnete die Gartenpforte und machte eine einladende Handbewegung.
Kommen Sie herein, sagte er. Ich hab sie gekannt. Erzählen Sie mir, was passiert ist. Sie gestatten, dass ich vorangehe.
In seinem Arbeitszimmer ließ Frings sie einen Augenblick allein. Bella sah sich um. Die Möbel waren echt. Die Bilder waren echt. Die Teppiche waren echt. Sie lagen auf grünem Velour, im gleichen Ton waren die Wände gestrichen. Ihre Augen hefteten sich auf den Schreibtisch. Hatte es Sinn, einen Blick in die Schubladen zu werfen? Was konnte sie darin erwarten? Einen schriftlichen Mordbefehl? Hatte Frings sie absichtlich allein gelassen? Eine Falle? Sie blieb sitzen und sah aus dem Fenster in den blühenden Garten. Die Frau mit der Rosenschere blieb verschwunden.
Genau hätte sie nicht sagen können, was sie dazu brachte, aber als Frings den Raum wieder betrat, dachte sie: Er ist das einzig Unechte in dieser Ansammlung von Antiquitäten.
Frings nahm ihr gegenüber Platz. Er hatte seine Pantoffeln gegen Straßenschuhe getauscht.
Bitte, sagte er. Susanne.
Seine Stimme war weich, und er wirkte nachdenklich. Bella fand, dass sie genug Theater gesehen hatte.
Frau Behrendt sollte als Verteidigerin in Ihrem Prozess auftreten, sagte sie. Das hätte sie auch getan. Aber in Wirklichkeit war sie nicht so sehr an dem Polizisten interessiert, den sie verteidigen sollte, sondern mehr an Ihnen. Sie hatte vor, Sie in der Öffentlichkeit als Folterer bloßzustellen. Bevor es dazu gekommen ist, hat man sie umgebracht.

Wer hat sie umgebracht?
Ich dachte, da könnten Sie mir weiterhelfen, sagte Bella. Normalerweise gehen wir doch davon aus, dass der Täter dort zu suchen ist, wo die meisten Interessen an der Tat bestehen. Sie waren bedroht.
Aber nein.
Frings lächelte, während er Bella offen ansah. Ein intelligenter älterer Herr, freundlich und selbstsicher.
Ich will Ihnen gern erklären, woher wir uns kannten. Das ist lange her, aber ich erinnere mich natürlich genau. Sie war einmal meine große Liebe – er sah sich um, als wollte er feststellen, ob sie allein waren –, und ich glaube, sie hat mich auch sehr gemocht. Das ist vierzig Jahre her. Wir waren einfach zu jung, damals. Wir haben uns getrennt und aus den Augen verloren. Aber: Aus den Augen war nicht aus dem Sinn, das können Sie mir glauben.
Es gab Beweise, sagte Bella. Sie hatte vor, Sie zu zwingen, Ihr Amt niederzulegen.
Mein Amt als Staatsanwalt? Aber ich bitte Sie. Niemals wäre Susanne auf so eine Idee gekommen. Auch wenn wir uns aus den Augen verloren hatten: Sie hat immer gewusst, dass der Rechtsstaat bei mir in guten Händen ist.
Sie sprach von Folter. Sie hat Ihnen misstraut.
Ich bin sicher, dass Sie sich täuschen, sagte Frings. Sie haben Susanne missverstanden. Juristische Fragen sind für Außenstehende nicht immer leicht zu durchschauen. Sehen Sie, natürlich gibt es auch zum Problem Folter unter Juristen verschiedene Auffassungen. Selbstverständlich ist sie bei uns verboten. Aber es kommt doch im Einzelfall darauf an, wer sie wann und unter welchen Umständen anwendet. In gewisser Weise haben sich die Zeiten natürlich geändert. Stichwort: 11. September, Terrorismus, weltweite Bedrohung. Kein vernünftiger Jurist, und schon gar nicht Susanne, die eine sehr klar denkende Person war, würde solche veränderten Umstände unberücksichtigt

lassen. Ich nehme an, dass sie darauf auch ihre Verteidigung aufgebaut hätte. Im Einvernehmen mit einem großen Teil der Bevölkerung, übrigens.
Heißt das, Sie haben vor, in dem bevorstehenden Prozess einen Freispruch zu beantragen?
Aber nein, sagte Frings. Wer wird denn gleich alle Dämme öffnen. Der Rechtsstaat muss zwar wehrhaft sein, aber niemand übersieht die Gefahren …
In der Tür erschien die Frau aus dem Garten. Sie hatte sich umgezogen.
Entschuldige, sagte sie, ohne näher zu kommen, aber wenn wir rechtzeitig zum Essen da sein wollen …
Gleich, Liebling, sagte Frings.
Die Frau verschwand so lautlos, wie sie erschienen war.
Frings sah Bella an.
Tut mir leid, sagte er. Sie sehen ja … Es war angenehm, mit Ihnen zu plaudern, auch wenn die Nachricht, die Sie gebracht haben, eher unangenehm war. Aber wir werden die Überbringerin der Botschaft doch nicht für den Inhalt der Botschaft verantwortlich machen, nicht wahr?
Er stand auf, und Bella blieb nichts anderes übrig, als ebenfalls aufzustehen. Frings begleitete sie bis zur Gartenpforte.
Leben Sie wohl, sagte er. Es tut mir leid für Ihre Freundin. Aber es war angenehm, Sie kennen gelernt zu haben.
Bella sah ihm ins Gesicht, ohne zu antworten. Frings seufzte.
Sie haben Recht, sagte er, langsam diesmal und nachdenklich. Susanne war auch meine Freundin. Das war eine schöne Zeit damals. Und ist sehr lange her. Der größte Fluch des Älterwerdens ist wohl, dass man lernt, seine Gefühle zu kontrollieren. Das macht man so lange, bis sie verschwunden sind, bis man verlernt hat, wie es ist, Gefühle zu haben.
Das klang so aufrichtig, dass Bella beinahe bereit gewesen wäre, ihm zu glauben.

Frings hob die Hand zum Gruß, wandte sich ab und ging ins Haus. Bella sah ihm nach. Die dunkle Wolke hinter der Villa hatte sich verzogen. Der Himmel war wieder klar und blau. Auf den blauen Blüten des Rittersporns saßen kleine, braun-gelbe Schmetterlinge. Ein kluger Mann, dieser Frings, dachte sie. Aber nicht ganz so klug, wie er glaubt.
In dem Bemühen, die Rolle, die er für sich ausgedacht hatte, so überzeugend wie möglich zu spielen, hatte er etwas Wichtiges vergessen. Er war weder darauf gekommen, nach ihrem Namen zu fragen, noch danach, was sie der Tod von Susanne Behrendt anginge oder woher sie überhaupt davon wusste. Er hatte einfach mit ihrem Erscheinen gerechnet, so sehr, dass er solche Selbstverständlichkeiten vergessen hatte.

Bella und Kranz trafen sich am Abend in einem kleinen persischen Restaurant neben der Hauptfeuerwehrwache am Berliner Tor. Bella fragte ihren Freund nicht danach, wann und weshalb er dieses Restaurant entdeckt hatte, das sehr abseits der Gegenden lag, in denen sie beide sich sonst aufhielten. Vielleicht, dachte sie belustigt, geht er hier manchmal spazieren und schaut voller Sehnsucht auf das ehemalige Polizeihochhaus da drüben, in dem er den Höhepunkt seiner Karriere erlebt hatte. Das Hochhaus war nach dem Umzug der Polizei in ein Bürogebäude umgewandelt worden. Um es nicht so streng wirken zu lassen, war jemand auf die Idee gekommen, rote, blaue, gelbe und grüne Neonröhren an den Fassaden anzubringen. Nun sah das Haus wie ein Clown aus. Bella wusste, dass sich im unteren Gebäudetrakt Zellen befanden. Sie hatte selbst schon in einer gesessen. Vielleicht wurden sie nun von den Angestellten zu Meditationszwecken genutzt. Kranz unterbrach ihre Überlegungen.

Ich nehme an, dass es sinnlos ist, dich von weiteren Aktivitäten in dieser Angelegenheit abhalten zu wollen, sagte er. Ich nehme aber für mich ausdrücklich in Anspruch, dich gewarnt zu haben.
Gewarnt? Wovor?
Wenn ich das genau wüsste, wäre mir wohler, antwortete Kranz.
Ich hab den Staatsanwalt besucht, sagte Bella.
Na prima, sagte Kranz. Mach ruhig alle auf dich aufmerksam.
Er wusste schon Bescheid, sagte sie und schilderte Kranz ihr Gespräch mit Frings.
Die Kellnerin, eine dicke, freundliche Person, brachte Essen, das nach Kokosmilch und Rosinen duftete. Der Wein, hellrot und kräftig, ließ sich trinken. Das kleine Restaurant war leer bis auf einen Tisch neben der Tür, an dem ein Mann saß und auf die Straße starrte. Drei Seiten des Raums waren aus Glas, nur die Wand hinter der Bar bestand aus Mauerwerk. Manchmal fuhren Autos vorüber, wenige, die auf der breiten Straße vor dem Restaurant wie verloren wirkten. Hundert Meter entfernt lag der beleuchtete Eingang zur S-Bahn. Kranz war Bellas Blicken gefolgt.
Wie auf dem Präsentierteller, sagte er, und Bella musste ihm Recht geben. Falls jemand sich die Mühe machen wollte, auf sie zu schießen, wäre das möglich gewesen, ohne dass dieser Jemand sich in Gefahr begeben hätte. Das Essen war gut.
Also, hör zu, sagte Kranz, nachdem er die zweite Runde Wein bestellt hatte. Es gibt da jemanden, der mit dir sprechen würde. Allerdings wäre er nicht bereit, seine Identität preiszugeben.
Du vertraust ihm?, fragte Bella.
Kranz hob die Schultern und verzog die Mundwinkel, was so viel heißen sollte wie: *soweit man solchen Leuten überhaupt trauen kann.*
Sein Motiv?, fragte Bella.

Geld, sagte Kranz, er hat eine Freundin, die ihn teuer zu stehen kommt, neben Weib und Kind, natürlich.
Natürlich, sagte Bella. Die Auskunft hatte sie zufrieden gestellt.
Du triffst dich mit ihm bei mir in der Wohnung. Er wird vor dir dort sein und sich einen Platz hinter der spanischen Wand suchen. Du wirst gebeten, keinen Versuch zu unternehmen, hinter die Wand zu sehen. Wenn ihr fertig seid, gehst du als Erste.
Bella begann zu lachen. Die spanische Wand war ein wunderschönes Stück, bemalt mit erotischen Motiven ausgefallenster Art, das sie vor einigen Jahren gemeinsam mit Kranz bei einem Trödler in einer Seitenstraße der Reeperbahn entdeckt hatte. Sie hatten es dem Besitzer des Erotic-Art-Museums vor der Nase weggekauft, und nachdem es geliefert worden war, einige Zeit damit zugebracht, zu prüfen, ob die Darstellungen auf der Wand auch in die Praxis umzusetzen waren.
Auch Kranz lachte.
Etwas anderes kann ich nicht bieten, sagte er. Ich konnte ihm schlecht zumuten, sich hinter den Vorhängen zu verkriechen.
Was verlangt er noch, außer, unerkannt zu bleiben, was übrigens lächerlich ist. Ich brauchte mich ja nur vorher vor dem Haus zu postieren, sagte Bella.
Tausend, antwortete Kranz, er weiß, was er wert ist. Und es ist abgemacht, dass du ihn in Ruhe lässt.
Der Mann an der Tür stand auf und ging mit unsicheren Schritten an ihnen vorüber zur Bar. Bella glaubte, dass sie ihn schon einmal gesehen hätte. Das müsste lange her sein, und sie konnte sich nicht mehr daran erinnern, in welchem Zusammenhang. Sollte Kaul auf die Idee gekommen sein, sie überwachen zu lassen? Der Mann verließ das Lokal, ohne auf die freundlichen Worte der Kellnerin eingegangen zu sein.
Kein besonders gesprächiger Zeitgenosse, sagte sie, als die Frau gleich darauf an ihren Tisch kam. Ist wohl zum ersten Mal hier?

Nein, sagte die Kellnerin, der kommt schon seit Wochen, jeden Abend. Er hat Liebeskummer. Seine Freundin hat ihn verlassen. Dieser Laden hier ist eine Zeit lang ihr heimlicher Treffpunkt gewesen. Sie war wohl verheiratet. So was haben wir hier öfter. Solche Paare erkenne ich inzwischen sofort. Wir liegen ein bisschen abseits. Hier fühlen sie sich sicher. Ist doch nichts dabei, oder?

Auf dem Weg zum Treffen mit dem Informanten in der Wohnung von Kranz fühlte sie sich nicht wohl. Sie hatte eine Zeit lang dort gelebt, nachdem ihr Haus abgebrannt war; Kranz war damals auf einer langen Reise. Ihr Leben, besonders als der Freund zurückgekommen war und begonnen hatte, sich um den Alltag zu kümmern, war bequem und angenehm gewesen; so bequem, dass sie sich hatte anstrengen müssen, um der Falle zu entkommen, die Kranz für sie gebaut hatte. Das war nicht ohne Auseinandersetzungen abgegangen, was sie hasste und für überflüssig hielt. Sie hatte sich auseinander gesetzt, weil ihr an der Freundschaft mit Kranz etwas lag. Aber noch einmal würde sie so etwas nicht machen. Um die Gedanken an unerfreuliche Szenen loszuwerden, begann sie, ihre Umgebung zu beobachten. Vor ihr ging eine kleine Familie: die Mutter, spindeldürr, hohe, enge Lederstiefel, deren Rand unter dem Mantel verschwand; der Mantel aus orange gefärbtem Kaninchenfell, mit einem Ledergürtel, der die Person zusammenzuhalten schien. Zwei Schritte vor ihr der Mann und der Sohn, beide kurz und breit, beide die Hände in den Hosentaschen, lässige Schritte, der Junge, etwa sechs Jahre alt, trug auf dem Rücken seines glänzenden Blousons die Aufschrift WINNER. Die beiden Männer blieben vor dem Schaufenster eines Ladens für Kindermoden stehen; ein Laden mit Apothekerpreisen, wie Bellas Mutter Olga gesagt hätte. Auch die Frau blieb stehen.

Schwarzgeld-Russen, dachte Bella und hörte sie im Vorübergehen auf Russisch beratschlagen, ob sie den Laden betreten sollten. Der zur Seite geschlagene Mantel des Vaters gab einen protzigen Gürtel aus Krokodilleder frei. *Was soll mir Babel*, hatte vor Jahren eine alte Frau in Odessa gesagt, als sie davon sprach, dass ihre Freundin gerade verhungerte.
Der Pförtner in dem Appartementhaus von Kranz hatte gewechselt. Er kannte sie nicht und beäugte sie misstrauisch, als sie an ihm vorüberging. Durch ein Fenster im Treppenhaus konnte sie die Uhr im Turm der Katharinenkirche erkennen: halb sechs. Sie war pünktlich. Und neugierig. Und ein wenig nervös. Es war durchaus möglich, dass dieses Treffen eine Falle war. Sie blieb stehen, um sich die Situation auszumalen, die sie erwartete, und ging erst weiter, als sie sich klar gemacht hatte, dass sie im Vorteil war. Wer immer in der Wohnung auf sie wartete: Er war dort illegal. Und auf Kranz war Verlass.
Sie schloss die Tür auf, trat ein, und jemand brüllte: Augen zur Tür. Wieder umdrehen!
Der Mann hatte einen Sessel vor den Kamin gestellt und den Wandschirm davor aufgebaut. Der Platz war gut gewählt. Man konnte nicht einmal seine Konturen hinter dem Schirm erkennen. Bella dagegen hatte die Fenster im Rücken. Sie war sicher, dass es ein Leichtes für ihn war, jede ihrer Bewegungen zu beobachten.
Das Geld, sagte der Mann hinter dem Wandschirm. Seine Stimme war unangenehm, so als wäre er gewohnt, Befehle zu erteilen und keinen Widerspruch zu dulden.
Langsam nahm sie das Geld aus der Tasche ihres Jacketts und legte es neben sich auf den Fußboden.
Tausend, sagte sie.
In Ordnung, sagte die Stimme hinter dem Wandschirm. Was wollen Sie wissen?
Der Einsatz gestern, sagte sie. Was war das Ziel?

Der Mann hinter dem Wandschirm blieb stumm. Anscheinend war ihre Frage nicht so einfach zu beantworten.
Kurz- oder langfristig?, sagte er schließlich.
Mann, sagte Bella, da liegen tausend Euro. Dafür will ich keine Kinkerlitzchen. Reden Sie deutlich.
Kurzfristig geht es um die Beruhigung der Öffentlichkeit. Langfristig um die Sicherung der Interessen der Bundesrepublik bei der Zusammenarbeit mit internationalen Einrichtungen.
Was meinen Sie mit internationalen Einrichtungen?
Folter, sagte die Stimme hinter dem Wandschirm, Folter als organisierter Bestandteil des Ausnahmezustands, in dem wir leben.
Mann, sagte Bella, haben Sie es nicht ein bisschen kleiner?
Ihre Stimme klang fest, aber es ging ihr plötzlich gar nicht gut. Sie glaubte verstanden zu haben, was der Unbekannte meinte, und die Vorstellung einer Welt, in der Folter zum politischen Tagesgeschäft gehört, erfüllte sie mit Entsetzen.
Eine Weile war es still. Sie blickte auf den Wandschirm und sah nichts als Paare in den verschiedensten Stellungen, auch solchen, die ihnen beim Nachmachen das größte Vergnügen bereitet hatten. Sie versuchte, ihre Gedanken auf den Mann hinter dem Schirm zu konzentrieren. Als er zu sprechen begann, war seine Stimme so gleichmütig, als spräche er über den Anblick des Himmels an einem regnerischen Vormittag im November. Er hatte eine kalte Stimme, die Furcht einflößen konnte.
Kurzfristig also, sagte er. Wie Sie wissen, hat es eine Tote gegeben. Durch die Öffentlichkeit, die der Fall erreicht hat, ist es notwendig geworden, den Mörder möglichst schnell zu finden. Der Prozess gegen den der Folter verdächtigen Kollegen soll durch den Ausfall der Anwältin möglichst nicht länger ins Gerede kommen. Dazu ist die Sache zu wichtig. Es geht darum, der Öffentlichkeit in Erinnerung zu rufen, dass Folter bei uns und weltweit geächtet ist. Trotzdem sind Folter und Rechtsstaat …

Danke, sagte Bella. Unterricht in Staatsbürgerkunde ist im Preis nicht enthalten. Sie sprachen von langfristigen Interessen.
Wie ich bereits sagte: die Interessen der Bundesrepublik bei der Zusammenarbeit mit internationalen Einrichtungen.
Konkreter, sagte Bella.
Sie kannte die Stimme hinter dem Wandschirm, hatte sie schon irgendwo gehört. Wo? Wann? War das wichtig? Nein, dachte sie. Ich muss diesen Mann nicht kennen. Es genügt, wenn Kranz ihm vertraut.
Es wird vermutlich einfacher sein, wenn Sie sich anhören, was ich Ihnen mitgebracht habe, sagte die Stimme. Gehen Sie in die Küche. Auf der Geschirrspülmaschine liegt ein Päckchen. Sie nehmen es an sich, verlassen die Wohnung und finden eine Gelegenheit, irgendwo allein zu sein. Es handelt sich um einen MP3-Player. Ich rate Ihnen, die Aufzeichnung nicht zu Hause abzuhören. Wenn Sie wissen, was drauf ist, vernichten Sie das Gerät. Wenn man es bei Ihnen findet, wird es schwierig für uns beide.
Tausend, sagte Bella, dafür hatte ich mir eigentlich ein bisschen mehr Information vorgestellt.
Mehr, als auf dem MP3 ist, habe ich nicht, sagte der Mann hinter dem Wandschirm. Jedenfalls was die langfristige Linie angeht. Was die kurzfristige Taktik betrifft, die man einzuschlagen gedenkt …
Wer ist *man*?, fragte Bella.
… die man einzuschlagen gedenkt, fuhr der Mann ungerührt fort, so reicht es aus, wenn Sie in den nächsten Tagen die Presse verfolgen. Gebraucht wird ein Mörder. Sie werden das, was geschieht, richtig einordnen, da bin ich sicher.
Klang das ironisch? Machte der Kerl sich über sie lustig? Beruhige dich, da sitzt ein geldgieriger kleiner Beamter, der Schwierigkeiten hat, sein Leben zu organisieren. Er ist auf dich genauso angewiesen wie du auf ihn.

Trotzdem, sagte sie …
Das Ding liegt in der Küche. Sie verlassen die Wohnung vor mir. Sie müssen es nicht unbedingt offen in der Hand tragen.
Danke für den Hinweis, sagte Bella. Ich hatte eigentlich vor, den Portier mithören zu lassen.
Sie warf einen letzten Blick auf den Wandschirm, bevor sie aufstand. Sie würde Kranz bitten, das Ding zu entsorgen.
Sie müssen nicht auf Wiedersehen sagen, sagte der Mann in ihrem Rücken, während sie in die Küche ging. Was ich weiß, wissen Sie nun auch. Und sollten wir uns dennoch wieder treffen, dann ganz sicher unter Umständen, die Sie nicht herbeigewünscht haben.
So manch einer redet sich um Kopf und Kragen, rief Bella aus der Küche.
Auf dem Geschirrspüler lag eine zusammengewickelte Plastiktüte. Sie nahm das kleine Gerät heraus und stopfte die Tüte in den Mülleimer. Das Gerät steckte sie in ihre Jackentasche und verließ die Wohnung, ohne sich nach dem Mann hinter dem Wandschirm umzusehen.
Als sie an der Bar vorbeikam, die auf dem Gang zwischen Küche und Wohnzimmer eingebaut war, dachte sie einen kleinen Augenblick wehmütig an einen besonders gelungenen Abend mit Kranz. Es werden andere Abende kommen, dachte sie, um sich zu beruhigen, aber ihr war vollkommen klar, dass vorläufig von Ruhe keine Rede sein konnte.
Zu ihrer Erleichterung war die Pförtnerloge leer. Sie verließ das Haus und trat auf die Straße. Es war nun so heiß, dass die Menschen langsamer gingen und die Luft vom Benzinduft geschwängert schien. Ein Weg entlang am Wasser würde ihr gut tun. Sie würde überlegen, wo sie das Gespräch am besten abhören könnte. Der Große Burstah wirkte beinahe entvölkert. Auf der Kreuzung hinter dem Rödingsmarkt hatte es einen Unfall gegeben. Ein Hubschrauber stand dort. Männer mit orangefar-

benen Westen versuchten, einen oder mehrere Menschen aus einem Haufen Blech zu befreien. Hier waren auch Passanten, viele, plötzlich. Sie kamen aus dem Schatten der Straßen, unter der Hochbahnbrücke hervor, wie Ameisen, die von einem sterbenden Käfer angezogen werden. Die Sonne schreckte sie nicht ab. Im Gegenteil, sie gab das nötige Licht. Viele hielten Handys mit eingebauten Kameras hoch, während sie langsam an der Unfallstelle vorüberschlenderten, eifrig bemüht, den richtigen Blickwinkel zu finden, um das Blut und vielleicht ja auch noch Details der Verletzten zum Feierabend mit nach Hause zu bringen, wo sie dann gemeinsam mit Freund oder Freundin, Mann oder Frau, Kind oder Kegel die fotografische Ausbeute eingehend betrachten würden.

Bella beeilte sich, an der Unfallstelle vorbeizukommen. Sie sah nach vorn, auf den Turm des Michel, und wusste nun, wohin sie gehen würde. Sie würde sich in eines der portugiesischen Cafés an der Ditmar-Koel-Straße setzen, in den Schatten einer Markise an einen der kleinen Tische, und eine Karaffe Roséwein bestellen. Wer hatte geschrieben, dass Roséwein melancholisch mache? Anna Seghers in *Transit*. Bella versuchte sich an den genauen Text zu erinnern. Es dauerte eine Weile, bis sie ihn aus ihrem Gedächtnis hervorgekramt hatte, aber dann standen die Sätze klar und einfach vor ihr: *Geben Sie Acht auf den Rosé! Er trinkt sich, wie er aussieht: wie Himbeersaft. Sie werden unglaublich heiter. Wie leicht ist alles zu tragen. Wie leicht, alles auszusprechen. Und dann, wenn Sie aufstehen, zittern Ihnen die Knie. Und Schwermut, ewige Schwermut befällt Sie – bis zum nächsten Rosé.*

Sie fand einen freien Tisch gleich vor dem ersten Café. Der Rosé kam in einer beschlagenen Glaskaraffe und war genau richtig für einen heißen Nachmittag mit akrobatischen Beischlafstellungen, einer kalten Stimme hinter dem Wandschirm und einem Haufen aus Blech und Blut, umgeben von Aasgei-

ern. An nichts denken, einfach an nichts denken, bis der Kopf wieder klar ist.
Später rief sie Kranz an, um ihm zu sagen, dass sie ihren Freund Brunner aufsuchen würde. Kranz bot an, sie später abzuholen.
Ich weiß nicht, wie lange ich brauche, sagte sie. Wenn du in Kauf nehmen willst, eine Weile auf mich zu warten …
Was willst du dort?, fragte Kranz statt einer Antwort. Was hat dieser Brunner, was ich nicht habe?
Eine wanzenfreie Wohnung, dachte sie, während sie das Gespräch mit Kranz abbrach. Sie nahm ein Taxi ins Schanzenviertel. Der Fahrer hatte alle Fenster geöffnet und zählte während der Fahrt die Alarmanlagen auf, mit denen er sein Einfamilienhaus geschützt hätte. Es waren fünf, eine für den Keller, drei fürs Parterre (wegen der Terrassen vor dem Haus und hinter dem Haus) und eine für das Schlafzimmer im ersten Stock.
Am wirksamsten ist aber was anderes, sagte er, was glauben Sie wohl, was am wirksamsten ist?
Keine Ahnung, sagte Bella, vielleicht Fußangeln?
Nicht schlecht, sagte der Fahrer, auch nicht schlecht.
Bella sah ihn an. Der hässliche Zug um seinen Mund und die zusammengekniffenen Augen ließen darauf schließen, dass er sich gerade einen Einbrecher vorstellte, dessen Bein in eine Fuchsfalle geraten war. Dann schüttelte er den Kopf. Nein, nein, sagte er, das nicht. Wir haben einen Schäferhund, jedenfalls hört es sich so an. Die fieseste Schäferhundstimme, die Sie sich vorstellen können. Hinter der Haustür und hinter der Kellertür. Auf Band, natürlich. Total echt. Da zittern jedem die Knie, der kein reines Gewissen hat, das sage ich Ihnen.
Im Eingang von Brunners Haustür spielten zwei halb nackte Kinder Verstecken. Als Bella kam, unterbrachen sie ihr Spiel. Sie hatten Eis gegessen. Die Spuren davon waren auf ihren kleinen, braunen Oberkörpern zu sehen: glänzende, durch Straßenstaub markierte Rinnsale. Während Bella darauf wartete, dass

die Tür geöffnet würde, beobachteten die beiden sie genau. Die wohnt hier nicht, stand in ihren Gesichtern geschrieben, was will die denn hier?
Es stellte sich heraus, dass weder Brunner noch seine Freundin Charly zu Hause waren. Die Tür wurde von Brunners Tochter Marie geöffnet, die auf dem Sprung war, die Wohnung zu verlassen.
Sie sind im Kino, sagte Marie. Mein Vater ist der Meinung, bei dieser Hitze könne man es nur im Kino aushalten. Wenn Sie wollen, können Sie das Wohnzimmer benutzen. Aber lassen Sie die Vorhänge zu. Es ist so schon zu heiß in diesem Brutkasten.
Marie verließ die Wohnung mit einem Bündel Wäsche unter dem Arm, und Bella versuchte im abgedunkelten Wohnzimmer das Gerät in Gang zu setzen. Als sie verstanden hatte, wie es funktionierte, ging sie in die Küche und holte sich ein großes Glas Eiswasser. Auch die Küche lag im Halbdunkel, aber sie fand sich schnell zurecht. Oft genug hatte sie mit Charly und Brunner dort gesessen, getrunken, gestritten und gelacht.
Wenn er schon trinkt, dann wollen wir ihn dabei nicht allein lassen, hatte Charly gesagt, aber sie hatte dabei nicht nur fröhlich ausgesehen. Brunner trank inzwischen nicht mehr, soviel sie wusste. Ob er durchgehalten hatte?
Sie ging zurück ins Wohnzimmer, nun schon an das Dämmerlicht gewöhnt, und setzte sich. Sie schaltete den MP3 ein und hörte die Stimme von Ray Charles.

IN DIESER NACHT II

Georgia, Georgia.

Auf dem MP3: Nichts als die Stimme des Sängers und das leise Schurren von Füßen auf dem dunklen Linoleum. Bella stellt sich die Wärme ihrer Körper vor, dieser dicht aneinander geschobenen Körper, die versuchen, sich zu erinnern, sich wiederzufinden, die zu sein, die sie gewesen waren, bevor ihre verschiedenen Wirklichkeiten sie getrennt hatten.

Dann Frings: Du hast mich allein gelassen, sagt er. Du hättest mich nicht allein lassen dürfen. Was sollte ich denn tun ohne dich. Es war unsere Lust und unser Schmerz. Wir waren gierig nach Leben. Wir könnten es noch sein. Versteh doch: Unsere Lust. Unser Schmerz.

Da ist das Geräusch der Füße, die über den Boden gleiten, nicht mehr zu hören.

Mein Schmerz, deine Lust, sagt Georgia. Haben Sie begriffen, Franz, was der Staatsanwalt vorhatte?

Wenn die Stimme von Frauen eine bestimmte Lautstärke übersteigt, wird sie hässlich, denkt Bella, das ist bei Georgia auch nicht anders.

Franz sagt: Was immer Sie meinen, es ist mir egal. Jetzt ist Feierabend.

Sie Spießer, sagt Georgia, Sie mieser kleiner Spießer. Das möchten Sie nicht, dass Ihr bewunderter Staatsanwalt seine Reputation verliert, wie? Da schließen Sie lieber Ihre schäbige Kneipe. Aber ich sage Ihnen, Sie schließen nicht. Sie hören mir zu. Ich bin nämlich noch lange nicht am Ende. Ich kann Ihnen erzählen …

Sie ist betrunken, sagt Frings. Man muss überlegen …

Georgias Stimme: Jawohl, ich bin betrunken. Aber nicht so, wie du glaubst. Lust und Schmerz. Was für ein schäbiger Entlastungsversuch. Er hat wohl gemerkt, unser Rechtsstaatverteidiger, dass sein guter Ruf in Gefahr ist. Sie haben ihm nicht mehr geglaubt. Sie haben mir geglaubt. Da musste er schnell eine Geschichte erfinden. Lust und Schmerz. Dass ich nicht lache. Dann wollen wir doch, dann wollen wir doch …

Georgia hat offenbar vergessen, was sie sagen will. Etwas in ihrer Nähe kippt um, wahrscheinlich ein Barhocker.

Bleib weg von mir, schreit sie.

Vielleicht hat Frings versucht, sie zu stützen.

Die Musik ist inzwischen die von Chet Baker. Er singt *My funny Valentine*.

Und machen Sie das verdammte Gedudel aus, sagt Georgia müde. Nicht ablenken. Ich will mich kurz fassen. Folter, das wissen wir doch, Folter zielt niemals auf Lust. Oder nein, das stimmt nicht, nicht auf die Lust des Opfers. Folter ist der Versuch zu zerstören. Und zwar ganz. Den Körper und die Seele des Opfers zu zerstören. Wussten Sie, dass manche Opfer in ihrer Verzweiflung beginnen, ihre Folterer zu lieben? Ja, das hätten Sie nicht gedacht in Ihrem kleinen Spießerhirn. Er ja, er weiß das. Damals nicht, aber inzwischen weiß er das. Er hat gesehen, wie manche ihren Peiniger um eine Zigarette anbetteln oder um ein Lächeln winseln, während der sich darauf vorbereitet, ihnen Keile unter die Fingernägel zu treiben, ihnen die Haut mit dem Schlagstock von den Fußsohlen zu fetzen, die kleinen Stahlklammern …

Hör auf, du wirst geschmacklos.

… die kleinen Stahlklammern an den Geschlechtsteilen zu befestigen, sage ich, bevor ihre Körper in nasse Tücher gewickelt und der Strom eingeschaltet wird und das Opfer …

Ihre Stimme überschlägt sich. Es ist nur noch ein leises Wimmern zu hören.

Noch was zu trinken?, sagt Franz.

Für mich nicht, sagt Frings, für die Dame einen doppelten Wodka. Jetzt, nachdem sie alles gesagt hat, was sie loswerden wollte.

Ich hätte dich hassen müssen, sagt Georgia. Ihre Stimme klingt, als wäre sie erschöpft. Danke, Franz.

Bella hört, dass sie trinkt und das Glas abstellt.

Hätte ich nicht machen sollen, dich trotzdem lieben, meine ich. Trinken auch nicht, hätte ich nicht machen sollen. Aber das weiß ich noch. Warum ich hierher gekommen bin, weiß ich noch. Ich will, dass er freiwillig erklärt, dass er zurücktritt. Freiwillig, verstehen Sie? Sparen wir uns den ganzen Ärger. Beweise. Was sind schon Beweise. Du machst einfach Schluss, verstehst du?! Du hörst auf, den Bock, o Gott, der Bock als Gärtner … Georgias Stimme wird undeutlich.

Ein Stuhl wird gerückt. Die Stimme von Frings, leise, eindringlich, dicht neben Georgia.

Jetzt hör mir mal zu. Vielleicht ist es wirklich so, dass ich meine Handlung damals nicht bedacht habe, ihre Wirkung auf dich. Ich war jung, vierundzwanzig. Ein Mann. Ich will gern zugeben, dass das keine gute Voraussetzung für Einfühlsamkeit ist. Gut. Oder schlecht. Es ist geschehen. Ich kann es nicht mehr ändern. Auch meine Entschuldigung kann daran nichts ändern. Ich gebe sie dir trotzdem. Es tut mir leid, hörst du. Schlag dir das aus dem Kopf mit dem Rücktritt. Es wird gar nicht nötig sein. Ich bin jetzt vierundsechzig. Wenn der Prozess beendet ist, gehe ich in Pension. Ich verschwinde aus der Öffentlichkeit, hörst du? Ich verschwinde freiwillig. Das ist es doch, was du willst. In ein paar Wochen bin ich weg.

Weg, sagt er. Georgias Stimme ist undeutlich, betrunken.

Meine Frau und ich, wir fliegen für eine Weile nach Südame-

rika. Offensichtlich redet der Staatsanwalt zu Franz. Wir haben uns das lange gewünscht, nie Zeit gehabt, wie das so ist.
Georgia: Sag ihm, wohin du fährst, los, sag's ihm.
Herrgott, wie unangenehm. Wir müssen überlegen, wie die Dame am besten … nach Georgia fahren wir, zuerst nach Georgia, dann weiter nach Mittelamerika …
Hören Sie das? Georgia? Warum nicht Panama? Oder Bolivien? Aber du wirst nicht …
Ein Krach und ein Fall. Sie ist wohl mit dem Barhocker zu Boden gegangen.
Ich rufe ein Taxi, die Stimme von Franz.
Lassen Sie nur, ich kann meinem Fahrer Bescheid geben. Die Taxifahrer haben nicht gern Betrunkene im Wagen …
Schritte.
Kommen Sie, ich helfe Ihnen. Sie müssen sich setzen, sagt Franz.
So schnell wie möglich … Das ist mir egal … Ja, ja … undeutlich, weiter entfernt die Stimme des Staatsanwalts.
Die Stimme von Georgia: Ich will nicht. Lassen Sie mich. Wo gehst du hin? Sag es ihm. Denk nicht, ich bin betrunken, denk das nicht.
Franz: Wenn Sie sich auf meinen Arm stützen, dann können wir an die frische Luft gehen, bis der Wagen kommt.
Lass mich in Ruhe, du …
Können Sie hier auch einen starken Kaffee machen, Franz? Ich glaube, ich könnte jetzt einen starken Kaffee gebrauchen.
Wenn Sie die Dame einen Augenblick halten wollen, Herr Doktor. Vielleicht einfach auf den Sessel, da drüben?
Schritte, die sich entfernen.
Komm, Liebes.
Georgia undeutlich: Und sie weiß nichts, ja?
Wovon sprichst du, Liebes? Komm, setz dich dorthin.

Die Gans, natürlich, die Gans, die deine Frau ist. Macht dir zum Abschied ein Gartenfest, ja? Pro- Prom-
Georgia!
Prominenz ist da, wie? Und verabschieden wir unseren beliebten, gerühmten Staatsanwalt, Hüter des Rechtsstaats in alle Ewigkeit, in den verdienten ... in den unerhört verdienten Ruhestand, ja? So wollt ihr das machen, ja? Aber daraus wird nichts, mein Lieber, nicht mit mir, das kannst du mir glauben.
Quietschende Bremsen.
Jetzt halt dich mal einen Augenblick allein fest, ja?
Schritte, die sich entfernen. Stille. Ein lautes Krachen. Da muss jemand gekommen sein, man hört Bewegungen, niemand spricht. Dann eine unbekannte Stimme.
Die Tasche. Geben Sie mir die Handtasche. Schritte. Stille. Schritte.
Ihr Kaffee, Herr Doktor. Ich denke, er wird stark genug sein.
Danke, Franz.
Das Klirren einer Tasse, die auf die Untertasse gestellt wird.
Ja, das war eine lange Nacht. Jedenfalls für mich. Ich nehme an, dass Sie eher an solche Nächte gewöhnt sind. Die Stimme von Frings.
Na ja, das war schon heftig. Ich meine, die Dame war ja nicht ganz ohne. Starker Tobak, wenn man's genau nimmt. Aber wer nimmt schon genau, was geredet wird, oder?
Stille. Die Tasse klirrt noch einmal.
Ich könnte mir vorstellen, sagt der Staatsanwalt, und seine Stimme ist kühl und beherrscht, dass es zu Ihrem Besten wäre, wenn unter uns bliebe, was sich hier heute Nacht abgespielt hat.
Stille.
Wir haben uns verstanden, denke ich, sagt der Staatsanwalt.
Selbstverständlich, Herr Doktor, antwortet Franz, und selbst

ohne ihn bei dieser Antwort zu sehen, hat Bella das verhalten grinsende Gesicht eines kleinen Gauners vor Augen, der in eleganten Anzügen eine gute Figur macht.
Na, wunderbar, sagt der Staatsanwalt. Gute Nacht, Franz.
Schritte, die sich entfernen.
Arschloch, sehr deutlich ist das Wort zu hören. Auf dich trinken wir jetzt noch einen Schluck, Arrrschloch. Schritte. Gläserklirren, eine Flüssigkeit läuft in ein Glas.

Es war einmal ein Staatsanwalt,
der wurd' in allen Ehren alt,
was niemand vor ihm wusste,
kam ans Licht …

Die leicht betrunkene, fröhliche Stimme von Franz ist das Letzte, was deutlich zu hören ist, danach nur noch undefinierbare Geräusche.

Bella stand auf, nahm den MP3 an sich, ging zum Fenster und sah durch einen Spalt der Vorhänge auf die Straße. Aber weder die Frauen, die ihre Köpfe auch bei der Hitze in dunkle Tücher gewickelt hatten und Körbe schleppten, in denen sie das Abendbrot für die Familie zusammentrugen, weder der Anblick des über den Bürgersteig rasenden Funkpiloten, der beinahe eine alte Frau zu Boden stieß, noch zwei über ein Gummiband hüpfende kleine Mädchen ließen die Stimmen aus ihrem Kopf verschwinden; die betrunkene Stimme von Susanne Behrendt, die kalte des Staatsanwalts, Franz, lustig und betrunken ein Liedchen trällernd.
Franz.

Erst die Ankunft von Brunner und Charly holte sie aus ihren Überlegungen zurück. Sie ging ihnen entgegen und wurde freudig begrüßt. Brunner hatte nicht getrunken, und Bella schämte sich ein wenig vor sich selbst, dass sie beim Anblick

des Freundes zuerst an Trinkerei gedacht hatte. Zu dritt saßen sie dann um den Küchentisch. Brunner und Charly versuchten abwechselnd, den Inhalt des Films zu erzählen, den sie gesehen hatten. Lange stritten sie darüber, ob sie Bella den Schluss verraten sollten, um sich dann schließlich darauf zu einigen, sie müsse den Film selbst sehen und deshalb würde man ihr den Schluss verschweigen. Es ging in dem Film aber, so viel hatte Bella immerhin verstanden, um die verheerenden Spuren, die der europäische Kolonialismus für alle Zeiten in Afrika hinterlassen hatte, und Bella wusste, sie würde sich den Film nicht ansehen, ganz gleich, wie sehr die Freunde versuchten, ihn zu empfehlen. Sie spürte nicht das geringste Bedürfnis, sich mit den Problemen Afrikas zu befassen, viel zu sehr war sie noch immer mit den Stimmen aus dem MP3 beschäftigt und mit den Hintergründen einer Geschichte, von der sie nur Bruchstücke kannte. Irgendwann erklärte sie Brunner und Charly, dass sie kein Interesse an Afrika habe, ließ sich von ihnen belehren, dass ihre Haltung ignorant und typisch eurozentristisch sei, schämte sich und gab ihnen Recht. Das beruhigte die beiden, und Bella konnte ihnen von dem Mord an Susanne Behrendt und von Franz' Verhaftung erzählen.
Was können wir tun?, fragte Brunner. Es gefiel ihm nicht, dass Kaul in der Erzählung von Bella aufgetaucht war. Er hatte nie etwas von Kaul gehalten, auch nicht von dessen kriminalistischen Qualitäten.
Er kann intrigieren, Befehle geben, Einsätze kommandieren, bei denen mit Sicherheit immer zu viel Gewalt angewendet wird, aber von eigentlicher Polizeiarbeit versteht der nichts. Kaul ist ein Machtmensch, der seine Macht auf einem besonderen Polizeiapparat aufbaut und jeweils den Politikern zu Diensten ist, die gerade an der Regierung sind. Am liebsten, natürlich, den Konservativen, aber der würde nie auf die Idee kommen, seinen Dienst zu quittieren wie dein Freund Kranz, wenn ihm die poli-

tische Richtung nicht mehr passt. Wie geht es ihm eigentlich, deinem Freund?
Willst du ihn nicht mal mitbringen?, fragte Charly.
Das war ein gefährliches Terrain. Wie sollte Bella ihren Freunden, ohne sie zu kränken, begreiflich machen, dass gemütliche Abende zu viert in ihrer Beziehung zu Kranz nicht vorgesehen waren.
Es kann gut sein, dass ich eure Hilfe noch brauche, sagte sie, ohne auf Charlys Frage zu antworten. Ich will erst mal versuchen, jemanden aus der Pension dazu zu bewegen, Franz im Untersuchungsgefängnis zu besuchen. Ich glaube, es wäre nicht gut, wenn ich als Erste bei ihm auftauchte. Wenn sich niemand findet, könnte vielleicht Charly …?
Na klar, mit einem roten Kopftuch und im Körbchen einen Kuchen und eine Flasche Wein. Du glaubst gar nicht, wie gut sie sich für solche Besuche eignet, sagte Brunner und fasste zärtlich nach Charlys Hand. Und was soll sie ihn fragen?
Langsam, langsam, sagte Bella lachend. Ich sag Bescheid, wenn es nötig wird.
Sie stand auf, um sich zu verabschieden.
Das Gerät, sagte Brunner, während er sie zur Tür begleitete, vielleicht solltest du es besser hier lassen. Er sprach leise, so, als sollte Charly ihn nicht hören. Bella nahm das kleine Ding aus der Jackentasche und gab es ihm, als sie sich von ihm verabschiedete. Während sie die Treppe hinunterging, stellte sie sich vor, was gerade oben in der Wohnung geschah. Brunner, die Hand in der Hosentasche, in die er den MP3 gesteckt hatte, würde die Küche betreten, und Charly würde sagen: Nun gib schon her, das Ding, das du da mit dir herumschleppst. Bei mir ist es auf jeden Fall sicherer als hier. Woraufhin Brunner sagen würde: Aber wieso denn, deine Wohnung liegt auf demselben Flur wie meine, und wenn sie bei mir suchen, suchen sie auch bei dir. Und Charly würde antworten: Selbstverständlich, da-

gegen ist ja auch nichts einzuwenden, die Leute tun nur ihre Pflicht. Sie müssen ja nicht unbedingt wissen, dass noch ein anderes Versteck existiert. Ach ja?, würde Brunner sagen, und Charly würde den Finger der Linken vor die Lippen legen und die rechte Hand nach der Kassette ausstrecken, die Brunner nach leichtem Zögern in ihre Hand legen würde. Er hatte sich angewöhnt, in praktischen Dingen auf seine Freundin zu hören.

Als sie aus der Haustür trat, ahnte Bella hinter der Fensterscheibe des portugiesischen Restaurants auf der gegenüberliegenden Straßenseite die vertraute Silhouette von Kranz. Die Tische im Restaurant waren nur mit Kerzen beleuchtet, und so blieb sie einen Augenblick stehen, um sich zu vergewissern, dass sie sich nicht täuschte. Kranz saß tatsächlich dort. Er hatte sie bereits gesehen und hob die Hand.

Es gefällt mir nicht, sagte er, während Bella sich an seinen Tisch setzte, dass du offenbar wieder einmal im Begriff bist, dich mit Dingen zu befassen, die dich nichts angehen. Du hast nicht einmal einen Auftrag. Ich hätte dir das Treffen mit diesem windigen Menschen nicht vermitteln dürfen. Der kassiert das Geld und legt dich rein. Man weiß doch, was man von solchen Leuten zu halten hat.

Rosé, sagte Bella, bestell einen Liter. Du kannst dir nicht vorstellen, wie groß mein Durst ist.

Du nimmst mich nicht ernst, Bella, sagte Kranz, das wird dir noch leidtun.

Bella antwortete nicht. Der Kellner brachte den Rosé, und sie tranken das erste Glas schweigend.

Er hatte sich hinter den Wandschirm gesetzt, sagte sie schließlich.

Du hättest ihn auffordern können, sich einen anderen Platz zu suchen.

Aber weshalb? So hatte ich Gelegenheit, mich an dich zu erinnern, während der Mensch mir eine Lektion in Strategie und Taktik erteilte. Seine Stimme kam mir übrigens bekannt vor.
Diese Stimme vergisst du am besten wieder, sagte Kranz. Das wird auch für ihn eine pikante Situation gewesen sein.
Was für altmodische Wörter du gebrauchst.
Ich?
Pikant. Wer sagt denn heute noch pikant. Ich glaube, man sagt heute geil, oder?
Selbst du wirst mich nicht dazu bringen, dieses Wort zu benutzen, sagte Kranz. Er wollte weitersprechen, aber der sehr laute Ton des Fernsehgeräts über der Theke ließ beide zusammenfahren. Der Mann hinter dem Tresen stellte den Ton leise und machte eine entschuldigende Geste zu ihnen hinüber, aber ihr Gespräch war unterbrochen, und sie sahen auf den Fernsehschirm. Der war flach und groß, vielleicht in Erwartung der Fußballereignisse angeschafft, und plötzlich befanden sich beide nicht mehr in einem von Kerzen beleuchteten portugiesischen Restaurant im Schanzenviertel, sondern im Staub, zwischen den Trümmern eines zerstörten Jeeps und den blutigen Teilen von Körpern auf einer Straße in Bagdad.
Wir wollen gehen, sagte Bella, nachdem sie eine Weile auf den Bildschirm gestarrt hatten.
Zu mir oder zu dir, sagte Kranz, dann: Entschuldige, ich dachte, ich sollte einen Witz machen.
Vor der Tür nahm er ihren Arm, und so, Arm in Arm und eine Weile schweigend, wanderten sie durch den Abend.
Zu warm, sagte Bella schließlich und stellte zwischen sich und Kranz den Abstand wieder her, den sie brauchte, um sich bewegen zu können.
Als sie an den Gerichten vorüberkamen, zeigte sie auf die Bar, in der Franz gearbeitet und sich die Behrendt mit dem Staatsanwalt getroffen hatte. Sie wechselten die Straßenseite und

versuchten, einen Blick in das Innere zu werfen. Jemand hatte die Vorhänge vor die tief liegenden Fenster gezogen. Innen brannte kein Licht, und die Tür war verschlossen, aber nicht versiegelt.
Merkwürdig, sagte Bella. Es sieht so aus, als ob sich die Kripo um diesen Ort gar nicht gekümmert hat. Und sie erzählte Kranz von dem Gespräch, das, aus welchen Gründen auch immer, dort aufgenommen worden und später Kaul in die Hände gefallen sei.
Vielleicht ist ihm nicht daran gelegen, mit der Kripo zusammenzuarbeiten, sagte Kranz.
Bella dachte an die Unterlagen, die die Behrendt angeblich im Safe der Pension untergebracht hatte; Belastungsmaterial gegen den Staatsanwalt.
Da könntest du Recht haben, sagte sie.
Sie sprach nachdenklich, langsam, als überlegte sie, ob es eine Möglichkeit gäbe, auf irgendeinem Weg auch an dieses Material heranzukommen.
Nein, sagte Kranz. Lass es. Ich hab alles getan, was mir möglich war. Mehr ist nicht drin. Sieh mal, da.
Sie gingen an der Musikhalle vorüber, die einen neuen Namen, den Namen eines Sponsors, erhalten hatte. Als sie, nur zweihundert Meter weiter, am Nachtcafé der Obdachlosen vorüberkamen, blieben sie stehen und sahen durch die großen Scheiben ins Innere. Im Hintergrund saß eine Frau auf einer Bühne und las etwas vor. Müde Menschen, Männer, nur wenige Frauen, hockten an Tischen und Bänken und hörten ihr zu. An den Wänden hatten sich einige zum Schlafen hingelegt.
Ich würde lieber draußen schlafen, sagte Bella, und Kranz sagte: Die meisten tun das auch, jetzt, wo es warm ist.
Sie gingen schweigend weiter und dachten beide darüber nach, wie der Abend zu retten wäre. Es war Kranz, der, als das Steigenberger Hotel auftauchte, Bella vorsichtig zum Eingang dirigierte.

Ich kenne da jemanden, sagte er, wenn wir Glück haben, hat er Dienst.
Natürlich war es nicht irgendjemand, den Kranz kannte und der, während sie an der Bar standen und einen Espresso tranken, den Champagner in das Zimmer schaffen ließ. Das Ganze passierte so selbstverständlich, dass Bella sich einen Augenblick lang fragte, ob Kranz wohl schon mal von dieser Bekanntschaft Gebrauch gemacht hatte.
Dann aber standen sie am Fenster, sahen von oben auf den Rödingsmarkt und eine beleuchtete Spielzeug-U-Bahn, auf die Silhouette der Speicherstadt rechts und glitzerndes Wasser und eine Schleuse, die Elbe und Alster miteinander verband, links, und die Stadt kam ihnen schön vor, weit genug weg, ein angemessener Ort, um sich zu lieben.

EIN LANGER ABSCHIED

Die Hitze, die über der Stadt lag wie ein zu dichter Schleier, unter dem es schwierig war, Luft zu holen, nahm in den nächsten Tagen noch zu. Einzig auf der Dachterrasse der Pension Sommergarten war noch ein matter Luftzug zu spüren. Deshalb war Bella nun nicht mehr die Einzige, die den Luxus dort oben genoss. Der Major und die Dichterin erschienen regelmäßig kurz nach ihr, wünschten freundlich guten Morgen und begaben sich auf Deckchairs, die so weit wie möglich voneinander und von Bella entfernt standen. Das alles geschah ungeheuer diskret, und Bella, die am ersten Tag leichten Ärger verspürt hatte, weil sie fürchtete, in ihrer Ruhe gestört zu werden, gewöhnte sich schnell an die beiden. An die schmale, in schwarze, flatternde Schleier gehüllte Frau, die Block und Bleistift neben sich auf einem kleinen Tischchen ablegte, bevor sie begann, mit offenen Augen in den Himmel zu sehen, und an den Mann, der, in eine Art leichten Tropenanzug gekleidet, an der Bar einen Whisky trank, bevor er sich niederlegte, um die Aktienkurse zu studieren. Das tat er etwa eine halbe Stunde lang. Dann holte er sich den zweiten Whisky, schaute auf dem Rückweg zu seinem Liegestuhl zu Bella hinüber, hob schweigend sein Glas, wenn sich ihre Augen zufällig trafen, und legte sich zu seinem Vormittagsschlaf zurecht. Er schnarchte nicht, oder doch nur manchmal und so leise, dass Bella und die Dichterin sich mit einem Blick lächelnd verständigten und ihn gewähren ließen.

An diesem Morgen, der so ruhig und friedlich zu werden versprach, hatte Bella Gedichte von Heine mitgenommen auf die Terrasse. Sie las:

Das Fräulein stand am Meere
Und seufzte lang und bang,
Es rührte sie so sehre
Der Sonnenuntergang.

Mein Fräulein sein Sie munter,
Das ist ein altes Stück;
Hier vorne geht sie unter
Und kehrt von hinten zurück

und sah sinnend hinüber zu Caroline Latt. Ob die diese Verse kannte und ob sie ihr gefielen? Weil sie ahnte, dass ein so zart besaitetes Wesen wie die Dichterin die auf sie gerichteten Blicke früher oder später spüren und sich gestört fühlen müsste, schloss Bella die Augen und versuchte, die Verse auswendig zu wiederholen. Sie kam aber nur bis *rührte sie so sehre*, als sie eine leichte Berührung an ihrer Schulter spürte. Wanda Rosenbaum stand neben ihr. Wegen der Hitze hatte sie ausnahmsweise auf ihre übliche Kleidung verzichtet. Sie trug ein langes, türkisfarbenes Gewand, zart und am dezenten Ausschnitt bestickt mit glänzendem Garn. Unwillkürlich warf Bella einen Blick auf den Major. Sein Tropenanzug und das marokkanische Gewand passten so gut zusammen, dass es ihr leicht fiel, sich die beiden vor dem Hintergrund einer glühenden Wüstenlandschaft vorzustellen.
Bizarr, dachte sie, ein bizarres Paar, mindestens so bizarr, wie du selbst; liegst hier auf der Dachterrasse, liest Heine und versuchst, die Welt da unten für eine Weile einfach nicht wahrzunehmen.

Das wurde für Sie abgegeben, sagte Wanda Rosenbaum und hielt ihr einen flachen braunen Umschlag hin, auf dem Bella die Handschrift von Kranz erkannte.
Sie nahm ihn, behielt ihn einfach in der Hand und wartete. Wanda Rosenbaum machte sich für einen Augenblick an der Bar zu schaffen, bevor sie die Dachterrasse wieder verließ. Sie hielt den Eiskübel in den Händen, der aufgefüllt werden musste.
Bella zögerte, den Umschlag zu öffnen. Sie hatte plötzlich das Gefühl, sie wäre mindestens zwei Zentner schwer und unfähig, sich zu bewegen.
Was soll das sein, Bella Block, dachte sie und wusste gleichzeitig, dass es lächerlich war, solchen Regungen nachzugeben.
Sie stand auf und ging hinüber zur Bar. Der Himmel über ihr war so makellos blau wie an einem Sommertag auf Korfu (Bella war noch nie auf Korfu gewesen, verband aber aus ihr unbekannten Gründen das Wort Korfu immer mit tiefblauem Himmel). Sie nahm die Flasche aus dem Eisfach, füllte ein Glas mit Wodka und Orangensaft und setzte sich an den Tisch neben der Bar. Der Tisch war so groß, dass acht Personen bequem daran Platz gehabt hätten. Es standen auch acht Sessel daran, und während sie dort saß, trank und ihren Blick über die Terrasse schweifen ließ, verschwand das 2-Zentner-Gefühl.
Sie öffnete den Umschlag und zog drei DIN-A4-Seiten heraus. Zwei davon waren bedruckt, die dritte zeigte die Handschrift von Kranz. Die las sie zuerst: *Hier ist eine Kopie vom Bericht des Pathologen (hat mich zwei Flaschen Gin gekostet). Lass mich wissen, was du vorhast. K.*
Den Pathologen kannte sie; ein angenehmer Mensch, der zu viel trank und zu wenig aß. Sie hatte ihn vor Jahren zuletzt gesehen. Damals hatte er mit melancholischen Worten darüber gesprochen, dass er damit beschäftigt sei, sich zu Tode zu saufen. Sie hatte ihm geglaubt, ihm viel Glück gewünscht und ihn ver-

gessen. Wenn jemand sie nach ihm gefragt hätte, hätte sie wohl geantwortet: Er ist tot. Erstaunlich, was manche Körper aushalten. Sie nahm sich vor, den Pathologen zu besuchen. Sie wollte sich noch einmal mit ihm unterhalten, nicht nur, weil er einen sezierenden Blick auf die Welt hatte, sondern, weil er zwischen Erkennen und Handeln kaum einen Widerspruch kannte. Menschen wie er waren selten, und sie freute sich darüber, dass er seine Arbeit noch tun konnte.

Lass mich wissen, was du vorhast – das war schon schwieriger. Sie hatte keine Ahnung, was sie als Nächstes tun sollte. Nur, dass sie etwas unternehmen musste, war klar. Kaul und die Kripo hatten die Sache Behrendt in die Hand genommen. Es wäre zum Beispiel interessant festzustellen, wer bei den Untersuchungen den Ton angab. Franz hatten sie verhaftet. Der war zwar hin und wieder ein leidlich amüsanter Gesprächspartner gewesen, sonst aber verband sie nichts mit ihm. Außerdem, davon war sie noch immer überzeugt, würden sie ihn nicht lange in Untersuchungshaft behalten. Im Grunde rechnete sie stündlich damit, dass er wieder auftauchte; leicht zerknittert, unrasiert und mit einem zynischen Lächeln. Wenn sie es genau überlegte, gab es nichts mehr für sie zu tun.

Mechanisch nahm sie die bedruckten Blätter in die Hand und begann zu lesen. Sie überflog den Namen, die Adresse, Angaben über Alter, Größe, Gewicht – und las dann, mehr und mehr interessiert, die Ergebnisse der pathologischen Untersuchung der Behrendt:

2,4 Promille Alkoholgehalt im Blut, das Gesicht bläulich verfärbt und gedunsen. Einige wenige, parallel zum Hals verlaufende, Kratzer oberhalb der Strangmarke; keine punktförmigen Blutaustritte in den Augenlidern, den Augenbindehäuten, der Mundschleimhaut, der Hinterohrregion und der Gesichtshaut; die Strangmarke lässt auf einen dünnen Draht schließen, der schnell und tief einschneidend zugezogen wurde; keine Hämatome, die auf einen Kampf schließen lassen, aber an den Oberarmbeugeseiten fingerkuppengroße Grauviolettverfärbungen sie in einer Linie untereinander, parallel zur Oberarmlängsachse angeordnet; beginnende Oberhautablösungen an zwei Stellen, keine Schwellung am Hinterkopf, dort, wo der Kopf auf dem Badewannenrand auflag.

Die Behrendt war nackt gewesen. Das hieß, jemand hatte sie nach Hause gebracht, sich verabschiedet und so getan, als ob er die Wohnung verließe. Sie hatte sich ausgezogen, dabei die Parfümflaschen auf den Boden geworfen, immerhin war sie ziemlich betrunken gewesen, und hatte die Heizung aufgedreht, in der Absicht, sie abzustellen. Ihr Kleid, ihre Schuhe und die Unterwäsche hatten im Bad am Boden gelegen. Der Mörder hatte gewartet und in einem günstigen Augenblick die im Bad herumtaumelnde Behrendt sehr schnell mit der Drahtschlinge erwürgt. Dass der Täter schnell gehandelt hatte, ließ sich, so viel wusste Bella, aus den fehlenden Punktblutungen ableiten. Sie fand den Gedanken tröstlich. Auf der Dachterrasse unter dem Sonnenschirm zu sitzen, Wodka mit Orangensaft zu trinken und sich den Tod von Susanne Behrendt vorzustellen ließ sich, vielleicht, nur dadurch ertragen, dass, nach allem, was sie las, der Tod sehr schnell eingetreten sein musste.

Wenn ihre Überlegung richtig war, dass die Behrendt die Parfümflaschen selbst zerbrochen hatte, dann sollten allerdings an ihren Fußsohlen Schnitte zu finden sein. Der Bericht gab über den Zustand der Füße keine Auskunft. Bella war sicher, dass der Pathologe da etwas übersehen hatte. Sie konnte sich den Grund dafür vorstellen. Sie versuchte sich das Appartement ins Gedächtnis zu rufen. Waren Glassplitter auf dem Fußboden des Zimmers gewesen? Sie erinnerte sich nicht an ein Knirschen unter ihren Füßen, nur daran, dass das Zimmer, ebenso wie Schränke und Schubladen durchsucht und durchwühlt worden waren. Vermutlich in aller Ruhe, denn die Behrendt lag ja tot in der Wanne.

Sie war mit dem Auto abgeholt worden. Dieses Auto hatte Frings gerufen. *Mein Fahrer* hatte er gesagt. Es kam vor, dass Fahrer zu Mördern wurden, aber Mörder als Fahrer waren selten. Wen hatte Frings angerufen? Wer war auf seinen Anruf vorbereitet gewesen?
Nicht einmal fünf Minuten hatte es gedauert, bis er da war. Aber es gab einen Zeugen. Franz. Er hatte den Mann gesehen, der die Behrendt nach Hause gebracht hatte. Wenn sie mit Franz sprechen würde …
Sie führte den Gedanken nicht weiter, weil ihr plötzlich bewusst wurde, dass sie eine Spur hatte. Sie hatte ihre Ermittlungsarbeit nicht aufgegeben. Sie hatte versucht, eine Pause einzulegen, um Abstand zu gewinnen. Und es war ja auch eine Frage, weshalb sie sich noch immer für eine Sache interessierte, die sie eigentlich gar nichts mehr anging. Nur weil ihr die Ermordete sympathisch gewesen war?
Die Behrendt hatte sich gefürchtet. Vor Frings? Oder war es vielleicht gar nicht der Staatsanwalt Frings gewesen, den sie gefürchtet hatte? Konnte es sein, dass sie Frings vertraut und Furcht vor etwas anderem gehabt hatte?
Und was halten Sie von Liebe?
Eine merkwürdig unmotivierte Frage. Bella hob die Augen und sah über die Terrasse. Die Dichterin war eingeschlafen, und auch der Major schlief. Er hatte das leere Glas neben sich auf den Fußboden gestellt. Seine Hand hing über der Lehne des Liegestuhls. Ein Siegelring blitzte an seinem Mittelfinger. Sie boten ein friedliches Bild. Beinahe sah es so aus, als gehörten die beiden zusammen.
Und du, Bella Block, dachte sie plötzlich, und zum ersten Mal kam es ihr sonderbar vor, in dieser Pension zu wohnen, gemeinsam mit Menschen, mit denen sie nichts verband, außer eben der Tatsache, dass sie genug Geld hatten, um sich die Unterkunft leisten zu können.

Wie wohl die Behrendt gelebt hatte, besessen von dem Gedanken, das Leben dieses Frings zu verfolgen?

Spekulationen, Bella. Halt dich gefälligst an die Tatsachen. Und an die Lebenden.

Es würde nicht leicht werden, eine Besuchserlaubnis zu bekommen, um Franz im Gefängnis zu treffen. Sie war nicht verwandt mit ihm, und wenn er, aus welchen Gründen auch immer, für die Polizei wichtig war, würde man sie erst recht nicht zu ihm lassen. Mit dem Argument Verdunklungsgefahr ließe sich so etwas leicht begründen.

Und die Tatsache, dass ihr besonderer Freund Kaul und auch Frings inzwischen wohl ahnten, dass sie in die Sache verwickelt war, hatte sie möglicherweise sogar bewogen, ein ganz spezielles Besuchsverbot für sie anzuordnen.

Schon wieder Spekulationen. Sie musste herausfinden, ob sie zutrafen.

Energisch schob sie ihren Stuhl zurück und stand auf. Die Latt und der Major schlugen die Augen auf und sahen verschlafen zu ihr herüber.

Tut mir leid, sagte Bella, schlafen Sie ruhig weiter; bis der Prinz kommt – und Sie wachküsst, setzte sie in Gedanken hinzu, während sie die Treppe hinunterging, aber dann wurde ihr klar, dass für diese beiden ein Prinz gar nicht mehr nötig war. Einmal angenommen, sie würden aufgeweckt, was sollten sie dann tun? Wodurch konnten sie sich in den Augen der Welt noch nützlich machen? Kinder bekamen sie nicht mehr. Ihre Lust, sich als Konsumenten zu bewegen, war altersgemäß eingeschränkt. Nach ihrer Meinung fragte sie niemand, weil ihre Erfahrungen einem anderen, vergangenen Leben angehörten. Nicht einmal ihre Hörgewohnheiten, wenn sie überhaupt Radiohörer waren, wurden noch gebraucht. Das Verblödungsformat, das die Sender, auch die öffentlich-rechtlichen, inzwischen erreicht hatten, gefiel ihnen nicht.

Wahrscheinlich war es ein Glück, dass die beiden wenigstens die Chance hatten, ihren Lebensabend so zu verbringen, dass sie unabhängig waren und niemandem zur Last fielen. Das schlechte Gewissen, das man den Alten einzureden begann, weil sie noch lebten und die Jungen angeblich dafür zahlen mussten, brauchten sie jedenfalls nicht zu haben.
Der Speiseraum war leer, auch im Spielzimmer war niemand. Als sie durch die Diele ging, in der ebenfalls niemand zu sehen war – wie ausgestorben –, dachte Bella, hörte sie schon ihr Telefon läuten. Das Geräusch passte nicht in die Stille, es wirkte aufdringlich. Sie beeilte sich, die Tür aufzuschließen und den Hörer abzunehmen.
Hast du die Zeitungen gelesen?, fragte Kranz.
Ich hab mich mit dem Bericht des Pathologen beschäftigt, sagte sie. Steht etwas Besonderes drin?
Sieh es dir an, sagte Kranz. Würde mich interessieren, was du davon hältst.
Ich glaube, ich habe eine Ahnung, sagte sie. Ich melde mich wieder.
In der Diele kam ihr Wanda entgegen. Sie hielt ein Bündel Zeitungen auf dem Arm, die sie offenbar studiert hatte, bevor sie sie in den Salon bringen wollte. Der Ausdruck ihres Gesichts sprach Bände. Mit einer entschlossenen Bewegung legte sie die Zeitungen ab, baute sich neben dem Tisch auf und sah Bella entgegen.
Lesen Sie, sagte sie. Lesen Sie ruhig. Und dann sagen Sie mir, ob wir nicht schon immer so eine Ahnung hatten, dass mit dem Mann etwas nicht in Ordnung ist. Ich verzeihe es mir nicht, meine Gäste mit diesem Herrn in Berührung gebracht zu haben. Ich werde mich förmlich bei Ihnen allen entschuldigen. Ich bitte Sie, mir heute Abend dazu die Gelegenheit zu geben. Das arme Kind. Natürlich, die Kinder leiden am meisten unter der Unvernunft der Erwachsenen. Wobei: Unvernunft, Sie werden

sehen, in diesem Fall wohl reichlich untertrieben sein dürfte. Aber lesen Sie, ich will Sie nicht länger aufhalten. Um neunzehn Uhr, wenn ich Sie bitten darf. Im Speisesaal.
Sie wandte sich um und ging. Bella sah ihr nach, bis sie hinter der Tür ihres Büros verschwunden war. Ihre Bewegungen waren ein wenig eckiger als sonst, so, als wollte sie die unangenehme Erfahrung, leichtsinnig ein zwielichtiges Subjekt beherbergt zu haben, so schnell wie möglich von sich abschütteln.
Die nüchternen Fakten waren, dass die Kriminalpolizei am frühen Abend des Vortages eine Pressekonferenz gegeben hatte. Auf dieser Pressekonferenz war mitgeteilt worden, dass man den Mörder von Susanne Behrendt ermittelt habe. Ein Mann mit Namen Franz Lechner, Barkeeper in der Bar, die die Anwältin gewöhnlich aufgesucht habe, sei geständig, sie in ihrem Hotel erdrosselt zu haben, nachdem er sie nach Hause gebracht und vergeblich versucht habe, sie zum Geschlechtsverkehr zu überreden. Nach der Tat sei er, volltrunken, wie er behauptet, nach Hause gefahren und habe sich seelenruhig ins Bett gelegt. Dort habe ihn die Kripo am nächsten Vormittag festgenommen. Im Verhör habe er sich lange geweigert, die Tat zuzugeben, sei dann aber schließlich unter der Last der Beweise zusammengebrochen und habe die Tat gestanden.
Die Beweise würde ich gern sehen, dachte Bella, nachdem sie aus den reißerisch aufgemachten Artikeln die tatsächlichen Vorgänge herausgelesen hatte.
Mord an Sex-Anwältin aufgeklärt.
Killer in der Kellerbar.
Schmieriger Barkeeper: schon einmal gescheitert. Damals beim Versuch, in feine Gesellschaft einzudringen.
Schulkamerad: Wir nannten ihn Ratte.
Ex-Freundin: Er strangulierte mich.
Bar-Mörder: Was geht noch auf sein Konto? Hier folgte eine Aufzählung unaufgeklärter Frauenmorde der letzten zehn Jahre.

Auch ein Hinweis auf seine Anstellungen im Ausland fehlte nicht: *Interpol auf der Suche nach Spelunken-Fällen.*
Ex-Freundin: Er konnte mehrere Sprachen!
Bella erinnerte sich, dass Franz ihr erzählt hatte, er habe bis vor ein paar Jahren im Ausland gearbeitet.
Bella ging zurück in ihr Appartement und rief Kranz an.
Er war's nicht, sagte sie. Spätestens bei der Gerichtsverhandlung wird es sich herausstellen. So viele Beweise kann man nicht fälschen. Ein guter Anwalt nimmt sie auseinander.
Aber wozu dann das Ganze?, fragte Kranz.
Ich nehme an, sie brauchen Zeit. Zeit, in der die wahren Vorgänge vertuscht werden können. Man wird den Mörder von Susanne Behrendt niemals finden, weil er nicht gefunden werden soll. Unser armer Franz ist nur eine Schachfigur. Im Prozess wird sich seine Unschuld herausstellen, aber, natürlich, wird etwas von der Geschichte an ihm hängen bleiben. Seine Wirtin wird ihn jedenfalls vor die Tür setzen, wenn er wieder auftaucht.
Seine Wirtin? Du meinst …
Wanda Rosenbaum, jawohl. Ich hätte sie für unabhängiger gehalten. Aber so ist das wohl mit einer bestimmten Sorte von Aufsteigern. Sie erinnern sich ungern an das Milieu, aus dem sie gekommen sind, und versuchen, jede erneute Berührung damit zu vermeiden.
Kranz schwieg einen Augenblick. Bella stellte sich vor, worüber er nachdachte, und musste lächeln.
Weshalb wohnst du eigentlich dort, sagte er endlich. Es kann dir doch unmöglich gefallen bei dieser versnobten Hexe. Und wenn ich an deine Mitbewohner denke: allein dieser senile Major. Ehrlich gesagt, ich fand den Barkeeper bisher noch am erträglichsten. Aber nun ist er weg, und du solltest dir mal überlegen, ob das der richtige Aufenthaltsort …
Mach ich, mach ich alles, sagte Bella. Aber nun gehe ich erst einmal ins UG.

Bella, lass den Mann in Ruhe. Er wird genug damit zu tun haben, über seine Lage nachzudenken. Überhaupt: Es ist doch die Frage, ob er dich sehen will. Der braucht einen ordentlichen Anwalt, keinen weiblichen Trost.
Wofür hältst du mich, sagte sie. Bin ich jemals als Trostspenderin aufgetreten? Aber vielleicht kann ich ihm wirklich einen Anwalt besorgen. Erinnerst du dich an den Menschen, der damals die Frau vom Meer verteidigt hat? Gerhardt oder so ähnlich?
Der Mann hieß Gebhardt. Wahrscheinlich möchtest du nun, dass ich herausfinde, ob sein Büro noch existiert. Mach ich, mach ich alles. Wenn du mir versprichst, dass wir uns heute Abend treffen. Um acht, ich hol dich ab.
Um acht, antwortete sie, das ist sehr gut. Dann kann ich der Veranstaltung hier im Haus mit gutem Gewissen entkommen.
Sie legte den Hörer auf und begann zu überlegen, wie sie es anstellen sollte, mit Franz zu sprechen. Wahrscheinlich wäre es das Beste, sich als seine Verlobte auszugeben und darauf zu hoffen, dass der Beamte, der über den Besuch zu entscheiden hatte, ihren Namen nicht kannte. Einen Augenblick überlegte sie, wie die Verlobte von Franz sich wohl kleiden würde, wenn sie ihn im Gefängnis besuchte. Dann fiel ihr ein, dass sie als Verlobte vielleicht doch ein bisschen zu alt sein könnte, und beschloss, die besorgte Tante des auf die schiefe Bahn geratenen Neffen zu spielen. Das hatte den Vorteil, dass sie sich zumindest um die Art ihrer Kleidung keine Gedanken zu machen brauchte. Tanten konnten alles sein: elegant, schlampig, unscheinbar, aufgeputzt, schrill oder bescheiden, und auch wenn das Wort Tante eindeutig weiblich war, so hatte es doch etwas eigenartig Geschlechtsloses, als wäre die Tante eine Art Zwischending, Frau, aber doch nicht Frau und auf keinen Fall begehrenswert. Wer aber nicht begehrenswert ist, stiftet auch keine Unruhe und müsste es eigentlich leicht haben, bis ins Untersuchungsgefängnis vorzudringen.

Den Weg dorthin ging sie zu Fuß. In der Mittagszeit war die Stadt merkwürdig leer. Sogar die Bettler auf dem Jungfernstieg hatten sich vor der Hitze verkrochen. Ein paar am Straßenrand stehende, rauchende Taxifahrer musterten sie mit Blicken, in denen kurz die Hoffnung auf einen Fahrgast aufblitzte, verfielen aber gleich wieder in träge Langeweile. Auf dem Gänsemarkt saßen unter großen Sonnenschirmen die Salatesser und Wassertrinker. Manche rauchten mit trotzigem Gesichtsausdruck, der darauf schließen ließ, dass ihnen das Rauchen nach dem Ende ihrer Mittagspause wieder verboten sein würde. Im Valentinskamp war es so unerträglich heiß, dass sie glaubte, das aufgeheizte Pflaster durch die Sohlen ihrer Schuhe zu spüren. Wahrscheinlich hat die lange Hitzeperiode auch die Mauern des Gefängnisses aufgeheizt, dachte sie; jedenfalls war das früher so, als sie noch Polizistin war und Gefangene in ihren Zellen aufgesucht hatte. Franz tat ihr leid. Sie würde ihn fragen, was er brauchte, und sich auf jeden Fall um einen Anwalt kümmern, wenn er das nicht inzwischen schon selbst getan hatte.
Je näher sie dem Gebäude des Untersuchungsgefängnisses kam, desto deutlicher spürte sie das alte Unbehagen, das sie kannte, weil es sie bei jedem ihrer Besuche dort überfallen hatte. Es war wieder da und hatte nichts zu tun mit der wenig beneidenswerten Situation derer, die in den Zellen hockten und auf ihren Prozess warteten. Sie wusste, dass vor noch nicht allzu langer Zeit im Hof dieses Gefängnisses ein Block gestanden hatte, auf den Unschuldige gezwungen wurden ihren Kopf zu legen, damit der Henker ihn abschlüge. Hunderte waren dort seinem Beil zum Opfer gefallen. Von Olga wusste sie, dass es auch in Wolfenbüttel so gewesen war. Und die Oker, die durch den Ort floss, hatte sich gegen Ende der Nazizeit rot gefärbt vom Blut der Geköpften. Die Leute aus Wolfenbüttel hatten an den Ufern des Flusses gestanden und so getan, als wüssten sie nicht, weshalb der Fluss manchmal rot war. Wenn es so einen Fluss in der

Nähe des Untersuchungsgefängnisses gegeben hätte, dann wäre er durch die Stadt geflossen, rot, ein rotes Wasser, das allein Zeugnis abgelegt hätte von dem Unrecht, das niemand wahrnehmen wollte.

Im Gegenteil, dachte sie, und es fiel ihr zu allem Überfluss eine Szene ein, gelesen bei Heiner Müller oder Lautréamont, in der die Lust beschrieben wird, die Hinrichtungen auslösen. Der Arbeit der Guillotine zusehen und den Rock heben, um den erregten Mann zu empfangen, der auch der Arbeit der Guillotine zusieht, während er sich Befriedigung verschafft in dem entblößten Hintern vor ihm.

Bevor ich mich in diese Zellen einsperren ließe, die um den Hof liegen, auf dem der Henker gewütet hat, brächte ich mich um, dachte sie in einem Anfall von Verzweiflung darüber, was Menschsein auch bedeutet.

Der Gang durch den langen Korridor des Strafjustizgebäudes, hin zu der eisernen Tür, die zum Trakt der Untersuchungsgefangenen führte, brachte etwas Abkühlung. Es roch nach Bohnerwachs. Sie versuchte, sich auf die vor ihr liegende Aktion zu konzentrieren. Als sie die Klingel neben der Tür betätigte, war sie die Tante von Franz.

Und der Beamte, der die Ausweise am Eingang zu kontrollieren hatte, war derselbe, der schon dort gestanden hatte, als sie in ihrer Funktion als Kripo-Kommissarin Häftlinge aufsuchte. Älter geworden, natürlich, aber mit einem sehr gut funktionierenden Langzeitgedächtnis.

Frau Block, wie schön. Wie lange haben wir uns nicht gesehen. Haben Sie wieder angefangen bei der Kripo? Ich sag ja immer: Ohne Arbeit ist der Mensch kein Mensch mehr. Um wen geht es denn diesmal? Komisch. Es hat Sie niemand angekündigt.

Er sah sie fragend an, und Bella hätte sehr viel dafür gegeben, wenn ihr wenigstens der Name des Mannes eingefallen wäre. Oder hatte sie ihn gar nicht gewusst? Sie sah ihm an, dass ihm

ihr Zögern nicht gefiel. Diese Leute dachten langsam, aber sie waren zum Misstrauen erzogen worden, und wenn ihr Misstrauen einmal geweckt war, ließen sie nicht locker, bevor sie festgestellt hatten, ob es begründet oder unbegründet geweckt worden war. Ihr musste schnell etwas einfallen.
Ja, sehen Sie, mein Lieber, das ist ein bisschen verzwickt heute. Auch Polizisten sind ja nicht davor geschützt, dass es in ihren Familien so etwas gibt wie schwarze Schafe. Das verstehen Sie sicher.
Ja?
Das Misstrauen im Gesicht des Mannes wurde stärker. Sie hatte die falsche Eröffnung gewählt. Aber welche wäre besser gewesen? Auf keinen Fall hatte sie riskieren wollen, sich hier als Polizistin auszugeben. Sie musste einfach weitermachen und versuchen, ihn zu überzeugen.
Ich hab einen Neffen, sagte sie, eigentlich ein netter Junge, nur, leider, manchmal ein wenig leichtsinnig. Er ist mal wieder in Schwierigkeiten. Ich möchte, dass er weiß, dass die Familie ihn nicht im Stich lässt. Familie, das wissen Sie doch, ist schließlich der einzige Halt, den man irgendwann noch hat, wenn man auf die Schnauze gefallen ist.
Das war, vielleicht, ein bisschen hoch gepokert. Es konnte ja durchaus sein, dass der Mann gerade Ärger mit seiner Familie hatte und deshalb auf diese immer noch staatlich geförderte, weil sonst schon längst vergangene, Einrichtung nicht gut zu sprechen war. Andererseits nahm sie an, dass sich das innige Verhältnis zwischen deutschem Beamten und Familie noch am wenigsten gelockert haben würde; zwei Einrichtungen, die staatserhaltend waren, mussten eigentlich bis zuletzt zusammenhalten.
Und wie heißt er, der Neffe?
Das Misstrauen war nicht verschwunden, aber es war auch nicht stärker geworden. Es gab eine kleine Möglichkeit, das Spiel zu gewinnen.

Franz, sagte sie, der Kleine, na ja, so klein ist er ja nicht mehr, er heißt Franz.
Sie hätte in den Boden versinken mögen. Sie wusste den Nachnamen nicht, der verdammte Nachname hatte sicher an seiner Tür gestanden, aber alle Welt nannte ihn Franz, und sein Nachname würde ihr nicht einfallen, nicht jetzt, in dieser Situation, vielleicht, wenn sie wieder vor der Tür wäre, aber nicht jetzt.
Sie meinen Franz Lechner?
Richtig, sagte Bella und strahlte. Man wird älter, aber dass mir der Name eines Verwandten nicht einfällt, ist noch nie …
Sie brach ab. Das Verhalten des Mannes hatte sich geändert. Aus seinem Gesicht war das Misstrauen verschwunden. Es hatte aber keinen anderen erkennbaren Ausdruck angenommen. Sein Gesicht war einfach nur leer. Er trat einen Schritt zurück. Seine Bewegungen waren steif. Der Abstand zwischen ihnen, vielleicht drei Meter, hätte auch hundert Meter betragen können. Er tastete mit seiner rechten Hand, ohne sich umzusehen, nach dem Telefon.
Haun Sie ab, sagte er leise. Machen Sie, dass Sie hier rauskommen. Ist Ihnen doch klar, dass ich Sie melden muss. Los, verschwinden Sie.
Seine Hand hatte den Hörer gefunden.
Familie, sagte er. Das arme Schwein. Raus hier, aber schnell.
Bella wandte sich um und ging. Der Korridor roch immer noch nach Bohnerwachs. Er war auch immer noch leer. Es war etwas mit Franz geschehen. Aber was?

Die Fahrt im Polizeiwagen erlebte Franz als fast unwirkliches Durcheinander. Zuerst war es merkwürdig, weil es eine Weile gedauert hatte, bis er in der Lage gewesen war, seine Situation zu begreifen; und dann peinlich, weil der Wagen ziemlich bald

nach Fusel roch und dieser Geruch eindeutig von ihm ausging. Sie saßen zu dritt auf der Rückbank, deshalb war es ihm nicht möglich, sich von den anderen entfernt zu halten. Es war eng und warm und still im Auto, und es stank. Irgendwann einmal hatte ihm einer seiner Gäste die Geschichte seiner Verhaftung erzählt (die selbstverständlich versehentlich erfolgt war) und dabei erwähnt, dass man auf jeden Fall vermeiden müsse, mit den Polizisten zu reden, die einen festnehmen. Die seien nämlich darauf trainiert, jedes Wort zu behalten. Aber ohne Anwalt sollte man eben nicht mit der Polizei reden. Alles würde einem hinterher zum Schlechten ausgelegt.
Er, Franz, verspürte nicht die geringste Lust, einen der vermummten Männer im Auto anzusprechen. Er fand, sie wirkten wie Wesen von einem anderen Stern. Sie würden eine andere Sprache sprechen. Sie würden ihn nicht verstehen. Die Helme auf ihren Köpfen würden das verhindern. Die Masken vor ihren Gesichtern verhinderten ja schon, dass er erkennen konnte, mit wem er sprach. Ihre dicken Anzüge schützten sie vor jeder Berührung. Selbst ihre Schienbeine waren unter Plastikschilden versteckt. Es sah aus, als hätten sie Angst davor, dass er sie anfiele, vielleicht seine Zähne in ihre Schultern schlüge.
Seine Hände waren auf dem Rücken gefesselt, er sah an sich herunter. Einer seiner langen, schmalen Füße war nackt. Der andere trug Strumpf und Slipper. Wer hatte ihm den Schuh und den Strumpf ausgezogen? War er das selbst gewesen? Weshalb hatte er sich nicht ganz ausgezogen, bevor er ins Bett ging? Wie war er überhaupt nach Hause und ins Bett gekommen? Er versuchte, den Ablauf des vergangenen Abends zu rekonstruieren, gab aber schnell wieder auf. Er hatte das unangenehme Gefühl, dass er noch Zeit genug dafür haben würde, wenn er allein und wieder nüchtern geworden wäre. An dem Helm vorbei, der rechts von ihm saß, sah er aus dem Fenster. Das Auto fuhr langsam und ohne Sirene oder Blaulicht. Dafür war er den Poli-

zisten dankbar. Sicher wäre ihm übel geworden, wenn sie mit ihm durch die Straßen gerast wären. Ein Alsterschiff machte am Jungfernstieg-Anleger fest. Einen Augenblick sehnte er sich nach der frischen Luft auf dem Wasser. Ein paar Jahre war er als Barkeeper auf einem amerikanischen Luxusliner gefahren. Die schönsten Minuten an Bord waren immer die gewesen, wenn er seine Arbeit beenden konnte, wenn der letzte betrunkene Millionär in die Kabine gewankt war. Immer war er noch mal an Deck gegangen, selbst der stärkste Sturm hatte ihn davon nicht abhalten können. Einmal, nur ein einziges Mal, war einer der Offiziere neben ihm aufgetaucht. Was hatte der gesagt? Franz dachte einen Augenblick angestrengt nach, so, als wäre es wichtig, dass ihm gerade jetzt, bedrängt von vermummten und bewaffneten Polizisten, die Hände auf dem Rücken gefesselt, einfiele, was dieser Offizier zu ihm gesagt hatte. Als es ihm einfiel, verzog er sein Gesicht zu einem Lächeln.

Im Sturm ist man ein anderer Mensch, das waren die Worte gewesen, und der Offizier hatte sie möglicherweise auch zu sich selbst gesagt, denn er war schnell weitergegangen, offenbar hatte er nicht die Absicht gehabt, ein Gespräch anzufangen. Aber er, Franz, hatte sehr gut verstanden, was der andere meinte, und war froh gewesen, dass er weitergegangen war. Ein anderer Mensch war man besser für sich allein.

Er lehnte sich zurück und begann sich zu fragen, wohin man ihn bringen würde. Er kam sich schmutzig vor, fragte sich, ob man ihm die Gelegenheit geben würde, zu duschen und frische Wäsche anzuziehen. Dann wurde ihm klar, dass es auch ganz anders kommen könnte. Man würde ihn, vielleicht, in eine Zelle bringen und dort vergessen, oder man würde ihn verhören und dabei nicht zimperlich mit ihm umgehen. Aber was sollte er wissen? Worüber würde man mit ihm reden wollen? Dieser MP3-Player. Plötzlich fiel ihm dieser Kerl ein, der ihm den gegeben hatte, wie hieß der bloß noch, Duncker oder so. Das würde er sofort zugeben. Den könnte er als Zeugen benennen. Als Zeugen wofür? Dass das Ganze nicht seine Idee gewesen war? Und? Was sollte das nützen? Der Kerl würde sowieso alles leugnen. Am besten war, er gab alles zu und zog niemanden mit hinein. Was konnten sie ihm schon tun? Gut, Abhören war nicht fein. Vielleicht war's sogar verboten. Aber mehr als eine Geldstrafe konnte man ihm dafür nicht aufbrummen.

So redete Franz auf sich ein und versuchte sich zu beruhigen. Insgeheim aber ahnte er, dass etwas ganz anderes im Gange war; etwas, bei dem es überhaupt nicht auf ihn ankäme und trotzdem unangenehm für ihn werden könnte. Er hätte nicht sagen können, woher das Unbehagen kam, das er so deutlich spürte, als säße es auf seinem Schoß und blickte ihn an. Unwillkürlich sah er an sich hinab. Er sah sein verkrumpeltes Jackett und die Hose, die an ihm herunterhing, ein ganz klein wenig zu lang, so, wie er es elegant fand. Aber selbst, wenn er in Betracht zog, dass Leinen ein wenig zerknittert sein durfte, so war sein Anzug nun doch in einem Zustand, den man eindeutig mit verwahrlost bezeichnen musste. Dieser Aufzug und der Geruch vom Alkohol der vergangenen Nacht begannen sein Selbstbewusstsein zu zerstören. Noch wertloser fühlte er sich, als sie vor den Toren des Untersuchungsgefängnisses hielten, der Fahrer über Funk ihre Ankunft meldete, die großen, dunklen Tore sich vor ihnen öffneten und der Wagen in den Innenhof des Gefängnisses fuhr.

Man ließ ihn aussteigen, und die Vermummten verschwanden. Ein älterer Mann in einer grünen Uniform nahm ihn am Arm und führte ihn durch gewundene Gänge und über eine Treppe in einen Raum, in dem er fotografiert wurde. Jemand nahm ihm die Handschellen ab und ließ ihn sich ausziehen. Er protestierte mit halbem Herzen, ihm war von vornherein klar, dass sein Protest keinen Erfolg haben würde. Ein Mann, der sich als Arzt vorstellte, kam und untersuchte sämtliche Körperöffnungen.

Das alles geschah so routiniert, als wäre das hier das Übliche und nicht extra für ihn ausgedacht. Man hieß ihn seine Kleider wieder anziehen und brachte ihn in eine Zelle, in der zwei Pritschen standen. Eine davon war belegt mit einem Mann, der nicht schlief, sondern ihm lächelnd entgegensah. Zum ersten Mal verspürte Franz so etwas wie Angst. Die Vermummten hatte er nicht gefürchtet, sie taten ihre Pflicht. Der Mann, der da vor ihm auf der Pritsche lag und lächelte, war zu seinem Vergnügen hier.
Franz setzte sich auf die zweite Pritsche. Er hielt die Hände auf den Knien. Ihm fiel ein, dass er irgendwo gelesen hatte, dass es für jeden Menschen seine eigene, ganz bestimmte Foltermethode gäbe. Wo hatte er das gelesen, verdammt. Es ging um Ratten. In dem Buch, das er gelesen hatte, ging es um jemanden, der sich vor nichts so sehr fürchtete wie vor Ratten. Und natürlich wussten seine Folterer das, und sie setzten einen Käfig mit einer hungrigen Ratte auf den Bauch des Mannes, und den Boden des Käfigs konnte man wegziehen, und das taten sie dann auch und …
Franz sah auf. Der Mann auf der Pritsche ihm gegenüber hatte sich auf die Seite gedreht, seinen Kopf auf den Arm gestützt und sah ihn an. Er zog sein kariertes Hemd aus und legte es auf den Stuhl neben seinem Kopfende. Jetzt trug er nur ein Unterhemd mit schmalen Trägern. Aber selbst, wenn er das karierte Hemd anbehalten hätte, wäre deutlich zu sehen gewesen, dass er mindestens fünfzig Pfund mehr wog als Franz. Und dieses Mehr bestand aus Muskeln, überall: am Hals, an den Oberarmen, auf dem Brustkorb, in der Taille, auf den Oberschenkeln, an den Unterschenkeln. Der Mann ihm gegenüber schien besonders stolz zu sein auf diese Muskeln, denn er bewegte sie nacheinander, als führte er ein Muskelballett auf und als wüsste er, dass Franz Muskeln bei Männern widerlich fand und schon immer widerlich gefunden hatte.

Dann sagte der Mann: Na, Kleiner. Und wenn es noch eines Beweises bedurft hätte, dass die, die ihn in diese Zelle gesperrt hatten, genau wussten, welcher Typ Mann ihm besonders widerlich war, dann wäre der nun erbracht. Seine Stimme war hoch und schwach, und im Zusammenspiel mit den sich bewegenden Muskeln und dem Lächeln klang sie hinterhältig und gemein.
Lechner, sagte Franz. Franz Lechner.
Wenn du meinst, sagte der andere. Ist mir egal. Ich muss das nicht wissen. Auch nicht, warum sie dich eingesperrt haben. Sieht man doch, dass du unschuldig bist. Alle sind sie unschuldig, wenn sie zu mir in die Zelle kommen. Aber weißt du, was komisch ist?
Nein, sagte Franz, keine Ahnung, aber ich nehme an, du wirst es mir sagen.
Unschuldig, sagte die Piepsstimme, wenn sie reinkommen, sind sie unschuldig, aber wenn man sie hier wieder rausholt, ganz sicher nicht mehr. Und was dich angeht, so hast du eigentlich nur zwei Möglichkeiten: entweder du tust, was ich sage, oder du zierst dich. Im ersten Fall geht's schneller. Im zweiten macht's mehr Spaß, jedenfalls mir.
Franz stand auf und zog langsam sein Jackett aus. Er legte es sorgfältig über die Lehne des Stuhls neben dem Kopfende seiner Pritsche.
Ich tu, was du willst, sagte er.
Schade, sagte der andere und stand auf.
Stunden später schlug der Mann dann von innen gegen die Zellentür. Und während er darauf wartete, dass sie geöffnet würde, sah er auf Franz, der nackt und zusammengerollt auf seiner Pritsche lag. Der Mann warf eine Decke über ihn, bevor er die Zelle verließ und die Tür hinter ihm abgeschlossen wurde.
Scheißjob, sagte er, aber der Wärter, der ihn in seine eigene Zelle führte, ging nicht darauf ein.

Franz versuchte zu schlafen, aber es ging nicht. Es war diese verdammte Ratte, die er vor sich sah, wenn er die Augen schloss. Er stand auf und zog sich an. Er konnte dabei seine Hände nicht ruhig halten. Sie gehorchten ihm einfach nicht. Er ekelte sich vor seinen Kleidern, aber er fürchtete sich davor, nackt zu bleiben. Jemand würde kommen und mit ihm reden wollen. Es war wichtig, dass er so tat, als wäre nichts geschehen. Die sollten nicht glauben, sie könnten ihn so schnell kleinkriegen. Angezogen legte er sich auf die andere Pritsche. Er lag auf dem Rücken und sah gegen die Decke. Die Decke war hellgrau gestrichen, aber die Farbe war an einigen Stellen abgeblättert, an anderen gerissen. Er versuchte, in den Flecken und Rissen ein Muster zu erkennen, aber als er merkte, dass an der Decke Ratten herumliefen, schloss er die Augen. Ein Lied fiel ihm ein, dass er als kleiner Junge gehört und mit Begeisterung gesungen hatte, und er strengte sich an, den Text wiederzufinden.

Morgenrot, Morgenrot
leuchtest mir zum frühen Tod,

die Worte waren ihm widerlich, am liebsten hätte er das Lied sofort vergessen. Aber er suchte krampfhaft nach der letzten Zeile, und als er sie gefunden hatte, sagte er leise vor sich hin: *dann muss ich mein Leben lassen*, und dann fing er so plötzlich an zu weinen, dass er nichts mehr dagegen tun konnte. Er bemühte sich aber, möglichst ruhig liegen zu bleiben, damit die da draußen, wenn sie durch die Klappe in der Tür zu ihm hereinsahen, seinen Zustand nicht bemerkten. Er war sicher, dass er beobachtet würde, durch die Tür oder durch unsichtbar angebrachte Kameras und Mikrofone.

Irgendwann hatte er sich wieder in der Gewalt. Der Anfall von Verzweiflung machte einem jämmerlichen Selbstmitleid

Platz, das nicht begründet und in seiner Lage nicht nützlich war. Er begann, an seine Kindheit zu denken, und versuchte, sich an die Gesichter seiner Mutter und seines Vaters zu erinnern. Es gelang ihm nicht wirklich. Er war schon mit siebzehn Jahren von zu Hause weggegangen, weil er glaubte, er würde es bei der Frau, die sich in ihn verliebt hatte, besser haben als bei seinen Eltern. Die Frau war älter gewesen, und er hatte es gerade ein halbes Jahr bei ihr ausgehalten. Immerhin hatte er von ihr gelernt, sich so zu kleiden, dass sein langer, dünner Körper ihm zum Vorteil gereichte. Er war besessen davon gewesen, Schauspieler zu werden, hatte die Aufnahmeprüfung für die Schauspielschule bestanden und nach drei Jahren ein glänzendes Examen abgelegt. In Schurkenrollen war er perfekt gewesen, aber niemand an den Theatern, bei denen er sich anschließend bewarb, hatte einen so jugendlichen Schurken gebrauchen können. Als jugendlicher Liebhaber war er aber zu lang, zu dünn, nicht schön genug gewesen. Als er feststellen musste, dass er für einen Beruf ausgebildet war, in dem er keine Chance hatte, gab er seinen Traum vom Theater auf. Natürlich fehlten ihm auch alle Beziehungen: Er kam weder aus einer Schauspielerfamilie, noch hatten seine Eltern gesellschaftlichen Einfluss, um ihrem Sohn auf diese Weise den Weg zu ebnen. Er jobbte, wenn er Geld brauchte, um zu trinken. Es gab keine Kneipe in der Stadt, die er nicht kannte. Irgendwann stellte er fest, dass er lieber nachts lebte als am Tage. Und er merkte, dass er sich in Bars wohler fühlte als in Kaschemmen. Er tanzte gern und gut, aber irgendwann war es ihm nicht mehr egal, ob die Frau, die er über den Boden schob, dick war und einen Pullover trug, der nach Schweiß roch, oder ob sie sich leicht und leichtfüßig seinen Schritten anpasste und ihre Kleider auf eine Weise elegant waren, die auf eine gewisse Klasse schließen ließ. Er begriff, dass es Unterschiede in Stil und Geschmack gab, die auf Herkunft und Geld beruhten.

Seine Herkunft konnte er nicht mehr beeinflussen. Er vergaß sie. Aber er konnte Geld verdienen und sich so bewegen wie die, die ihm imponierten. Er begann, die Kaschemmen zu meiden, ließ sich auch ein paar Mal für Monate von Frauen aushalten, die den falschen Mann geheiratet hatten und sich zu Hause langweilten. Er machte sich einen Namen als elegantester Barkeeper der Stadt, fuhr ein paar Jahre zur See, als ihm die Affäre mit der Gattin eines Reeders über den Kopf zu wachsen begann. Eigentlich war dem Reeder die Affäre seiner Frau zu heftig geworden, und er hatte ihn gekauft, indem er ihm einen Job an Bord besorgte. Kurz: Wenn er zurückblickte, sah er ein aufregendes Leben. Mit Höhen und Tiefen, das war klar, aber er hatte gelernt, dass Höhen und Tiefen das Leben erst interessant machten. Und nun lag er hier, in dieser unangenehm riechenden Zelle, und wusste weder, weshalb, noch, wie lange das dauern sollte, dabei hatte er überhaupt nichts verbrochen, außer vielleicht ein bisschen zu genau zugehört, als sich der Staatsanwalt …

Trotz seiner jämmerlichen Stimmung erfasste ihn plötzlich so etwas wie eine Hoffnung. Er kannte einen Staatsanwalt. Das war in seiner Lage ein Vorteil. Staatsanwälte waren Herren über die Gefängnisse. Ohne ihre Erlaubnis saß niemand dort. Frings aber, mit dem er nicht nur den vergangenen Abend, sondern so manche Nacht verbracht hatte, Frings hatte keine Ahnung davon, wie übel man ihm hier mitspielte. Er musste versuchen, mit Frings Kontakt aufzunehmen. Weshalb sollte der ihn hängen lassen? Wegen dieser lächerlichen Abhörgeschichte, die nicht einmal auf seinem Mist gewachsen war? Das würde er schon erklären. Dieser Frings war in Ordnung. Er war ein Pedant, aber er war ein Pedant in Sachen Rechtsstaatlichkeit; jedenfalls redeten so seine Kollegen von ihm, und die wussten, wovon sie sprachen.

Der Gedanke an Frings und dass der ihm helfen würde, beru-

higte ihn, und er schlief ein. Niemand hatte ihm etwas zu essen gebracht, aber er kam auch nicht auf den Gedanken, dass er Hunger haben könnte.
Als er zum ersten Mal aufwachte, nass von Schweiß und heftig atmend, spürte er, dass er Durst hatte. In der Zelle war es dunkel. Er lauschte und meinte, auf der Pritsche gegenüber eine Gestalt liegen zu sehen. Es dauerte eine Weile, bis er begriff, dass er allein war. Er stand auf und zog im Dunkeln seinen Anzug aus, dann legte er sich hin und versuchte, wieder einzuschlafen. Er schlief ein und stand im Traum an der Reling eines Schiffes. Es war windstill. Die See war glatt und türkisfarben, sodass er die gewaltige, dunkle Woge am Horizont, die sich auf das Schiff zubewegte, sehr gut erkennen konnte. Seine Frau tauchte neben ihm auf. Sie hielt das Kind an der Hand, sagte, da ist doch dein Vater, und verschwand. Er spürte die Hand der Kleinen in der seinen, und er sah die schwarze Woge herankommen. Er würde die Hand verlieren. Es war vollkommen klar, dass er die Hand seiner Tochter verlieren würde, wenn das Wasser auf sie niederstürzte. Und so war es, er spürte, wie die kleine Hand aus der seinen glitt und das Wasser über ihm zusammenbrach, sodass er keine Luft mehr bekam, und er wachte auf, weil er zu ersticken meinte. Er fand sich sitzend auf dem Lager, nass von Schweiß und mit rasendem Herzen.
Er hatte nicht an Sissy gedacht. Die ganze Zeit über, genau genommen, seit er sie zum letzten Mal gesehen hatte, war sie nicht in seinen Gedanken gewesen. Nun aber, während er sich zurücklegte und versuchte, ruhig und gleichmäßig zu atmen, kam es ihm so vor, als wäre dieses kleine Mädchen der Sinn seines Lebens. Er dachte zärtlich an sie, auf eine Weise wie nie zuvor. Er war damit einverstanden gewesen, dass sie kam, und er hatte sie vergessen, wenn sie ging. Wie selbstverständlich sie ihn als ihren Vater akzeptiert hatte, obwohl doch zwischen seiner Welt und ihrer die größten Unterschiede bestanden. Er dachte an

ihre kleine, ruhige Stimme und an die Ernsthaftigkeit, mit der sie ihm gegenübergesessen und gespielt hatte. Und weil er nie versucht hatte, zwischen Liebe und Sentimentalität zu unterscheiden, fühlte er plötzlich, dass er wegen dieses Kindes seine unmögliche Lage so schnell wie möglich beenden müsste. Für sie, dachte er, für meine kleine Sissy, und er schlief wieder ein und schlief beinahe ruhig bis zum Morgen.

Er wurde geweckt durch das Schlagen von Türen, Schritte und Stimmen auf dem Gang. Er brachte die Geräusche mit dem Austeilen des Frühstücks in Verbindung, eine Szene, die er nie erlebt, aber oft genug im Film gesehen hatte, und wartete ungeduldig, dass man vor seiner Tür Halt machte. Er sah auf die Tür, als sie geöffnet wurde, und der Mann, der ihn vergewaltigt hatte, stand dort, hielt ein Tablett in der Hand, kam herein, stellte das Tablett auf den Tisch unter dem Fenster, sagte bis nachher und verschwand wieder.
Bis nachher bedeutet, er wird das Tablett abholen, dachte Franz.
Er sah hinüber zum Tisch. Da hing sein Anzug über dem Stuhl. Der Gürtel war aus der Hose gerutscht und lag auf dem Boden. Auf dem Tablett standen eine Kanne und ein Becher neben einem Teller, auf dem irgendetwas Essbares lag. Neben dem Teller lag eine Zeitung.
Plötzlich glaubte er zu wissen, weshalb man ihm diese Zeitung gebracht hatte. Es würde etwas über ihn drinstehen. Die Erkenntnis kam wie ein Schock, der seinen ganzen Körper erfasste. In einem plötzlichen Augenblick von Klarheit wusste er, dass er schwach war und nicht ertragen könnte, was man in der Zeitung über ihn schrieb. Er würde auch nicht ertragen, dass sie ihm diesen Mann noch einmal schickten. Und sie wussten das.
Er stand trotzdem auf, ging zum Tisch und nahm die Zeitung in

die Hand. Er las, dass die Frau aus der Bar umgebracht worden war. Er sah ein Foto von ihr. Er sah auch ein Foto von sich. Er sah verhärmt aus, aber er lächelte. Er hatte nicht gewusst, dass sein Lächeln so hinterhältig aussah. Er hatte immer gewusst, dass in seinem Lächeln so etwas wie eine kleine Unaufrichtigkeit ist. Bevor er verstanden hatte, dass diese Unaufrichtigkeit mit seinem Leben zu tun hatte, mit diesem Zwitterleben, das einer lebt, der sich anders darstellt, als er in Wirklichkeit ist, hatte er versucht, sein Lächeln zu ändern. Später hatte er es bewusst eingesetzt. Frauen, eine bestimmte Sorte Frauen, mochten es.

Er sah auf sein lächelndes Gesicht und fühlte sich erkannt. Er war der schmierige Barkeeper. Er war ertappt worden bei dem Versuch, in die feine Gesellschaft einzudringen. Man hatte versucht, Sissy nach ihm zu fragen, und sie war einfach still geblieben. Er war es nicht wert, dass seine Tochter sich über ihn äußerte. Er war die Ratte, für die ihn seine Schulkameraden immer gehalten hatten. Es kam ihm nicht in den Sinn zu fragen, welche Schulkameraden das gewesen sein sollten. Er las, er sei der Mörder der Frau aus der Bar. Er war es nicht, aber es kam ihm plötzlich, während er auf sein Foto starrte, so vor, als könnten die Recht haben, die so über ihn schrieben. Er legte die Zeitung auf den Tisch zurück und nahm den Gürtel vom Boden auf. Ein wenig abwesend sah er auf das Leder in seiner Hand. Der Gürtel fühlte sich weich an, weich und fest, so wie ein guter Gürtel sein sollte. Er hätte gern etwas Zynisches gedacht, über Frings oder über die Leute, die einmal seine Schwiegereltern gewesen waren. Er war aber nie zynisch gewesen, sondern immer nur sentimental. Und wenn er sich nicht beeilte, dann würde er anfangen zu heulen und nicht mehr in der Lage sein, zu tun, was von ihm erwartet wurde. Er würde am Boden liegen, den Gürtel in der Hand halten und heulen. So würde ihn der andere finden; nass und schluchzend und ekelhaft, und was dann geschehen würde – er wollte es sich nicht mehr ausmalen.

Der Wärter, der das Frühstückstablett abholte, kam nach einer Stunde. Es war nicht der Muskelmann. Der Wärter fand Franz erhängt an dem Stück Rohr zwischen Wasserkasten und Wand. Er hing neben der Toilette, die er als Tritt benutzt hatte.

... DIE IM DUNKELN SIEHT MAN NICHT

Bella hatte sich, nach dem missglückten Ausflug zum Untersuchungsgefängnis, in ihr Appartement zurückgezogen und, nachdem sie eine kühle Dusche genommen hatte, zum Schlafen niedergelegt.

Sie konnte das Verhalten des Pförtners am Eingang zum UG nicht verstehen. Sie war beinahe sicher gewesen, ihn für sich gewinnen zu können, bevor sie die Rede auf Franz gebracht hatte. Natürlich war es denkbar, dass irgendjemand die Anweisung gegeben hatte, sie nicht zu ihm zu lassen. Weshalb hatte der Pförtner ihr das nicht einfach gesagt? Es war da noch etwas anderes im Spiel, etwas, das sie gern gewusst hätte, das sie sich aber nicht erklären konnte. Sie würde den Versuch, Franz zu sprechen, nicht aufgeben. Aber vorher musste sie herausfinden, was man mit ihm gemacht hatte. Wen könnte sie fragen? Wen könnte sie zu ihm schicken? Wen würde man zu ihm lassen? Seinen Anwalt, natürlich, aber bevor sie nicht wusste, ob Franz sich schon einen Anwalt besorgt hatte, konnte sie schlecht diesen Dr. Gebhardt bitten, ihn zu besuchen. Der Mann würde sich dumm vorkommen, wenn Franz ihn nicht brauchte, und sie wollte ihn nicht verprellen. Wer käme sonst in Frage? Sie kam auf die Idee, die Mutter von Sissy anzurufen, und dachte darüber nach, ob sie die Frau wohl überzeugen könnte, sich ins UG zu begeben und sich nach Franz' Befinden zu erkundigen. In Gedanken blieb sie bei den teuren Kleidern hängen, die die Dame getragen hatte, als sie zuletzt mit Sissy an der Hand in die

Pension gekommen war, und schlief ein. Sie schlief lange und traumlos und fand dann kaum noch ausreichend Zeit, sich für den Abend umzuziehen.

Als sie den Salon betrat, waren Caroline Latt, der Major und der Beamte Grabert schon dort. Sie hielten Champagnergläser in der Hand. Die Türen zum Speisesaal waren geöffnet, sodass sie einen Blick auf das üppige Büfett werfen konnte. Sie spürte, dass sie Hunger hatte. Die Veranstaltung, die ihr unnütz, ja lächerlich vorkam, würde sie also über sich ergehen lassen und die Köstlichkeiten dort drüben nicht missachten.
Wanda drückte ihr ein Glas Champagner in die Hand und baute sich in der Mitte des Raumes vor ihnen auf.
Meine Lieben, begann sie, verzeihen Sie diese möglicherweise zu intime Anrede (dabei sah sie Bella direkt an, die daraufhin mit Caroline Latt einen Blick wechselte), aber in Stunden der Not haben die Menschen nun einmal das Bedürfnis, enger zusammenzurücken.
Sie übertreibt, murmelte der Major neben Bella. Was soll eigentlich dieses Theater?
Bella fand seine Naivität so bezeichnend für ihn, dass sie beinahe in Versuchung geraten wäre, ihm ihre Vermutungen über das Milieu aufzuklären, in dem Wanda gelebt hatte und von dem abzugrenzen sie sich die allergrößte Mühe gab. Aber erstens hatte sie ja keine Beweise, nur bestimmte Vermutungen, und zweitens war die Situation hier nicht dazu angetan, ein Gespräch mit Kollmann anzufangen.
Lassen Sie uns zuhören, gab Bella deshalb nur leise zur Antwort. Vielleicht enthüllt sie das Rätsel selbst.
Stunden der Not, sage ich, fuhr Wanda fort, und ich habe dieses Wort bewusst gewählt, auch wenn es die Feinsinnigen unter Ihnen vielleicht erschrecken wird.
Dabei sah sie zu Caroline Latt hinüber, die gerade einen Blick,

der eher von Esslust als von Feinsinnigkeit zeugte, auf das Büfett warf und nicht reagierte. Ihr Blick war so ausdauernd, dass Bella sich fragte, ob die Dichterin vielleicht damit beschäftigt wäre, angemessene Verse für die Pracht zu finden, die sich ihren Augen darbot.

Sie sind zu mir gekommen, sagte Wanda, weil Sie, ich darf das sagen, denn ich nehme an, es entspricht der Wahrheit, weil Sie eine Welt der luxuriösen Behaglichkeit suchten, fernab von den Aufregungen und Schlechtigkeiten, die unsere Welt leider kennzeichnen.

Es gibt kein richtiges Leben im falschen, murmelte Grabert, der links neben Bella stand.

Sie wandte ihm erstaunt ihr Gesicht zu. Zum ersten Mal fragte sie sich, ob sie diesen übereifrigen Staatsdiener wohl falsch einschätzte. Ein heimlicher Philosoph? Jemand, der sein verbeamtetes Leben in der Spitze der Verwaltung nur aushalten konnte, wenn er sich in seinen Mußestunden mit der Philosophie der Frankfurter Schule beschäftigte? Jemand, der vielleicht heimlich Romane schreibt, was unter Juristen weit verbreitet sein soll? Dass Grabert Jurist war, wusste sie. Sie nahm sich vor, ihn etwas genauer zu beobachten.

Und ich schmeichle mir, Ihnen diese Welt bis zu dem bedauerlichen Vorkommnis von gestern früh auch geboten zu haben. Wir alle waren bemüht, sie zeigte bei den Worten mit dem Kopf hinüber zu den Zimmermädchen, die sich in der offenen Tür eingefunden hatten und mit ernsten Gesichtern den Worten ihrer Chefin lauschten, wir alle waren bemüht, Sie in jeder Hinsicht zufrieden zu stellen.

Bella betrachtete die Reihe der hübschen Zimmermädchen. Eines von ihnen, eben noch dazugekommen, schien eine gewisse Unruhe unter ihnen zu verbreiten.

Dieses Vorkommnis nun, sagte Wanda und holte tief Luft. Lassen Sie mich erklären, dass dieser Herr, dessen Namen wir am besten so schnell wie möglich vergessen, mir die allerbesten Referenzen vorgelegt hat, bevor er hier einzog. Mir wurde sogar dieses bezaubernde Kind vorgestellt, dieses Kind, das nun das tragische Schicksal erleidet, einen Verbrecher zum Vater zu haben.

Es reicht, dachte Bella. Ihre Aufmerksamkeit galt noch immer dem Mädchen in der Tür, das zuletzt gekommen war und sich inzwischen bemühte, Wanda auf sich aufmerksam zu machen. Es war rot im Gesicht und offensichtlich erregt. Auch Wanda war das nicht entgangen. Sie zögerte, ihre Rede zu unterbrechen, seufzte dann tief, zog die Augenbrauen hoch und sagte leise und scharf: Was ist denn?

Er ist tot, sagte das Mädchen mit einer so lauten und unfeierlichen Stimme, dass die Anwesenden in die Wirklichkeit zurückgeholt wurden, der sie während Wandas Rede schon mehr oder weniger entflohen waren.

Wer ist tot?

Wandas Stimme drückte Entrüstung aus, die Entrüstung, weil sie unterbrochen worden war, und Unglauben. Irgendjemand war tot. Na und? Sie war darin gestört worden, das heimliche, gemeine Leben eines Mannes, der sich mit falschen Angaben in ihre Pension eingeschlichen hatte, für alle deutlich und ein für alle Mal abwertend zu charakterisieren, um ihren Entschluss, ihn vor die Tür zu setzen, in den Augen der übrigen Gäste zu rechtfertigen. Sie wollte dabei nicht gestört werden. Tot. Tot. Was war schon der Tod von irgendjemandem gegen den Versuch dieses Herrn, ihre Pension ins Gerede zu bringen.

Na, wer denn?, fragte sie ungehalten.

Der Herr Franz, sagte das Mädchen. Alle sahen es an. Alle, außer Bella, die zum Tisch hinüberging, sich Champagner einschenkte und ganz für sich allein auf Franz das Glas erhob. Als sie sich umwandte, sah sie, dass die Dichterin ihr gefolgt war.

Ich hab ihn gemocht, sagte sie leise, während sie ebenfalls ihr Glas füllte. Er war einer von den Verlorenen.
Auf die Verlorenen, sagte Bella und hob ihr Glas.
Obwohl ihr die Bezeichnung *Verlorener* für Franz übertrieben vorkam, war sie der Dichterin dankbar. Wahrscheinlich müssen Dichter übertreiben, dachte sie, eine Art Berufskrankheit, aber ein Körnchen Wahrheit finden sie meist, jedenfalls wenn sie gut sind.
Der Herr Franz Lechner, wiederholte das Mädchen nach einigem Zögern in die Stille hinein. Es war im Radio.
Na dann, sagte der Major laut, womit er wohl ausdrücken wollte, dass Wandas Rede nun überflüssig wäre. Über den Toten würde sie nicht mehr schlecht sprechen wollen. Kollmann und Grabert kamen zum Champagner, und als der Major feststellte, dass die Flasche leer war, bedeutete er einem der Mädchen, eine zweite zu holen.
Wanda, die sah, dass die Versammlung sich auflöste, ging zu den Mädchen. Es stellte sich heraus, dass in den Radionachrichten der Selbstmord des Mörders gemeldet worden war. Da das Mädchen den Zweck der Versammlung im Salon kannte, hatte es die Neuigkeit so schnell wie möglich dort bekannt geben wollen.
Bella sah, dass ein anderes Mädchen in Tränen ausgebrochen war und Wanda sich bemühte, es zu beruhigen. Sie dachte, dass Franz genau der Typ gewesen war, in den sich manche Mädchen verliebten; nicht jedes, aber ziemlich sicher die mit einem Sinn für verbotene Abenteuer und der unbewussten Lust am Untergang. Sie lächelte dem Mädchen zu, das unter Tränen zurücklächelte und sich bald beruhigte. Mit ein paar entschlossenen Worten schickte Wanda die Mädchen dann weg.
Was für ein Unglück, sagte sie laut, und in ihrer Stimme war deutlich Anteilnahme und Erleichterung zu hören. Bella schloss daraus, dass Wanda die Veranstaltung zwar für nötig gehalten,

aber nicht gern abgehalten hatte, und sie war ihr für die Anteilnahme im Ton dankbar.
Sie hat eben doch ein gutes Herz, sagte die Latt leise.
Der Abend, der als eine Art Gerichtstag über Franz geplant gewesen war und auch so begonnen hatte, endete damit, dass nicht nur die Pensionsgäste, sondern auch deren Wirtin gewaltige Mengen an Champagner tranken und zumindest der Major, als er irgendwann nach einem anständigen Getränk verlangte, womit er Whisky meinte, nicht mehr sicher auf den Füßen war. Man beschloss allgemein, dass die Hitze die Wirkung des Champagners unterstützt haben müsste, und überzeugte Wanda davon, einen Teil des Büfetts auf der Dachterrasse aufbauen zu lassen und den anderen Teil den Mädchen zu überlassen. Die Treppe zum Dach wurde von allen mit besonderer Vorsicht genommen. Alle waren sich des Zustands, in dem sie sich inzwischen befanden, durchaus bewusst. Auf dem Dach war es tatsächlich ein wenig kühler geworden. Das ernüchterte die Gesellschaft für eine Weile. Das Gespräch kam noch einmal auf Franz. Alle sagten, dass sie ihn gemocht hatten. Auch Wanda, wenn auch mit gewissen Vorbehalten. Die ihr die anderen zugestanden. Schließlich hatte sie auf den Ruf des Hauses zu achten.
Grabert, der hatte einfließen lassen, dass er Oberregierungsrat und nicht nur Doktor jur., sondern auch Doktor ök. sei, sagte irgendwann, er wünsche sich, wenn er einmal stürbe (nicht durch Selbstmord, selbstverständlich, dafür sei er nicht der Typ), eine ähnlich fröhliche Gesellschaft wie die hier auf der Dachterrasse für Franz. Durch die Zustimmung ermutigt, begann er plötzlich, Verse von Heine zu deklamieren.

Mit schwarzen Segeln segelt mein Schiff
Wohl über das wilde Meer;
Du weißt wie sehr ich traurig bin
Und kränkst mich doch so schwer.

Dein Herz ist treulos wie der Wind
Und flattert hin und her;
Mit schwarzen Segeln segelt mein Schiff
Wohl über das wilde Meer.

Es war unklar, was diese Verse mit dem vorangegangenen Gespräch zu tun hatten, aber sehr viel später stellte sich heraus, dass Grabert selbst viel lieber Dichter geworden wäre als Oberregierungsrat und dass er in Heine sein großes Vorbild sah.
Der Major verkündete, dass er von Poesie eigentlich gar nichts halte, wollte aber die eben gehörten Verse gerade noch durchgehen lassen. Die Dichterin hielt sich zurück, wie es nun einmal ihre Art war. Dafür war Bella ihr dankbar, denn trotz ihrer Liebe zur Poesie hatte sie an diesem wunderbaren Sommerabend auf dem Dach überhaupt keine Lust, sich Gedichte anzuhören. Eigentlich wollte sie nichts weiter als sich in Ruhe betrinken.

Irgendwann verschwand Wanda. Die anderen verteilten sich auf die Deckchairs, was nicht ohne Komplikationen ablief. Der Major klemmte sich die Hand, als er der Dichterin behilflich war, ihren Stuhl in eine flache Position zu bringen. Das schien ziemlich schmerzhaft zu sein, jedenfalls wenn man seinem Aufschrei und den anschließenden Bemühungen der Dichterin um die gequetschte Hand trauen durfte. Sie hielt die Hand zwischen ihre Schenkel gepresst und streichelte dem Major den Kopf. Darüber wurde er dann ruhig, und Bella schlief ein, aber nur kurz, weil ein gewaltiges Krachen sie noch einmal aufweckte. Da lag der Major neben seinem Liegestuhl. Offenbar hatte er ihn nicht genau getroffen, als er sich darauf niederlassen wollte. Es dauerte eine Weile, bis er sich aufgerappelt und endgültig zur Ruhe begeben hatte. Auch Bella schlief wieder ein, nachdem es ihr gelungen war, das unangenehme Gefühl zu unterdrücken, sie könnte durch diese Nacht in eine zu nahe Beziehung zu ihren Mitbewohnern geraten. Ein Verdacht, der sich nicht bestätigen sollte. Schon am nächsten Tag kreisten alle Beteiligten wieder als einzelne Sterne am Himmel von Wandas Firmament, auf Abstand bedacht, aber mit einem freundlichen Lächeln, wenn man aneinander vorüberzog.

Der Gesang einer Drossel, die sich die höchste der Palmen auf der Terrasse ausgesucht hatte, um von dort die aufgehende Sonne zu begrüßen, weckte Bella. Sie setzte sich auf und warf einen Blick in die Runde. Offenbar hatte Wanda noch in der Nacht eines der Mädchen nach oben geschickt, um Ordnung zu machen. Einzig der Rock der Dichterin, der sehr weit hochgerutscht war und zwei sehr schlanke Beine sehen ließ, konnte noch als unordentlich gelten. Merkwürdigerweise waren die Beine nicht weiß, wie man nach der Farbe des Gesichts, der Arme, der Hände hätte annehmen können, sondern braun. Sie sahen aus, als gehörten sie nicht zu der Person, die da lag und schlief. Bella stand auf und ging hinüber, um den Rock über die braunen Beine zu ziehen. Sicher würde es der Dichterin unangenehm sein, in diesem halb entblößten Zustand gesehen zu werden. Auch aus der Nähe gesehen waren die Beine tief gebräunt. Die Drossel war weitergeflogen. Es war sehr still auf dem Dach. Ganz unten auf der Straße war das Geräusch eines Sprengwagens zu hören. Hinter dem Turm der Petrikirche ging die Sonne auf. Bella hatte plötzlich das Gefühl, zugleich Zuschauerin und Mitspielerin in einem absurden Theaterstück zu sein.

… während sie ihren Peiniger um eine Zigarette anbetteln, der sich darauf vorbereitet, ihnen Keile unter die Fingernägel zu treiben … fahr doch, los, und sag ihm, wohin du fahren wirst … Georgia … den Körper in nasse Tücher einwickeln … Stahlklammern an die Geschlechtsteile …

Hatte sie geglaubt, sie könnte die Stimme der Frau auf dem

Tonband vergessen? Hatte sie gedacht, der Fall wäre erledigt, nachdem der einzige Zeuge beseitigt war?
Gut, ein wenig Luft holen, etwas Abstand gewinnen ist erlaubt. Abstand ist sogar notwendig. Aber jetzt hast du genug getrödelt. Beweg dich, Bella, geh schon mal die Treppe da drüben nach unten.
Es war sehr still, als sie durch die Räume ging, sehr still, sehr aufgeräumt, sehr gepflegt, wie eine Pension morgens um fünf auszusehen hat, in der eine Wanda Rosenbaum das Regiment führt.
Während sie unter der Dusche stand, begann sie den Plan zu entwickeln, nach dem sie vorgehen wollte, um Licht in das Dunkel zu bringen. Sie hatte das Gefühl, sie wäre das der Behrendt und Franz schuldig.
An das Material heranzukommen, das Kauls Leute oder die Kripo im Hotel der Behrendt gefunden hatten, war sicher unmöglich. Die Worte des Mannes hinter dem Wandschirm waren eindeutig gewesen. Wenn überhaupt eine Chance bestünde, Hintergründe aufzudecken, dann läge die in Berlin. Die Behrendt hatte eine Wohnung in Berlin gehabt. Ob die Polizei darauf gekommen war, die zu durchsuchen? Oder waren die Polizisten mit dem Hotelzimmer und den Unterlagen, die sie im Hotel gefunden hatten, zufrieden? Auf jeden Fall bestand die Möglichkeit, dass niemand in der Berliner Wohnung gewesen war. Auch die beste Polizeitruppe konnte Fehler machen, das wusste sie aus eigener Erfahrung. Ihr nächster Schritt würde sein, nach Berlin zu fahren und sich Zutritt zu Susanne Behrendts Wohnung zu verschaffen, und zwar so schnell wie möglich. Und zwar heute noch, am besten sofort.

Die Straßen der Innenstadt waren tatsächlich gesprengt worden. Sie nahm diesen speziellen Geruch wahr und sah die kleinen Pfützen, die in Vertiefungen stehen geblieben waren. Auch

die Obdachlosen schliefen nicht mehr, obwohl es noch sehr früh war, sondern saßen auf Mauern und Bänken und sortierten ihre Sachen. Eine ältere Frau, die ein paar Tüten neben sich gestellt hatte, hockte in der Morgensonne und ließ ihre Kleider trocknen. Sie hielt ihr Gesicht in den Himmel und hatte die Hosenbeine hochgeschoben. Ihre Beine waren weiß und an einigen Stellen mit Schorf bedeckt. Die ersten Bäcker stellten ihre Stehtische auf die Straße. Aus den geöffneten Ladentüren kam der Duft von frischem Brot und Kuchen. Am Eingang zum Hauptbahnhof standen ein paar Uniformierte, blaue Uniformen, rote Mützen, die einen Betrunkenen zwischen sich hielten. Vielleicht warteten sie auf die Ambulanz, die den Mann in die Ausnüchterungszelle bringen sollte. An den Bierständen in der Markthalle sammelten sich die ersten Trinker. Zwei Uniformierte versuchten, eine Frau zu verscheuchen, die sich und ihre sechs oder acht voll gestopften Plastiktüten zu den Trinkern gestellt hatte. Sie behauptete lautstark, das gleiche Recht zu haben, dort zu stehen, wie die Männer. Bella überlegte, wer ihr das gesagt haben mochte.
Im ICE nach Berlin schlief sie ein. Am Bahnhof Zoo empfingen sie die gleichen Jammergestalten wie am Hauptbahnhof in Hamburg. Sie kaufte eine Portion gebratenen Kabeljau und Kartoffelsalat und aß im Stehen, den Teller hatte sie auf einem schmalen Tisch an einer großen Fensterscheibe abgestellt. Neben ihr stand ein Mann, der ebenfalls die Straße vor dem Fenster beobachtete. Vor dem Fenster standen Taxis und Busse, liefen Menschen herum, die ihre Koffer hinter sich herzogen. Sie sah den Kofferziehern zu und begann zu überlegen, wie die Welt aussehen würde, wenn alle Menschen nur das besäßen, was sie in einem Koffer hinter sich herziehen könnten. Was wohl dann in den Koffern wäre? Ob man vom Inhalt des Koffers auf das Leben des Besitzers schließen könnte? So, wie man viel an Wohnungen erkennt, die man zum ersten Mal betritt, oder

an Häusern? Sicher wäre das möglich, dachte sie. Alles, was die Menschen um sich herumbauen oder mit sich herumschleppen, ist nichts weiter als die Ausstülpung ihrer Persönlichkeit. Oder ein offenes Buch, in dem man nach Belieben lesen kann, wenn man sich darauf versteht. Wenn man den Besitz auf den Inhalt eines Koffers reduzieren würde: Ob auf diese Weise die Eigentumsfrage, die Quelle allen Übels, gelöst werden könnte? Als sie sich wieder ihrem Teller zuwandte, war das Essen darauf verschwunden. Der Mann, der neben ihr gestanden hatte, entfernte sich schnell. Sie sah seinen Rücken und hatte Lust, ihm nachzurufen: Weshalb haben Sie nicht gesagt, dass Sie Hunger haben!

Sie musste als Erstes die Adresse der Behrendt herausfinden. Im Telefonbuch gab es mehrere Eintragungen unter S. Behrendt oder Susanne Behrendt. Es blieb ihr nichts anderes übrig, als die Kanzlei aufzusuchen, in der die Behrendt gearbeitet hatte. Der Taxifahrer setzte sie vor einem alten Mehrfamilienhaus am Lietzensee ab, dessen Fassade konsequent erhalten und gepflegt aussah. Innen war das Haus entkernt worden und modern eingerichtet. Zwischen dem Innen und Außen lagen mindestens hundert Jahre.

Die Damen am Empfang, es waren mehrere, die sich auf sonderbare Weise ähnelten, obwohl sie sicher nicht miteinander verwandt waren, trugen Kostüme, deren Farben zu den Farben der Wände und der Einrichtung passten. Bella, die sich als Freundin der Behrendt ausgab, wurde mitleidig betrachtet und zu einem Gespräch mit dem Seniorchef der Kanzlei genötigt. Das Büro des alten Herrn, der sich als Doktor Harbecke vorstellte und ihr mit altmodischer Höflichkeit einen Sessel anbot, lag im hinteren Teil des Hauses und war, wahrscheinlich, der einzige Raum im Haus, der mit bequemen, schönen alten Möbeln ausgestattet war. Eine breite Steintreppe führte von seinem Arbeitszimmer über die überdachte Terrasse nach draußen. Einen

Augenblick blieb sie stehen, um in den Garten hinauszusehen. Hinter Kiefern blinkte die Wasserfläche eines Sees.
Schön ist es hier, sagte sie, während sie sich setzte.
Was wäre das Leben wert, wenn man es im Alter nicht schön haben könnte, antwortete der alte Herr. Ich bin fünfundachtzig, und selbstverständlich arbeite ich nicht mehr. Aber von diesem Raum kann ich mich einfach nicht trennen. Also bilde ich mir ein, dass meine Anwesenheit allein genügt, um den Laden hier in Schwung zu halten. Eine traurige Geschichte, die Sache mit der kleinen Susanne.
Die kleine Susanne war sechzig Jahre alt, dachte Bella.
Es stellte sich heraus, dass Dr. Harbecke die Eltern der Behrendt gekannt hatte. Er habe sie in seine Kanzlei aufgenommen, weil er dachte, sie brauche seine Hilfe. Ein paar Mal habe er versucht, ihr näher zu kommen. Sie war aber so distanziert geblieben, dass er, viel zu diskret, nicht weiter in sie gedrungen sei.
Ich glaube, sie war mir dankbar, sagte er. Aber wer sie wirklich war, weiß ich nicht. Ich freue mich zu hören, dass sie in Ihnen eine Freundin hatte.
Bella fühlte sich beschämt. Sie überlegte, ob sie die Umstände ihrer Bekanntschaft mit Susanne Behrendt nicht doch näher erläutern sollte, entschied sich aber dagegen. Sie hatte den Eindruck, dass die Welt, in der die Behrendt ermordet worden war, nicht in das Arbeitszimmer des alten Herrn gehörte.
Wir haben uns Vorwürfe gemacht, meine Partner und ich, dass wir ihrem Drängen nachgegeben haben. Wir hatten den Eindruck, dass sie ein wenig übermotiviert war in dieser Folter-Geschichte. Aber sie konnte uns davon überzeugen, dass sie eingearbeitet war. Also haben wir ihr den Fall übertragen. Eigentlich hätten wir das wohl nicht tun sollen. Es ist nie gut für die Sache, wenn persönliche Motive bei der Verteidigung eine Rolle spielen.
Welche persönlichen Motive könnte sie gehabt haben?, fragte

Bella. Hat sie den Angeklagten gekannt? Ich meine, vor dem Prozess gekannt?
Der alte Herr sah sie einen Augenblick aufmerksam an, bevor er antwortete.
Er überlegt, ob ich das nicht wissen müsste, ich, als ihre Freundin, dachte sie, aber er spricht es nicht an, um mich nicht in Verlegenheit zu bringen.
Den Angeklagten nicht, sagte er ruhig, den Staatsanwalt, der die Anklage vertritt. Sie ist einmal mit ihm verheiratet gewesen.
Ja, sagte Bella, froh, dass sie zustimmen konnte. Haben Sie den Mann auch gekannt?
Der alte Herr sah sie nicht an. Er sah aus dem Fenster in den Garten. Bella hatte Zeit, sein Gesicht zu betrachten. In Augenblicken, in denen er sich nicht auf sein Gegenüber konzentrierte, wirkte er sehr alt, beinahe verletzlich.
Natürlich habe ich ihn gekannt, sagte er. Sie waren ein schönes Paar. Sehr begabt, beide. Man erzählte sich wahre Wunderdinge über ihr Auftreten an der Universität. Wir, meine Frau und ich, waren zur Hochzeit eingeladen und haben immer wieder über die beiden gesprochen. Wir fanden beide, dass es neben all der Schönheit und Intelligenz noch etwas anderes gab, das die beiden ausstrahlten, etwas, das wir nicht benennen konnten – oder uns nicht trauten, es zu benennen –, entschuldigen Sie, ich langweile Sie mit uralten Geschichten.
Nein, sagte Bella, im Gegenteil. Susanne war sehr verschlossen, obwohl wir befreundet waren. Ich höre Ihnen gern zu. Sie ist mir dann noch einmal nahe.
Du lieber Himmel, Bella, geht es nicht noch ein bisschen dicker? Schämst du dich gar nicht!
Verschlossen, sagte der alte Mann, das ist ein richtiges Wort. Dieses Paar verschloss sich, sie waren sich selbst genug. Zu gut erzogen, Susanne, um unhöflich zu werden, aber in Wirklichkeit nur noch Augen füreinander.

Aber das ist doch normal bei jungen, verliebten Leuten.
Ja. Nur dass da eben noch etwas anderes war. Und als Susanne dann plötzlich verschwand, da haben meine Frau und ich uns nur angesehen. Ich glaube, wir haben nie darüber gesprochen, auch nicht mit den Eltern, die unsere Freunde waren. Aber uns beiden war klar, dass sie geflohen war.
Er machte eine Pause, sah Bella fest an und sagte dann: Der Mann hat nichts getaugt. Wir waren froh, als er irgendwann weg war.
Sie meinen, er passte nicht in Ihre Kreise?
Das war schnell gefragt, aber wenn es auch unüberlegt, vielleicht unhöflich war, so bekam sie dennoch darauf eine Antwort.
Wissen Sie, meine Liebe, sagte der alte Herr und stand auf, ich könnte jetzt, wenn ich wollte, mit Ihnen durch das Haus gehen und Ihnen die Anwälte vorstellen, die in dieser Sozietät arbeiten. Sie würden feststellen, dass niemand von denen in die Kreise passt, die Sie und ich meinen. Aber es sind gute Anwälte und prächtige Menschen.
Ein guter Anwalt ist Frings auch, sagte Bella.
Ja, sagte der alte Herr, ein sehr guter. Lassen Sie sich die Adresse vorn im Büro geben. Viel Glück bei dem, was Sie suchen. Zu meiner Zeit hat sich die Polizei noch vorgestellt. Das ist wohl heute anders.
Danke, sagte Bella.
Sie bekam die Adresse und verließ die Villa. Während sie langsam, den Schatten der Bäume suchend, die Richtung zur Innenstadt einschlug, dachte sie darüber nach, weshalb es ihr nicht unangenehm gewesen war, für eine Polizistin gehalten zu werden.
Ich hab mich benommen wie eine, dachte sie, wie früher. Ob ich wohl genauso freundlich empfangen worden wäre, wenn ich gesagt hätte, ich sei Privatdetektivin?

Ein Taxifahrer setzte sie vor einem Wohnblock in der Nähe des alten Gebäudes der Akademie der Künste ab. Anhand der Klingelknöpfe neben der Eingangstür stellte sie fest, dass dort elf Parteien wohnten. Sie versuchte es gleich an der ersten Klingel. Neben der Haustür ging ein Fenster auf, und der Kopf eines alten Mannes erschien.

Ich besuche meine Freundin. Sie kann aber nicht an die Tür gehen, sie ist krank. Würden Sie mir öffnen?

Ja, ja, sagte der Alte, immer ich.

Aber gleich darauf summte der Öffner. Die Behrendt hatte unter dem Dach gewohnt. Der Lift war altmodisch, aber sauber. Die Tür zu der Wohnung, die dem Fahrstuhl gegenüberlag, war nicht versiegelt. Bella klingelte, nichts rührte sich. Das Schloss war nicht besonders kompliziert. Nach einer halben Minute stand sie in einem kleinen, dunklen Flur und machte aufatmend die Tür hinter sich zu. Sie hörte, dass draußen der Fahrstuhl betätigt wurde. Er fuhr nach unten. Eine Weile blieb sie still stehen und wartete. Aber niemand kam. Vorsichtig ging sie ins Wohnzimmer. Dort war es sehr hell. Das Licht fiel auch in den kleinen Flur, und sie sah, dass links das Bad war. Das Bad hatte kein Fenster, aber es wirkte ziemlich groß, trotz der schrägen Wände, es war weiß gekachelt und elegant. Weiße Handtücher, weißes Porzellan, aufgeräumt.

Sie hatte eine Putzfrau, dachte Bella. Die ist inzwischen noch einmal hier gewesen. Sie blieb eine Weile stehen, um den Eindruck der Wohnung in sich aufzunehmen: freigelegte Dachbalken, ein großzügiger Wohnraum, sparsam möbliert mit alten und ein paar modernen Möbeln. Davor lag eine in das Dach eingelassene Terrasse. Im hinteren Teil des Raumes gab es eine eingebaute Küche, einen Tisch, der geschickt mit den schrägen Balken verbunden worden war, und zwei Stühle, die sich am Tisch gegenüberstanden; ein idealer Platz für ein Frühstück zu zweit. Eine geöffnete Tür führte in den nächsten Raum, dessen

Einrichtung von ihrem Standort aus nicht zu erkennen war, ein Schlafzimmer vermutlich.
Eine helle, elegante, aufgeräumte Wohnung, dachte sie, die zu Susanne Behrendt sehr gut gepasst hätte, wäre sie weniger verstört gewesen als zuletzt.
In dem Raum, den sie überblicken konnte, gab es kaum eine Ecke oder einen Gegenstand, der ihr Interesse erregte. Einzig eine Schublade in einem schönen, alten Tisch. Bevor sie hineinblickte, streifte sie ein Paar dünne Handschuhe über. Kauls Leute müssten ihre Fingerabdrücke nicht in dieser Wohnung finden.
Die Schublade enthielt Fotos, mindestens hundert, ungeordnet, offensichtlich einfach nur hineingestopft. Bella setzte sich und begann, die Bilder zu sichten. Die Rückseiten waren sorgfältig beschriftet mit dem jeweiligen Datum. Die Reihe begann mit ein paar Babyfotos, einem Foto der Behrendt als Schulmädchen mit Schultüte am ersten Schultag und wurde fortgesetzt mit Fotos des jungen Mädchens mit Freundinnen, ohne Freundinnen, der Studentin, dann mit Paul Frings als Hochzeitspaar, danach lange Jahre keine Fotos mehr, ungefähr fünfzehn Jahre später eines von der Behrendt als elegante Frau, sehr schlank, sehr damenhaft, sehr traurig. Das letzte war vor drei Jahren aufgenommen worden: die Behrendt an irgendeinem südlichen Strand, mit Sonnenbrille und langen weißen Hosen. Auf keinem der Fotos war vermerkt, wer sie aufgenommen hatte.
Und dann waren da noch ein paar Aufnahmen, mit denen Bella auf den ersten Blick nichts anfangen konnte. Da war ein Hörsaal, dessen Sitze schräg anstiegen, sodass die Studenten von allen Seiten einen freien Blick hatten auf den Vortragenden oder Vorführenden, der unten in der Mitte neben einem Gerüst stand und offensichtlich etwas erklärte. Das Gesicht des Mannes war nicht zu erkennen. Die Studenten in den voll besetzten Bänken schienen Uniformen zu tragen. Die Bilder waren verwackelt und

offensichtlich nicht am Ort des Geschehens aufgenommen, sondern von einer Vorlage, von einem Fernsehbild?, abfotografiert worden. Bella steckte diese Bilder in ihre Tasche, warf einen letzten Blick auf das Hochzeitsfoto und schob die Schublade zurück in den Tisch. Die *Vorlesungsfotos* erinnerten sie an irgendetwas, aber sie konnte sie nicht wirklich einordnen.

Dann hörte sie draußen vor der Tür den Fahrstuhl, ging schnell in den kleinen Flur hinter der Wohnungstür und presste sich an die Wand. Aber es blieb ruhig, niemand kam, und sie blieb einigermaßen beruhigt in der Wohnung.

In der Küche war nichts, das sich näher anzusehen lohnte. Das Zimmer daneben aber bot eine Überraschung. Es war nicht, wie sie angenommen hatte, ein Schlafzimmer, sondern eine Bibliothek, in der ein Schreibtisch stand, ein Sessel und ein Fernseher mit einem Videogerät.

Natürlich, dachte Bella, sie hat ein Arbeitszimmer gebraucht. Sie hat zu Hause gearbeitet, Akten mitgenommen. Eine Reihe von juristischen Handbüchern in den Regalen war nicht zu übersehen. Es war aber noch etwas anderes in diesem Raum, etwas, das ihr Unbehagen bereitete, ohne dass sie hätte sagen können, was. Sie seufzte und machte sich widerwillig an die Arbeit.

Manchmal beginnt man etwas zu suchen, das man eigentlich gar nicht finden will. Für dieses Nicht-finden-Wollen kann es verschiedene Gründe geben. Der wichtigste ist wohl der, dass man ahnt, dass das Fundstück eigene Illusionen zerstören wird. Niemand liebt die Erkenntnis, dass die eigene, vermeintlich gefestigte Meinung falsch ist. Bella hielt die Behrendt für eine Anwältin, die sich nicht damit abfinden wollte, dass jemand in der Öffentlichkeit als Verteidiger von Rechtsstaatlichkeit und Menschenrechten auftritt und gefeiert wird, der selbst dagegen verstößt.

Und dann sah sie sich den Schreibtisch, die Bibliothek und die Filme genauer an. Sie schluckte und setzte sich, als sie erkannte, dass die Behrendt von etwas ganz anderem gefesselt worden war. Ihr ungewöhnlich starkes privates Interesse an Folterpraktiken, die immer mit Erniedrigung, mit Demütigung zu tun hatten, war eindeutig. Ihre Faszination durch sadomasochistische Praktiken war wahrscheinlich sogar größer gewesen als ihre Lust, sich mit den Schicksalen ihrer Mandanten zu befassen. Fotos, Bücher, Filme – Bella hatte genug gesehen. Sie wollte das nicht genauer untersuchen. Sie wollte einen Augenblick sitzen, eine Illusion verabschieden und dann so schnell wie möglich verschwinden. Und dann, als sie eigentlich schon entschieden hatte, die Wohnung zu verlassen, entdeckte sie in der Bibliothek eine Abteilung, die sie auf eine ganz andere, sehr viel interessantere Spur führte.

Plötzlich gab es einen Zusammenhang mit dem Fall des der Folter beschuldigten Mandanten von Susanne Behrendt und dem Inhalt von Büchern, die sie in der letzten Zeit gelesen hatte. Dass sie diese Bücher durchgearbeitet hatte, war deutlich zu erkennen. Auf den Innenseiten waren Beginn und Ende der Lektüre vermerkt. Oft waren Stellen angestrichen oder mit Anmerkungen versehen. Bella fand im Schreibtisch eine Liste von Buchtiteln und dann in der Bibliothek die in der Liste aufgeführten Bücher. Sätze wie: *Auch wer die Folter ausübt, geht an ihr zugrunde. Das gilt für den Rechtsstaat selbst*, und: *Wir sind, was wir tun. Und wir sind, was wir versprechen, niemals zu tun*, waren dick unterstrichen, die Seiten mit Lesezeichen gekennzeichnet. Wozu brauchte sie das?

Zur Vorbereitung der Verteidigung?

Ganz langsam, sozusagen Buch für Buch, aber wurde Bella klar, dass die Behrendt sich nicht, oder nur sehr oberflächlich, auf die Verteidigung ihres Mandanten vorbereitet hatte. In Wirklichkeit war sie damit beschäftigt gewesen, eine Anklagerede zu erarbeiten. Endgültig deutlich wurde diese Absicht, als sie das Material fand, das sich auf Paul Frings direkt bezog.

Etwa fünfzehn Jahre nach ihrer Trennung hatte die Behrendt damit angefangen, sein Auftreten in der Öffentlichkeit zu beobachten. Ziemlich schnell weitete sie diese Beobachtungen auch auf das private Leben von Frings aus. Gleichzeitig sammelte sie lückenlose Dokumentationen über Folterzentren der USA, die dort trainierten Praktiken, ihre weltweite Anwendung. In einem Buch von Alfred W. McCoy, das sie offenbar besonders gründlich durchgearbeitet hatte, fand Bella dann Hinweise auf bestehende Folterzentren. Und eine Tabelle, auf der sorgfältig die Urlaubsreisen von Frings vermerkt waren. Nur zu oft stimmten die Ziele seiner Urlaubsreisen mit der Lage der Folterzentren überein. Sie fand Sätze in einem Buch von Alfred W. McCoy, die am Rand mit dem Hinweis *übernehmen* gekennzeichnet waren:

Jedem, der Folter für ein Problem der Vergangenheit hält, das von rein historischem Interesse ist, sei versichert, dass in ebendiesem Augenblick Dutzende Gefangene des CIA-Gulag in irgendeinem finsteren Winkel der Welt – in Afghanistan, Diego Garcia, Guantànamo, Irak oder Thailand – seelisch vernichtender Folter ausgesetzt werden.

Unterzieht die CIA einen Terrorverdächtigen erst einmal einem harten Verhör, dann ist seine Haft mit einem Makel behaftet, der verhindert, dass man ihn je vor ein amerikanisches Gericht stellen kann.

Im Vietnamkrieg hatte die CIA dieses Problem gelöst, indem sie ihr Phoenix-Programm vollständig geheim gehalten und die Formalitäten der Strafverfolgung und Inhaftierung umgangen hatte: Sie holte unter Folter Informationen aus Verdächtigen heraus und entsorgte anschließend ihre Leichen, mehr als 20000 zwischen 1968 und 1971.

In demselben Buch wurde eine Verbindung zwischen den Experimenten von Milgram und Folter-Interessen der CIA in den sechziger Jahren hergestellt:

Rückblickend deuten der Zeitpunkt, das Thema, die militärischen Verbindungen, die umstrittene Finanzierung (...) zusammengenommen darauf hin, dass Milgrams Folterexperimente ein Nebenprodukt der CIA-Forschung zur Bewusstseinskontrolle waren. (...) Wären normale Polizisten in Asien und Lateinamerika bereit, diese neuen Foltermethoden anzuwenden, wenn man sie dazu ausbildete?

Zwischen den Seiten, die sich mit Milgram befassten, lag die handgeschriebene Schilderung einer Vergewaltigung, deren Opfer die Behrendt und deren Täter Frings gewesen war. Am Rand war mit Rot vermerkt: *Damit eröffnen!*

Bella legte das Buch beiseite und nahm die Fotos, die sie eingesteckt hatte, aus ihrer Tasche. Sie sah nun einen Hörsaal und uniformierte *Studenten*, Polizisten beim Folterunterricht. Unter dem Foto stand *Georgia?*. Aufmerksam betrachtete sie den Mann neben dem Gerüst. Es war wahrscheinlich nicht Paul Frings.

Anderthalb Stunden später saß Bella im Zug nach Hamburg. Sie sah jetzt klarer, worauf sie sich eingelassen hatte. Aber es ging ihr deshalb nicht besser. Sie wusste nun, dass die Behrendt in einer fast ausweglosen Situation gewesen war. Sie hätte sie gern anders in Erinnerung behalten. Der Verlust der Illusion ließ sich verschmerzen.

Frings allerdings, die Sache mit Frings konnte sie nicht einfach auf sich beruhen lassen. Es musste eindeutige Beweise dafür geben, dass er in Folteraktionen verwickelt war. Die Unterlagen, die sie in der Bibliothek der Behrendt gefunden hatte, waren allerdings zu vage, nicht einmal auf dem Foto mit den Soldaten konnte man ihn eindeutig identifizieren. Aber sie war sicher, dass die Unterlagen im Safe des Hotels vollständiger gewesen waren. Das Problem war nur: Sie hatte diese Unterlagen nicht. Kaul hatte dafür gesorgt, dass sie keinem Unbefugten in die Finger fielen. Sie hatte nichts, außer Vermutungen. Und dem MP3,

mit dem Franz alles aufgenommen hatte. Sie hatte die Aufnahme. Sie musste das ganze Gespräch genau abhören, mehrmals, wenn nötig. Vielleicht würde sich etwas finden, das genügend Hinweise gab, um Frings vernehmen zu lassen. Um den überlegenen Frings aus der Reserve zu locken, damit er vielleicht einen Fehler machte.
Sie nahm das Telefon aus ihrer Jackentasche und rief Brunner an. Er war nicht da, aber sie kündigte an, sie würde zu ihm kommen, sobald der Zug in Hamburg eingetroffen wäre. Sie lehnte sich zurück und versuchte, sich auf den Anblick der Landschaft zu konzentrieren. Die Sonne ging unter. Wälder und Felder waren dunkler als auf der Fahrt am Morgen.

Zu Brunner fuhr sie im Taxi. Als sie auf die Klingel drückte, öffnete sich die Haustür sofort. Oben am Treppengeländer stand Charly.
Was ist los?, rief Bella.
Charly sah nicht gut aus. Sie war sehr blass und hielt sich am Geländer fest, als könnten ihr die Knie versagen. Die Türen zu Brunners und zu ihrer eigenen Wohnung standen offen. Charly nahm eine Hand vom Geländer und zeigte in ihren Korridor. Da lag etwas am Boden, ein Haufen aus Mänteln, Mützen und Schals, wie es schien.
Wo ist Brunner?, fragte Bella, während sie an Charly vorüberging. Die rührte sich nicht von der Stelle und gab auch keine Antwort.
Warte hier, sagte Bella.
Sie blieb in der Tür stehen. Soweit sie sehen konnte, waren die Küche und das Wohnzimmer in Ordnung. Durch den Korridor dagegen musste ein Wirbelsturm gerast sein, der sogar die Garderobe umgerissen hatte. Sie wandte sich Charly zu.
In der Tasche, sagte Charly kläglich. Es war in der Tasche. Sie hing unter den Mänteln. Ich hab gedacht …

Sie hatte Tränen in den Augen, und Bella ging zu ihr, um sie zu trösten. Sie waren in Charlys Wohnung gewesen, hatten den MP3 gefunden und waren wieder verschwunden, bevor Charly oder Brunner nach Hause gekommen waren.
Gemeinsam brachten Bella und Charly das Chaos in Ordnung.
Ich könnte ein Glas Wein vertragen, sagte Charly.
Sie saßen in der Küche und tranken den Wein, als Brunner nach Hause kam. Er sah zerknittert und fröhlich aus und ließ sich auch nicht aus der Ruhe bringen, als Charly ihm erzählte, was geschehen war.
Tja, sagte er, drehte sich um und verschwand. Charly sah ihm ungläubig nach.
Er kommt gleich zurück, sagte Bella. Sie lächelte.
Es dauerte nur eine Minute, bis Brunner wieder auftauchte. Er ging direkt zu Charly und legte ein Gerät, klein wie eine Kreditkarte, auf den Küchentisch.
Er ist einfach gut, dein Bulle, sagte Bella.
Charly sprang auf, um Brunner zu umarmen. Bella nahm das Plastikteil und steckte es in ihre Jackentasche. Über die Schulter von Charly hinweg zwinkerte Brunner ihr zu. Es gibt noch etwas zu erledigen, sagte die, aber wenn das alles vorbei ist, lade ich euch zum Essen ein.

Der Prozess gegen den der Folter angeklagten Polizisten wurde überraschend schnell zu Ende geführt. Ein neuer Verteidiger des Angeklagten, der nicht aus der Sozietät Harbecke und Partner kam, war offenbar bald gefunden worden. Ein Prozess mit so viel Öffentlichkeit war unter Anwälten begehrt. Der Name der unglücklichen, wohl einfach überforderten Anwältin verschwand so schnell aus den Medien, wie er darin aufgetaucht war. Auch der Name ihres Mörders, der sich auf so konsequente Weise selbst gerichtet hatte, wurde nicht mehr genannt.

Seine Leiche wurde ein paar Wochen später freigegeben. Bella erfuhr von Wanda Rosenbaum, dass die ehemalige Frau von Franz die Kosten für seine Beerdigung übernommen hatte. Die Dichterin, der Major und Bella gingen zu der Trauerfeier. Der Oberregierungsrat Grabert nahm nicht teil. Er veranstaltete zur gleichen Zeit eine Konferenz der Leiter der bundesdeutschen Literaturhäuser. Man beriet über eine sinnvolle Beteiligung der Literaturhäuser an der Propagierung der Fußball-Weltmeisterschaft. Auch Wanda weigerte sich, an der Zeremonie teilzunehmen.

Es tut mir leid um ihn, sagte sie, aber ich kann es mir nicht leisten, auf einem Foto zu erscheinen, das von seiner Beerdigung gemacht wird. Womöglich noch mit Interview.

Weder die Presse noch irgendjemand von seiner Familie erschien zur Beisetzung von Franz Lechner. Dass sie auf dem feinen Nienstedtener Friedhof stattfand, war sicher den Beziehungen seiner Exfrau zu verdanken. Der heiße Sommer war noch immer nicht vorbei; im Gegenteil, es schien, als wäe er auf seinem Höhepunkt angekommen. Dass mit dem Höhepunkt endlich auch das Ende beginnen möge, war seit Tagen die einzige Hoffnung der Menschen in der Stadt. Die Beerdigung war, wohl aus Rücksicht auf den Zustand des tiefgekühlten Körpers und der dazu nicht passenden Witterung, auf neun Uhr morgens festgesetzt worden. Bella, die Dichterin und der Major hatten gemeinsam ein Taxi genommen. Als das Auto vor dem Eingang zum Friedhof hielt, öffnete gegenüber eine junge Frau die Tür des Blumenladens.

Es wird wieder so warm, sagte sie, als die drei ihr über die Straße entgegenkamen. Man kann einfach nichts nach draußen stellen.

Im Laden war es feucht und heiß, und es roch so stark nach Levkojen, dass sie nur flach atmeten. Allen wurde gleichzeitig klar, dass sie keine Idee hatten, welche Blumen für Franz die

passenden gewesen wären. Keiner hatte ihn wirklich gekannt, und obwohl sie zusammen zu seiner Beerdigung gekommen waren, hatten sie dafür vollkommen unterschiedliche Motive.
Bella war hier, weil sie die unsinnige Hoffnung hatte, irgendeinen Hinweis auf etwas zu erhalten, von dem sie selbst nicht hätte sagen können, was es sein würde.
Die Dichterin hatte seit längerer Zeit an keiner Trauerfeier mehr teilgenommen und festgestellt, dass deshalb in ihrem Werk eine Lücke entstanden war. Zwar hatte sie über den Tod geschrieben, aber nicht über die Rituale, die ihn begleiteten. Sie war gekommen, um Erfahrungen aufzufrischen.
Der Major gehörte zu den seltenen männlichen Exemplaren, die den Tod nicht aus ihren Gedanken verbannten. Möglicherweise gab es da einen Zusammenhang mit seinem Beruf, der ja sozusagen Tod produzierte. Allerdings hätten dann seine Berufskollegen ähnlich denken können wie er, aber, wie er in Andeutungen auf dem gemeinsamen Rückweg erklärte, war das nicht der Fall. Er selbst hatte sogar zwei Gründe, derentwegen er an der Beerdigung von Franz teilnahm. Der äußere war wohl, dass er glaubte, seine Anwesenheit wäre eine Frage des Anstands. Formfragen hatten für ihn große Bedeutung, und er nahm es Wanda übel, dass sie *nicht bei der Fahne* geblieben war. Ein anderer Grund, über den er sich scheute zu sprechen, der ihm aber beinahe noch wichtiger war, hatte mit ihm selbst zu tun; genauer, mit seinem eigenen, irgendwann zu erwartenden Ableben. Er hätte gern festgelegt, wie er selbst begraben werden wollte. Es war ihm aber klar geworden, dass er nicht wusste, was er bestimmen sollte. An Franz' Beerdigung nahm er sozusagen aus Lernzwecken teil, nicht ahnend, dass er nur enttäuscht werden konnte.
Die Prozedur, den Körper von Franz unter die Erde zu bringen, erwies sich als außerordentlich schlicht. Der Sarg stand in der kleinen Kapelle. Die Firma, die die Beerdigung organisierte,

hatte ein paar Blumen darauf legen lassen, deutlich aus der niedrigsten Preisklasse. Den drei Trauergästen wurde zwei Minuten Zeit gegeben, auf den Sarg sehend, ihren Gedanken nachzuhängen (Bella: Ziemlich schäbig, das Ganze; Caroline Latt: Der moderne Tod. Wikhorst. Der Major: Mal sehen, wie es weitergeht). Dann erschienen sechs schwarz gewandete, weiß bekragte Sargträger, verneigten sich vor dem Sarg, hoben ihn, nachdem der älteste von ihnen ein leises Kommando gegeben hatte, auf ihre Schultern und trugen ihn vor die Tür der Kapelle. Dort hoben sie ihn auf eine schwarz verhangene Lafette und schoben ihn über hellen Kies, vorüber an Sommerblumen jeder Art, die unter den dichten, dunklen Friedhofsbäumen in diesem heißen Sommer besonders gut wuchsen, zu einer offenen Grabstelle. Wieder auf ein Kommando des Ältesten wurde der Sarg ins Grab gesenkt. Ein Angestellter des Beerdigungsinstituts murmelte etwas, das niemand verstand, und die Angelegenheit war beendet.
Bella hatte keinerlei Hinweise erhalten. Der Dichterin war klar geworden, dass sie, wollte sie ihrem Werk den *Rituale des Todes* benannten Teil hinzufügen, mehr und anderen Beerdigungen beiwohnen müsste (was übrigens dazu führte, dass sie in den sich anschließenden Wochen zu ungewohnten Zeiten das Haus verließ, oft sichtlich erregt nach zwei Stunden zurückkehrte und für den Rest des Tages in ihrem Appartement verschwand). Dem Major hingegen wurde plötzlich klar, dass zu einer zünftigen Beerdigung eigentlich, soviel er wisse, ein Leichenschmaus gehörte, und er nannte es eine Herzensangelegenheit, die Damen dazu einzuladen, um das befremdliche Ausbleiben der Familie ein wenig auszugleichen. So sagte er jedenfalls und übersah großzügig, dass ihm nach einem doppelten Whisky und nach der Gesellschaft von Lebenden zumute war.
Sie saßen dann unter den Linden auf der Liebermann-Terrasse

des Hotels Jacob, die Dichterin bei Champagner, Bella mit Wodka und Orangensaft und der Major mit einem großen Glas Single Malt, sahen auf die Elbe, sprachen hin und wieder ein paar Sätze über den Verstorbenen und spürten intensiv, dass sie lebten. Die Luft war weich. Der Himmel und der Fluss waren dunkelblau. Die Blätter der Linden spendeten Schatten und zeichneten zitternde Muster auf ihren Tisch und auf ihre Gesichter. Die Dichterin, schwarz gekleidet wie immer, sah plötzlich von Bella zum Major und sagte mit überraschend jugendlicher Stimme: Dabei war er noch vor ein paar Tagen bei mir.

Sowohl Bella als auch der Major sahen sie überrascht an. Gerade in diesem Augenblick erschien eine Kellnerin mit der zweiten Getränkerunde, die der Major bestellt hatte. Die Latt wartete, bis die junge Frau gegangen war.

Man sah doch, dass er Probleme hatte, sagte sie.

Ich hab nichts gesehen, sagte der Major, und Bella dachte, dass sie vielleicht etwas hätte sehen können, wenn sie sich mehr für die Probleme ihrer Mitbewohner als für die zwischen Rilke und Tolstoi interessiert hätte.

Sie schliefen gewöhnlich, wenn er nach Hause kam, sagte die Latt. Ich bin nachts manchmal wach. Er wird den Lichtschein unter meiner Tür gesehen haben.

Franz hat sich bei Ihnen gemeldet? Mitten in der Nacht?

Es war Bella, die fragte und die sich nicht vorstellen konnte, was Franz dazu bewogen hatte, nachts bei Caroline Latt zu klopfen. Menschen, deren Lebensweise und Weltsicht unterschiedlicher gewesen waren, ließen sich eigentlich kaum denken. Vielleicht hatte die Dichterin auf ihn gewartet, ihn abgefangen in einer unruhigen Nacht, in der die Wörter sich ihr nicht in der richtigen Reihenfolge zur Verfügung stellen wollten?

Ja, sagte die Latt, und Bella meinte, einen leisen Triumph in ihrer Stimme zu hören. Natürlich habe ich ihn hereingebeten.

Wir haben uns eine Weile unterhalten, und dann ist er schlafen gegangen.
Selbstverständlich, sagte der Major. Selbstverständlich können Sie nachts empfangen, wen Sie wollen.
Er machte eine Pause, offenbar, um darüber nachzudenken, ob dieses Verhalten mit seiner Auffassung, was einer Dame gestattet war, übereinstimmte. Er kam aber zu keinem endgültigen Ergebnis. Irgendwie war die Sache noch nicht zu beurteilen. Er brauchte mehr Information.
Sie werden mich für neugierig halten, wenn ich Sie frage, was unseren toten Freund so sehr beschäftigte, dass er Sie nachts aufsuchte. Ich hoffe, er hat Sie nicht zum Schweigen verpflichtet.
Natürlich ist er neugierig, dachte Bella, genauso wie ich. Hoffentlich hat Caroline Erbarmen.
Ich glaube, nicht, sagte die Dichterin schlicht. Schließlich ist er tot, und im Übrigen kann ich mich nicht erinnern, dass er mir zu schweigen geboten hätte.
Ja?, sagte Bella. Spannen Sie uns nicht auf die Folter, bitte.
Es wird Sie überraschen, so, wie es mich überrascht hat, sagte Caroline nachdenklich. Ich glaube, unser Franz hatte so etwas wie ein Gewissen. Er kam, um sich Erleichterung zu verschaffen, Absolution, sozusagen. Die Dichter, hat er gesagt, hätten Verständnis. Sie seien die Einzigen, die für menschliches Verhalten Verständnis aufbrächten.
Sie konnten die Unsicherheit in der Stimme der Dichterin hören. Vielleicht dadurch ermutigt, sagte der Major: Er war ein Schlitzohr, meine Liebe, und ich hoffe, Sie sind ihm nicht auf den Leim gegangen.
Die Dichterin beachtete seinen Einwurf nicht. Sie sah Bella an, während sie antwortete.
Er hatte sich mit einem Herrn getroffen, der sich ihm als Gesellschaftsreporter unserer Revolverblätter bekannt gemacht hat.

Der Mann hatte ihm viel Geld angeboten, wenn er sich bereit fände, in seiner Bar mit einem Aufnahmegerät bestimmte Gäste zu bespitzeln.
Natürlich ist er auf das Angebot eingegangen, sagte der Major.
Hat er darüber gesprochen, um welche Gäste es sich handelte?, fragte Bella.
Nein, antwortete die Dichterin. Das war doch auch völlig unwichtig.
Bella fühlte eine leichte Wut. Es mochte ja sein, dass es für Dichter notwendig war, sich ihr kindliches Gemüt zu bewahren, aber diese Naivität war nicht kindlich, sondern kindisch.
Jawohl, er war auf das Angebot eingegangen, sagte die Latt, während sie sich dem Major zuwandte. Und es hat ihm Probleme gemacht.
Der Major schwieg. Seinem Gesicht waren die Zweifel an Franz' schlechtem Gewissen deutlich anzusehen.
Und Sie haben ihm geraten, diesen unsittlichen Vertrag, wenn man so etwas überhaupt Vertrag nennen kann, rückgängig zu machen, sagte er schließlich.
Ach, iwo, sagte die Dichterin fröhlich. Weshalb sollte ich. Für mich, die ich mich nachts nicht in Bars aufhalte, hätte sich daraus eine wunderbare Möglichkeit ergeben, das Leben der Nachtmenschen näher kennen zu lernen.
Beide, Bella und der Major, waren verblüfft.
Er hätte Sie sozusagen mithören lassen, sagte der Major. Und sein Gewissen?
Oh, sagte die Latt. Ich habe ihm einfach ein paar Beispiele gegeben von Leuten, die wirklich gewissenlos handeln. Dagegen war doch dieses kleine Spiel wirklich nicht wichtig.
Beispiele, sagte der Major in einem Ton, als wunderte er sich über gar nichts mehr.
Darf ich fragen, welche?, sagte Bella.

Sie begann, die Angelegenheit komisch zu finden, nahm sich aber trotzdem vor, den Gesellschaftsreporter zu treffen.
Natürlich, meine Liebe. Erinnern Sie sich noch daran, dass der Arbeitsminister die Aktion Fünfzig plus ins Leben gerufen hat, um den älteren Arbeitslosen vorzugaukeln, sie bekämen eine Chance auf dem Arbeitsmarkt? Erinnern Sie sich noch daran, dass die vorige Regierung unser Land in den Krieg gegen Jugoslawien gestürzt hat mit der Begründung, man wolle ein neues Auschwitz verhindern? Wie unsittliches Verhalten wirklich aussieht, ist mir durchaus bekannt, so weltfern bin ich nicht, dass …
Dichter und Politik, nehmen Sie es mir nicht übel, meine Liebe, aber wenn es etwas gibt, dass ich ablehne, dann sind es unqualifizierte Äußerungen über das Handwerk anderer. Habe ich mich schon jemals über Ihre Verse abfällig geäußert? Ich darf Sie also bitten …
Wenn der wunderbare Sommertag nicht durch einen Streit verdorben werden sollte, dann müsste sie eingreifen. Bella winkte der Kellnerin und zeigte auf die drei leeren Gläser. Die junge Frau verstand und nickte lächelnd zurück.
Liebermann, sagte sie, wie schön er diese Schatten gemalt hat.
Liebermann, Liebermann, was für ein Liebermann denn, sagte der Major.
Bella und die Dichterin sahen sich an. Sie dachten das Gleiche: Da hat dieser Mensch sehr viel Zeit seines Lebens zwei Kilometer entfernt von hier an der Bundeswehrhochschule verbracht und weiß nicht, wer Liebermann ist. Sichtlich zufrieden, auf so elegante Weise ihrer Überlegenheit versichert worden zu sein, sagte die Dichterin versöhnlich: Sie haben sicher Recht, Major. Wir wollen uns den schönen Tag nicht durch Streitereien verderben.
Die Kellnerin brachte neue Gläser, und sie tranken sich zu. Die

Gedanken, die ihnen dabei durch den Kopf gingen, hätten verschiedener und zugleich ähnlicher nicht sein können.
Eine Gans, dachte der Major, eine schwarz gewandete Gans, die eine Menge Champagner verträgt. Soll sich nicht einbilden, ich würde ihr die Treppe hinaufhelfen. Dabei werde ich es vermutlich tun. Man weiß, wie man sich zu verhalten hat. Im Gegensatz zu anderen.
Ein Kommiskopp, dachte die Dichterin. Er macht seiner Spezies alle Ehre. Er wird mir beim Einsteigen ins Taxi behilflich sein und dann verkünden, er selbst wolle noch ein Stück zu Fuß gehen. Wohin er dann geht, kann man sich denken.
Manchmal, dachte Bella, kommt es vor, dass Tote Frieden stiften. Aber dafür war Franz nicht der richtige Mann gewesen. Wie die beiden wohl reagieren würden, wenn ich ihnen sagte, dass sie sich verhalten wie Stammtischbrüder, die zu viel gebechert haben.
Sie tranken nun friedlich vor sich hin, aber die entspannte Stimmung, in der sie sich befunden hatten, als sie gekommen waren, wollte sich nicht wieder einstellen. Der Major entschuldigte sich und verschwand für eine Weile.
Er telefoniert, sagte die Dichterin mit einem anzüglichen Lächeln. Bella versuchte, von ihr zu erfahren, wie der Mann geheißen hatte, mit dem Franz übereingekommen war, seine Gäste abzuhören. Es dauerte eine Weile, bis Caroline der Name einfiel, aber dann erinnerte sie sich genau und wiederholte ihn ein paar Mal hintereinander. Bella war froh, wenigstens eine winzige Information ergattert zu haben.
Der Major erschien und verkündete, er habe sich erlaubt, die Rechnung zu begleichen, und gab damit das Zeichen für den Aufbruch. Er nahm den Arm der Dichterin, die tatsächlich etwas unsicher ging, und führte sie hinaus auf die Straße, während Bella ein Taxi bestellte und ihnen dann folgte. Als das Auto kam, half der Major Caroline beim Einsteigen und erklärte, er

selbst wolle ein Stück zu Fuß gehen, um wieder einen klaren Kopf zu bekommen. Bella und Caroline sahen sich an und lächelten. Unterwegs schwiegen sie. Es gab nichts zu sagen. Franz hatte weder Frieden gestiftet noch die beiden Frauen einander näher gebracht.

Ein Tag, noch dazu ein warmer Sommertag, der mit einer Trinkerei begonnen hatte, war verloren. Sie hätte es wissen müssen. Bella war wütend auf sich und auf den Mangel an Disziplin, den sie sich gestattet hatte. Sie schlief nur kurz, versuchte, sich mit verschiedenen, innerlich und äußerlich angewandten Tricks, wieder fit zu machen, und beschloss, sofort den Reporter zu erreichen.

Sie rief das Revolverblatt mit der höchsten Auflage an und verlangte, ihn zu sprechen. Der Mann in der Telefonzentrale versicherte ihr, dass es einen Herrn mit dem Namen Dücker weder in der Redaktion noch in der Bildredaktion, noch unter den frei arbeitenden Reportern gebe. Er war höflich und sehr geduldig, versuchte es bei verschiedenen Stellen und hatte sogar nichts dagegen, sie mit der Redaktion zu verbinden. Es gab diesen Dücker nicht. Das wurde nach ausgedehnten Telefonaten mit anderen Redaktionen, in denen sie es ausschließlich mit freundlichen, höflichen Menschen zu tun hatte, deutlich. Sie rief Brunner an, der während seiner Zeit bei der Kripo viel mit der Presse zu tun gehabt hatte. Auch Brunner war der Name unbekannt. Sie rief Kranz an und bat ihn, Erkundigungen einzuholen. Er war ein wenig beleidigt, weil sie ihm unterstellte, Freunde bei einer bestimmten Zeitung zu haben, die er fragen könnte.

Bei so einem Blatt hat man keine Freunde, sagte er, aber natürlich stellte sich heraus, dass es eine Person gab, die vielleicht zu befragen sich lohnte. Sie verabredeten sich für den Abend.

Es war erst Mittag. Sie fühlte sich unwohl. Nicht nur, weil die Wirkung des Wodkas noch immer zu spüren war, sondern auch, weil sie das Gefühl hatte, sie müsste noch etwas tun. Es schien ihr unmöglich, das, was sie wusste, für sich zu behalten. Gleichzeitig war ihr klar, dass sie kaum etwas von dem, was sie zu wissen meinte, beweisen könnte. Trotzdem, wenn sie damit an die Presse ginge …

Was ich brauche, dachte sie, ist so etwas wie ein Gutachter. Jemand, der sich in der Materie auskennt und mir bestätigt, dass ich mich nicht geirrt habe. Jemand, der aufgrund seiner theoretischen Kenntnisse bestätigen kann, was ich vermute.

In Gedanken ging sie die Namen der Autoren durch, deren Bücher zum Problem Folter sie bei der Behrendt gesehen hatte. Wer von ihnen käme in Frage? Mit wem könnte sie sprechen? Da war ein Hamburger dabei gewesen, Kallmorgen, Hochschullehrer, Strafrechtler, bekannt für seine kritische Haltung. Sie würde versuchen, ihn zu erreichen, ihn zu sprechen, so bald wie möglich.

Das war dann einfacher, als sie gedacht hatte. Der Professor war sofort bereit, sie zu empfangen. Schon eine Stunde später saß sie ihm gegenüber in einem winzigen Zimmer, das voll gestopft war mit Büchern und bedrucktem Papier. Kallmorgen war älter, als sie angenommen hatte. Er war klein und rund und wirkte so ruhig und abgeklärt, dass sie ihn sich eher als Gärtner hätte vorstellen können. Aber seine Haut war blass, und es war ganz offensichtlich, dass er in dem Chaos seines Zimmers zu Hause war. Er fand sogar eine Kaffeemaschine, die Bella übersehen hatte, und während sie sich bemühte, ihm ihre Frage darzulegen, röchelte irgendwo hinter Büchern Wasser durch einen Filter, und der Duft von Kaffee breitete sich aus.

Ich fasse zusammen, sagte sie, während Kallmorgen sie freundlich ansah.

Ich nehme an, dass die Bundesrepublik sich an der Ausbildung von Folterern beteiligt. Verbindungsmann zu US-amerikanischen Folterzentren war der Staatsanwalt Frings, der seine Arbeit in diesem Bereich nach seiner Pensionierung intensivieren wird. Wie wir wissen, verbietet das Grundgesetz die Anwendung von Folter. Halten Sie es aufgrund Ihrer Kenntnisse und Erfahrungen für möglich, dass das Verbot umgangen wird?

Gute Frau, sagte Kallmorgen, bitte, entschuldigen Sie. Ich habe Ihren Namen schon wieder vergessen. Sehr engagiert. Sehr engagiert haben Sie vorgetragen. Sie haben allerdings vergessen, nein, Sie haben nicht vergessen, Sie haben es nicht gewusst. Aber mit ein bisschen Überlegung hätten Sie es herausfinden können. Kommen Sie in meine Vorlesung. Ich kann mich jetzt unmöglich länger mit Ihnen befassen. Ausnahmezustand, darum geht es. Selbstverständlich ist es möglich, Folterer zu trainieren. Genauso wie es möglich ist, eine Bundespolizei zu schaffen und noch verschiedene andere Dinge zu tun, die das Grundgesetz verbietet. Angriffskriege. Einsatz der Bundeswehr nicht nur zu Verteidigungszwecken. Ich nehme an, ich sage Ihnen damit nichts Neues. Wir sind schon lange der Meinung, dass die Regierung handelt, als befände sie sich im Ausnahmezustand. Aber wie gesagt, ich kann …

Wer ist wir?, fragte Bella.

Einige meiner Studenten und ich, antwortete Kallmorgen. Er wirkte ein wenig irritiert, weil er unterbrochen worden war.

Und Sie wären bereit, meine Vermutungen öffentlich zu unterstützen?

Kallmorgen sah sie an, als sähe er sie zum ersten Mal. Fragte er sich, wo sie plötzlich hergekommen war?

Gute Frau, sagte er, wollen Sie sich und uns lächerlich machen? Die Ergebnisse meiner Untersuchungen sind seit einigen Jahren veröffentlicht. Hier ist nichts geheim. Das existiert alles nebeneinander: der nicht erklärte Ausnahmezustand und das

Grundgesetz, das Folterverbot und die Folter, die Pressefreiheit und die Schere im Kopf der Journalisten, die Beschlüsse der demokratisch gewählten Abgeordneten in den Mitgliedsstaaten und die unkontrollierten des Europaparlaments, die Diffamierungen der Politik in Belorussland und die Ratspräsidentschaft Berlusconis ... entschuldigen Sie, wenn ich hier mit meinen Aufzählungen ende. Was, glauben Sie, wird geschehen, wenn wir, Sie mit Ihren Vermutungen und ich mit der Wiederholung meiner Thesen über den Ausnahmezustand, an die Öffentlichkeit gehen? Nichts. Es wird Ihnen nicht einmal jemand widersprechen. Natürlich auch nicht zustimmen. Vergessen Sie das Ganze. Es lohnt den Aufwand nicht. Wenn Sie Lust haben, tiefer in die Materie einzusteigen: montags von achtzehn bis zwanzig Uhr, im Hauptgebäude. Und nun leben Sie wohl.
Kallmorgen stand auf, und auch Bella erhob sich.
Erlauben Sie eine letzte Frage, sagte sie. Wozu forschen Sie dann überhaupt?
Das Telefon klingelte, und der Professor begann zu suchen. Er zuckte bedauernd mit den Schultern. Bella war entlassen.

Was für eine Idee. Den ganzen Weg zu Fuß.
Kann es sein, dass du bequem wirst?, fragte Kranz.
Sie standen an Deck eines der Linienschiffe, das die Stationen zwischen Hafentor und Finkenwerder miteinander verband. Es waren nicht mehr viele Passagiere an Bord. Die Hamburger und die Touristen, die um diese Zeit unterwegs waren, saßen in überfüllten Straßencafés, lagerten auf dem Rasen im Stadtpark, hockten auf den Parkbänken in Planten un Blomen und versuchten, sich wie Südländer zu fühlen. Dabei waren sie nicht ganz so entspannt wie die, denn im Gegensatz zu Römern, Sizilianern oder Andalusiern hatten sie nicht wirklich vergessen, dass ihr Sommer jederzeit zu Ende sein könnte. Je länger dieser phantastische Sommer dauerte, desto weniger glaubten sie an

ihn. Es war, als hätte ihnen jemand ein kostbares Geschenk gemacht, mit dem sie nicht lässig umgehen konnten, weil sie tief im Innern der Meinung waren, dass sie es nicht verdient hätten. Deshalb sprachen sie leise miteinander, so, als wollten sie vermeiden, auf sich aufmerksam zu machen.

Auch Bella und Kranz hatten ihre Stimmen gesenkt, aber nur, weil Kranz befürchtete, sie könnten beobachtet werden. Auf seinen Vorschlag hin hatten sie die Pearl-Harbor-Bar im Portugiesenviertel verlassen und waren zum Anleger an den Landungsbrücken gegangen.

Lass uns irgendwohin gehen und mal eins und eins zusammenzählen, hatte er vorgeschlagen, und nun standen sie an Deck des Schiffes, um bis Teufelsbrück zu fahren und von dort aus einen langen Spaziergang am Ufer der Elbe zu unternehmen.

Deine alte Heimat, sagte er, das müsste dir doch eigentlich gefallen.

Sie gingen in Richtung Innenstadt. Auf dem Strand lagen dicht an dicht Gruppen von jungen Leuten, die Würste grillten und deren Gespräche von schnarrenden Geräuschen aus den neben ihnen liegenden Ohrsteckern begleitet wurden. An der Himmelsleiter verließen sie den Strandweg, stiegen die Stufen empor und erreichten die Elbchaussee. Auf den Treppenstufen der Himmelsleiter saßen Mädchen mit nackten Schultern, die affektiert lachten, und junge Männer mit glänzenden Gesichtern und pomadisierten Haaren. Es roch nach Parfüm und Sonnenöl und Gel, sobald die leichte Brise den Geruch der Grillwürste zur Seite wehte. Auf der Elbchaussee, an beiden Seiten dicht bestanden von Autos, darunter Cabrios in jeder Preislage, roch es nur noch nach Benzin.

Bella und Kranz verließen die Elbchaussee, bogen in die Liebermannstraße ein, und langsam verschwanden der Lärm und der Geruch.

Ich würde trotzdem gern irgendwo sitzen und etwas trinken,

sagte sie. Auch wenn du die Absicht zu haben scheinst, mich durch die halbe Stadt zu jagen.
Schließlich landeten sie am Bahnhof Klein Flottbek in einem Gartenlokal, das beinahe leer war.
Also?, fragte Bella.
Diesen Dücker gibt es nicht, sagte Kranz. Aber sicher ist, dass Franz Gespräche mitgeschnitten hat. Da bleiben ja wohl nicht mehr viele Möglichkeiten.
Stimmt, sagte sie. Und nun möchtest du, dass ich dir darlege, was ich von der ganzen Sache halte?
Du bist die Expertin, antwortete Kranz. Ich höre. Zuerst erzählst du mir, wie der Fall liegt, und dann, was du zu tun gedenkst.
Du wirst mich anschließend für verrückt halten.
Das tue ich jetzt schon, jedenfalls manchmal.
Also gut. Ich fasse zusammen. Aber kurz. Die beiden, Susanne und Frings, lernen sich als junge Leute kennen, verlieben sich, heiraten, bereiten sich auf Juristenkarrieren vor. Sie sind unterschiedlicher sozialer Herkunft, sie kommt von oben, er von unten. Aber, wie du ja weißt, überwindet die Liebe alles. Jedenfalls manchmal. In diesem Fall nicht. Er sucht nach Möglichkeiten, sich ihr überlegen zu fühlen, erfährt von dem Milgram-Experiment, nimmt Kontakt zu Milgram auf, lädt Susanne ein, sich am Experiment zu beteiligen. Sie stimmt zu, aus Liebe vermutlich. Vielleicht hat sie ihn auch nicht ganz ernst genommen. Während des Experiments bekommt er Lust, sie zu quälen, und er vergewaltigt sie schließlich. Das werden beide nie mehr vergessen. Er wird aus der Lust, die er dabei empfindet, Schmerz zuzufügen, irgendwann einen Beruf machen. Sie wird sich von ihm trennen, sich aber ihr Leben lang für pervers halten, weil sie, jedenfalls am Anfang der Prozedur, auch Lust empfunden hat.
Du bist verrückt, sagte Kranz.

Er hat seine Experimente nicht unbeobachtet vom amerikanischen Geheimdienst gemacht. Der war damals an dem Milgram-Experiment interessiert. Es gab Schwierigkeiten mit der Beseitigung von Folteropfern, schon in Vietnam, später in Chile. Man wollte nicht riskieren, den Verstümmelten vor Gericht als Kläger wieder zu begegnen. Deshalb suchte man nach Methoden, wie gefoltert werden kann, ohne Spuren zu hinterlassen. Milgram war anscheinend nicht dafür geeignet. Man hat ihn ein bisschen unterstützt, aber dann wieder fallen gelassen. Wie du an Abu Ghraib siehst, sind sie auch ohne ihn vorangekommen. Unseren eifrigen Jura-Studenten allerdings behielt man im Auge.
Paul Frings?
Natürlich. Vermutlich eine gegenseitige Liebe. Wann es dann zu direkten Beziehungen kam, weiß ich nicht. Ich kann es höchstens vermuten. 1975 – du erinnerst dich? Der Putsch in Chile. US-amerikanische Berater, chilenische Folterer. Höchste Bonner Politiker sprachen sich lobend aus über das, was dort geschah. Solche Leute sind nicht nur blutrünstig. Sie sind auch weitsichtig. Das, was bei den Amerikanern so gut funktionierte, eine politische Richtung zu zerschlagen, die Opposition buchstäblich auszurotten, sollte, selbstverständlich nur für Notfälle, wenn der Staat in Gefahr wäre, auch hier geübt werden. Weshalb sollte man nicht versuchen, sich ein Instrumentarium zuzulegen, das man in entsprechenden Situationen einsetzen könnte? Leider war Folter bei uns verboten. Deshalb konnten Erfahrungsaustausch oder, besser noch, Anlernlinge nur heimlich in die USA geschickt werden. War doch logisch, auf wen man aufmerksam wurde. Unser Frings war inzwischen Staatsanwalt. Sein Steckenpferd war die Verteidigung des Rechtsstaates. Er hatte einen guten Ruf.
Den hat er immer noch.
Eine bessere Tarnung war nicht denkbar. Die wird er beibehal-

ten, bis an sein Lebensende. Auch wenn sich die Situation nach dem 11. September 2001 grundlegend geändert hat.
Du vergisst, dass der Mann in Pension geht, warf Kranz müde ein. Er war beinahe schon überzeugt, dass Bella Recht hatte. Er hätte es nur gern anders gehabt.
Ich bin davon überzeugt, sagte Bella, dass Frings zwar nach seiner Pensionierung aus der Öffentlichkeit verschwindet, aber das bedeutet nicht, dass er aufhören wird, für den Staat zu arbeiten.
Du meinst, er wird Geheimdienst-Mann? Kann ich mir nicht vorstellen.
Solche Leute haben keine Namen, keine Berufsbezeichnungen, keine Gesichter. Sie agieren hinter der Bühne. Die Gewalt spricht nicht, habe ich bei Reemtsma gelesen. Das ist es. Er legt sein Gesicht auf einer Gartenparty ab, öffentlich. Und dann fährt er nach Georgia.
Nach Georgia?
Ja, glaubst du denn wirklich, jemand mit seinen Fähigkeiten würde nicht mehr gebraucht? Terrorismus, mein Lieber. Schon mal davon gehört? Je kleinkarierter der Politiker, desto öfter führt er das Wort im Mund. Es gibt diesen Leuten eine Aura, die sie sonst nicht hätten. Helden im Kampf gegen den Terrorismus. Frings wird noch gebraucht.
In Georgia?
Ich weiß es nicht, vermutlich. Das Wort war auf dem Band. Vielleicht fährt er auch irgendwo anders hin. Es soll ja noch ein paar andere Ausbildungszentren für Folterer geben.
Bella. Ein Mann wie Frings lässt sich nicht zum Folterer ausbilden!
Nein. Hat er gar nicht nötig. Das kann er nämlich schon. Es geht darum, Strukturen effektiver zu machen, Zusammenarbeit zu verbessern. Foltern ist eine Kunst! Foltern, ohne Spuren zu hinterlassen, ist eine besondere Kunst. Das muss geübt werden.

Man muss Leute ausbilden, für Nachwuchs sorgen. Dazu gibt es Fort Benning in Georgia. Oder irgendein anderes Kaff, irgendwo anders.
Auch Bellas Stimme klang plötzlich müde. Sie trank ihr Glas leer, und während Kranz es noch einmal füllte, fragte er leise, beinahe mitleidig: Was willst du tun?
Nichts, antwortete sie. Sie hatte an ihr Gespräch mit Kallmorgen gedacht.
Du versprichst es?
Ja, sagte sie.
Bella, sagte Kranz. Diese Susanne Behrendt war zum Risiko geworden. Sie wäre mit ihren Erkenntnissen an die Öffentlichkeit gegangen.
Oder auch nicht, sagte Bella. Vielleicht wollte sie ihn auch nur erpressen.
Erpressen? Wozu?
Dass er sich ihr wieder zuwendet, Liebe, verstehst du.
Wie auch immer. Sie war im Weg. Und sie wurde umgebracht. Franz war Zeuge. Er hatte den Mann gesehen, der sie ins Hotel gefahren hat. Auch er ist tot.
Ich weiß, sagte Bella. Ich bin nicht lebensmüde. Es gäbe nur eine Situation, die mich dazu verleiten könnte, noch ein bisschen weiterzumachen.
Und die wäre?
Keine Angst, die wird so schnell nicht eintreten. Aber manchmal denke ich, es wäre doch schön, wenn die Leute sich nicht mehr alles gefallen lassen würden. Ich meine, im Grunde hab ich dir doch nichts Neues erzählt. Alles Informationen, die mehr oder weniger öffentlich zugänglich sind. Aber niemand rührt sich. Stattdessen werden Komödien aufgeführt, die eines Dario Fo würdig wären. Untersuchungsausschuss zur geheimdienstlichen Zusammenarbeit der Bundesregierung mit der Regierung der Vereinigten Staaten – eine Lachnummer. Nichts weiter als

Feigenblattverteilung für die Politiker der Opposition.. Und die Leute lassen sich etwas vormachen.
Meine liebe Bella, sagte Kranz, ich weiß ja, dass Peter Hacks nicht unbedingt zu deinen Lieblingsdichtern gehört. Darf ich dir trotzdem ein kleines Gedicht von ihm zitieren? Zum Trost, sozusagen?
Wider Willen musste Bella lächeln.
Kranz setzte sich ordentlich zurecht und sah Bella an:

Ach, Volk, du obermieses,
Auf dich ist kein Verlass.
Heute willst du dieses.
Morgen willst du das.

Bella lachte ein wenig gequält.
Dann besteht ja noch Hoffnung, sagte sie.

Sie war tatsächlich nicht lebensmüde, und deshalb hielt sie das Versprechen, das sie Kranz gegeben hatte. Sie versuchte, ihr Leben da wieder aufzunehmen, wo es von Susanne Behrendt unterbrochen worden war. Manchmal, wenn der Gedanke an Paul Frings und dessen geheime Aktivitäten sie wütend zu machen drohte, versuchte sie sich einzureden, dass sie die ganze Geschichte nur geträumt hätte.
Als die Urteilsbegründung veröffentlicht wurde, die das Gericht in dem Prozess gegen den der Anstiftung zur Folter angeklagten Polizisten geschrieben hatte, las sie alles gründlich und war nicht wenig erstaunt. Auf die wesentlichen Fragen war im Prozess offenbar überhaupt keine Antwort gefunden worden, ja, man hatte sie nicht einmal gestellt. Die Beteiligung des Ministeriums und der Vorgesetzten des Angeklagten war nicht untersucht worden. Woher der Arzt gekommen war, der die Folteraktion betreuen sollte, war nicht thematisiert worden.

Woher ein auf Folter spezialisierter Arzt kam, in einem Land, in dem Foltern verboten war, wurde nicht gefragt. Wieso waren so schnell Spezialisten zur Hand gewesen? Wo waren diese Leute ausgebildet worden? Weshalb war Frings nicht hellhörig geworden, als von ihnen die Rede war? Kamen sie aus der Türkei? Aus Georgia? Da der Staatsanwalt all diese Fragen nicht gestellt hatte, erschien es am Ende ganz logisch, dass das Gericht nur eine geringe Strafe verhängte. Wenig später las sie, der Mann, der die Folter angeordnet hatte, sei befördert worden.
Und dann, wie um das Maß voll zu machen und Bella endgültig davon zu überzeugen, dass es keinen Sinn hätte, darüber nachzudenken, ob es nicht doch eine sinnvolle Möglichkeit gäbe, an die Öffentlichkeit zu gehen, erschien eines Tages Sissy in der Pension. Sie kam nicht allein, sondern brachte einen Jungen mit, der vielleicht ein Jahr älter war als sie, aber ganz bestimmt aus ihren Kreisen. Die beiden grüßten höflich und setzten sich nebeneinander auf eines der Sofas im Salon.
Wir warten, erklärte Sissy. Frau Rosenbaum hat den Schlüssel zum Appartement meines Vaters. Sie wird sicher bald kommen.
Bella, die im Salon saß und die Zeitungen durchsah, nickte ihnen freundlich zu. Sie wusste, dass Sissy wusste, wie man sich im Salon zu benehmen hatte. Deshalb war sie erstaunt, als das Kichern der Kinder immer lauter wurde. Sie sah auf und beobachtete, dass die beiden fasziniert auf ihre Handys starrten. Als sie bemerkten, dass Bella zu ihnen hinübersah, bemühten sie sich, leise zu sein. Sie tuschelten miteinander. Was sie sagten, war nicht zu verstehen. Dann kam Wanda. Sie stellte ihre Tasche in der Diele ab, eine Tasche aus Krokodilleder, sehr elegant, sehr teuer und, wie alles an Wanda, ein ganz klein wenig übertrieben, und kam in den Salon. Sie begrüßte zuerst Bella.

Es scheint, dass sich das Wetter ändert, sagte sie, ich hab zum ersten Mal seit Wochen dunkle Wolken gesehen. Warten die beiden schon lange? Die Mutter der Kleinen hat mich angerufen. Das Appartement unseres verstorbenen Gastes wird morgen geräumt. Das Kind möchte ein Andenken an seinen Vater. Ob ich die beiden allein in den Zimmern lassen kann? Ich hole den Schlüssel.
Sie wartete die Antwort Bellas nicht ab, rief den Kindern he, ihr beiden, zu, winkte und ging. Die beiden beschäftigten sich angeregt mit ihren Telefonen. Bella stand auf und ging zu ihnen hinüber.
Darf ich auch mal sehen?, fragte sie.
Gern, sagte Sissy. Sie reichte das silberne Telefon über die Lehne des Sofas. Ihr kindlicher Arm war braun gebrannt. Die kleinen Härchen darauf schimmerten golden.
Das Bild auf dem Handy zeigte das Foto eines Jungen. Er mochte etwa so alt sein wie die beiden, vielleicht etwas jünger. Der Junge war fett. Er war nur mit einer Unterhose bekleidet. Er kniete am Boden und leckte einen Schuh. Das Dokument einer Erniedrigung. Sie zappte weiter. Was Bella sah, waren Bilder von schreienden, blutenden, gequälten Jungen und Mädchen. Manchmal auch lachende Kindergesichter, wenn eine der Quälereien ihnen besonders gelungen schien. Während die Erwachsenen sich mit gespieltem Grauen die Folterbilder im Fernsehen, in den Zeitungen und Illustrierten ansahen und sich dann entrüstet von ihnen abwandten, amüsierten die Kinder sich einfach. Es war nichts Verschlagenes in ihnen. Sie wussten, dass sie Verbotenes taten und das Verbotene machte die Sache besonders reizvoll.
Bella trug das Telefon in die Küche und warf es in den Müll. Die Kinder starrten ihr nach. Als sie in ihre Wohnung ging, dachte sie, dass sie lange nichts so Lächerliches getan hatte.

Am Abend darauf saß sie mit Kranz wieder im Pearl Harbor. Es war noch früh, sodass der Mann hinter der Theke den Fernseher eingeschaltet hatte, um die Abendnachrichten anzusehen. Das Gerät wurde später ausgeschaltet, einer der Gründe, weshalb Bella gern hier saß. Sie hatte Kranz von den Kindern erzählt, aber sie hatten das Thema bald gewechselt.
Wenn die Eltern sich am Abend gegenseitig die Fotoausbeute zeigen, die sie den Tag über gemacht haben (hier, willst du mal sehen, da war ein Unfall an der Kreuzung, ich komm grade vorbei, sofort das Handy rausgeholt …), weshalb sollten die Kinder auf ihre Vergnügungen verzichten, hatte Kranz gesagt.
Es gab eine kleine Pause, in der Bella in ihr Glas sah, dann sagte Kranz: Sieh mal!
Sie sahen beide auf den Bildschirm. Da war ein kurzer, aus verschiedenen Szenen zusammengeschnittener Bericht über die Verabschiedung eines unserer verdienten Juristen. Sie sahen Frings, dem vom Präsidenten der Republik irgendein Orden überreicht wird. Eine Frau erschien im Bild, die offenbar eine Rede auf den Kollegen Frings hielt, die aber nur mit einem Satz zitiert wurde. Der Satz hieß: Was wir von ihm gelernt haben, wird immer zu unserem Handwerk gehören. Und dann gab es noch ein paar Bilder: eine Villa, vor der eine Reihe von Autos parken, festlich gekleidete Menschen, die ins Haus gehen, vorüber an Frings und seiner Frau, die ihren Gästen fröhlich zuwinken, während sie mit halbem Ohr auf die Fragen des Reporters hören.
Was werden Sie tun, nachdem Sie Ihr Büro geräumt haben?, fragte der junge Mann. Ist es nicht schwer, nach so einer intensiven Arbeit noch etwas Neues zu finden?
Frings und seine Frau ließen nun von den Gästen ab. Sie lächelten einander zu, bevor sie sich ganz der Kamera zuwendeten.
Das wissen wir schon seit langem, sagte Frings. Er legte seiner Frau den Arm um die Schultern und zog sie ein wenig dichter

an sich heran. Wissen Sie, ich hab während meiner gesamten Dienstzeit viel zu wenig Gelegenheit gehabt, mich mit meinen Büchern zu beschäftigen. Meine Frau und ich haben schon lange den Wunsch, uns ausgiebig auf den Spuren unserer Lieblingsschriftsteller zu bewegen.
Darf man fragen, wer diese Schriftsteller sind?, fragte der Reporter.
In den Gesichtern des Ehepaars Frings erschien eine leichte Ungeduld.
Meine letzte Frage, versicherte der Reporter. Sie müssen an Ihre Gäste denken.
Meine Frau und ich, wir fliegen für eine Weile nach Südamerika und in die USA. Das haben wir uns schon lange gewünscht. Sie ist eine begeisterte Faulkner-Leserin, mich interessiert der großartige Graham Greene. Georgia, Panama – aber nun müssen wir uns endlich unseren Gästen …
Bella und Kranz sahen sich an.
Wir hätten gern noch zweimal dasselbe, rief Kranz halblaut zur Theke hinüber.
Faulkner kommt nicht aus Georgia, sagte Bella. Er kam aus Oxford, Mississippi, glaube ich.
Einmal war ich in Florenz, sagte Kranz. Wir kannten uns schon, aber, wie immer, hast du keine Lust gehabt, mit mir zu verreisen. Es gab da eine Inschrift auf dem Grabmal, das Michelangelo für Lorenzo de Medici gestaltet hat. An die denke ich manchmal. Willst du sie hören? Bella nickte.

Ich bin dankbar zu schlafen, und noch dankbarer, aus Stein zu sein, solange Ungerechtigkeit und Schande herrschen. Es tut wohl, weder zu sehen noch zu fühlen – drum wecke mich nicht auf, sprich leise!

Der Mann vom Tresen, ein stiller, blasser Mensch, der keine Ähnlichkeit mit Franz hatte, obwohl er sich doch auf die gleiche Art wie Franz die Nächte um die Ohren schlug, stellte zwei volle Gläser auf ihren Tisch und nahm die leeren Gläser mit.

Nein, sagte Bella. Das ist nun wirklich zu pessimistisch. Man muss nur wissen, wann es sich lohnt, laut zu werden. Das ist das ganze Geheimnis.

ALEXANDRA KUI
Blaufeuer
Roman
| Hoffmann und Campe |